Evelyne Weissenbach

Tod einer Witwe

Schilfern am See und Guid sind fiktive Orte. Auch die Handlung dieses Romans ist frei erfunden. Ebenso entstammen die Figuren der Fantasie der Autorin. Darum sind eventuelle Übereinstimmungen mit lebenden oder verstorbenen Personen zufällig und nicht beabsichtigt.

Erstauflage 2021

Text © Evelyne Weissenbach
Lektorat: Elsa Rieger
Covergestaltung © Evelyne Weissenbach
Titelfotos:
Schwätzweiber, Skulptur von Karl-Henning Seemann
Foto von J.-H. Janßen, https://commons.wikimedia.org
CC- GNU Free Documentation License
Friedhof, Foto von Gerd Altmann auf Pixabay
Pimpernell-Logo © Evelyne Weissenbach

Evelyne Weissenbach

Tod einer Witwe

Luise Pimpernell ermittelt
am Neusiedlersee

Der dritte Fall

Die Autorin

Evelyne Weissenbach, geboren in Wien, lebt mit ihrem Ehemann, dem Maler Heinz Spicka, seit 2006 im österreichischen Burgenland.
Seit Jahrzehnten schreibt und veröffentlicht sie Texte und Bücher zu Themen, wie sie unterschiedlicher nicht sein können. Vom Sachbuch bis zur Lyrik. Je nachdem, was sie gerade beschäftigt und wie es sie emotional berührt. Und deshalb eben manchmal sachlich, manchmal poetisch, auch satirisch, experimentell und erotisch. Ihre neueste Schreiblust gilt dem Regionalkrimi. Land und Leute ihrer neuen Heimat geben ihrem Leben besondere Qualität, und sie möchte etwas davon zurückgeben, indem sie ihren liebevollen Blick darauf in authentische, aber vor allem auch humorvolle Krimis packt.
Mit Luise Pimpernell hat sie eine kauzige Ermittlerin geschaffen. Nach "Tod eines Surfers" und "Tod eines Weinbauern" ist dies der dritte Fall für die originelle Frau Oberst im LKA Eisenstadt.

Mehr Informationen gibt es unter:
www.evelyne-weissenbach.at
www.luise-pimpernell.at

Glossar

Dieses Buch ist nicht im Dialekt geschrieben, aber es gibt doch einige Ausdrücke, die erkennen lassen, dass die Autorin Österreicherin ist und die Handlung am Neusiedlersee spielt. Für diejenigen, die dort nicht zu Hause sind, hier ein paar Bergriffserklärungen:

Bahöl	Lärm, Wirbel
Gatschn	Tratsche
Germstriezel	Hefezopf
Gschlader	geschmackloses Getränk
Gschrapperl	kleines Kind
Hascherl	ängstliche(s) Kind, Person
Hetscherllekvár	Hagebuttenmarmelade
Kuruzzen	ungarische Aufständische
matschkern	nörgeln, schimpfen
Ottoman	Sofaähnliche Sitzbank
panschen	Ein Getränk verfälschen
Pfrnak	Nase
sierig	geizig
Speis	Speisekammer
Spinatwachtel	abwertend für Frau

Prolog

Es war eine sogenannte *schöne Leich*.

Denn der in seinem sechsundachtzigsten Lebensjahr verstorbene Josef Krauthacker, Erbauer des Seehotels in Schilfern, war ein höchst angesehener Mann gewesen. Ehemals Bürgermeister des Zweitausend-Seelen-Dorfes, Obmann des Jagdvereins, Kommandant der Freiwilligen Feuerwehr, sogar Vorstandsmitglied im Winzerverein, obwohl er gar kein Weinbauer gewesen war.

Es waren so viele Trauergäste gekommen, dass weit nicht alle in der kleinen Aufbahrungskapelle Platz gefunden hatten und die Ansprachen des Pfarrers, wie auch der anderen Redner per Lautsprecher nach draußen übertragen werden mussten.

Das monotone hohe Gebimmel des Totenglöckchens setzte ein und legte sich über den Ortsteil rund um den Friedhof von Schilfern. An der Tür entstand Bewegung und die Besucher auf dem Platz vor dem Gebäude bildeten eine Gasse, durch die der Trauerzug seinen Anfang nehmen konnte.

Die Windlichterträger, die vorangingen, waren aus den Reihen der Jäger rekrutiert, den Sarg trugen Mitglieder der Freiwilligen Feuerwehr.

Hinter dem Pfarrer, mit zwei seiner Ministranten, trippelte mit unsicheren Schritten die Witwe Dorothea Krauthacker, eine kleine, verschrumpelt wirkende Frau, die beinahe zwischen ihren beiden hochgewachsenen Söhnen verschwand. Der schwarze Mantel, den sie trug, war offensichtlich viel zu groß für sie und der Hut auf ihrem Kopf schien nur von den Ohren aufgehalten zu sein, ihr noch tiefer ins Gesicht zu rutschen, als er es ohnehin tat.

Unmittelbar hinter den Schwiegertöchtern und Enkeln führte Bürgermeister Rudi Weisz, mit Gattin, den Zug der so zahlreich erschienen Einwohner seiner Gemeinde an.

Die Dorfmusikkapelle verging sich am Trauermarsch von Chopin, aber da die Teilnehmer der Beerdigungen in Schilfern ihn nur so kannten, war dies für niemanden von wesentlicher Bedeutung.

Danach dauerte es einige Zeit, bis der Friedhof sich leerte und Ruhe auf dem Gottesacker einkehrte.

Zurück blieben lediglich vier Frauen jenseits der achtzig, die bei der außergewöhnlich milden Temperatur dieses Oktobertages auf der Bank neben dem Tor saßen. In ihren schwarzen Mänteln und dunklen Kopftüchern vermittelten sie beinahe den Eindruck, als hätten sich ein paar Krähen dort aufgereiht.

»Habt's die Bürgermeisterin gesehen? Im Pelzmantel! Um die Jahreszeit. Na, die wird sich abgeschwitzt haben.« Albertine Echs schüttelte den Kopf und die anderen kicherten zustimmend.

»Und die Thea?«, fragte Hilda Ringleitner. »Die hätt genug Geld, die hätt sich ruhig einen passenden Mantel kaufen können. Überhaupt jetzt, wo ihr der Josef nicht mehr jeden Groschen vorrechnen kann. Und der Hut! Gibt's das überhaupt, dass einem ein Hut zu groß wird? Oder hat sie sich den von irgendjemandem ausgeborgt?«

»Ich glaub, der gehört der Ripp Frieda. Den hab ich schon gesehen bei Begräbnissen. Den borgt die anscheinend öfter her«, vermutete Albertine.

»Der Ripp Peter war auch wieder angesoffen. Jedes Mal das Gleiche mit ihm«, trug Käthe Radacs das ihrige zur Unterhaltung bei.

»Dabei sind die noch zum Leichenschmaus eingeladen. Genauso wie die Irma. Nur unsereins natürlich nicht«, gab Albertine mit pikiertem Gesicht Auskunft.

»Die Männer waren halt miteinander im Jagdverein. Wahrscheinlich deshalb. Weil so richtig gut befreundet sind die Thea und die Irma nicht.«

»Wer kann schon mit der Thea gut befreundet sein.« Albertine offensichtlich nicht.

»Wo haben sie denn überhaupt den Leichenschmaus? Das Hotel wird ja gerade umgebaut. Beim Jagawirt?«, fragte Hilda.

»Nein«, antwortete Käthe. »Soviel ich weiß, sind's beim Pimpernell.«

»Beim Heurigen?«, rief Albertine erschüttert.

»Die Elfi wird das sicher ordentlich machen. Ihr Schweinsbraten ist sowieso besser als der von der Jagawirtin«, brach Aloisia Murgitsch, die Vierte im Bunde, die bisher kein Wort verloren hatte, eine Lanze für die Heurigenchefin.

»Im feinen Seerestaurant hätten sich die meisten sowieso nicht wohlgefühlt«, meinte Albertine Echs. »Sag einmal«, wandte sie sich daraufhin an Aloisia. »Macht da keiner was auf dem Grab vom Vinzenz? Das schaut ja sehr nackert aus. Nächste Woche ist Allerheiligen!«

»Was soll ich tun?«, wehrte sich die Angesprochene. »Seine Leut haben das so angeschafft. Nur Rasen und eine

Marmoreinfassung. Ich stell eh immer ein paar Blumen hin. Aber sonst kann ich mich da nicht dreinmischen.«

»Na, deine Schwester liegt ja auch da drinnen. Da müssen sie dich doch mitreden lassen«, fand die Hilda.

»Mich muss keiner mitreden lassen. Das ist die Angelegenheit von der Familie vom Schwager.«

»Beim Erben haben sie alle die Hand aufgehalten, ums Grab schert sich keiner«, gab Albertine ihren Senf dazu.

Aloisia stand auf und fuchtelte mit ihrer Gartenschaufel vor den Nasen der anderen herum. »Ach, lasst's doch mich in Ruhe damit. Ich ärgere mich eh selber genug darüber. Ich kann auf jeden Fall nichts machen. Ich bin für das Grab meiner Eltern zuständig, aber nicht für das von den Emsers.«

»Da bist heuer zeitig dran mit den Erika. Die machen wir eigentlich nur für den Winter.« Hilda zog die Augenbrauen in die Höhe.

»Weils so schön waren beim Hofer, wie mich die Maria dorthin mitgenommen hat. Was weiß ich, wann ich wieder hinkomm. Ich mach dann schon noch was anderes dazu für Allerheiligen.«

Aloisia Murgitsch drehte sich um und verließ mit kleinen, schlurfenden Schritten den Friedhof, wohlwissend, dass die Frauen noch einige Zeit über sie, das Grab ihrer Eltern und das der Familie Emser herziehen würden.

1

Frau Dr. Luise Pimpernell saß im Nachthemd auf einer der beiden Truhenbänke, die um ihren Küchentisch gruppiert waren, die Füße auf einem Polster mit gehäkeltem Überzug gelagert, der ein niedriges Holzstockerl zierte. Sie blätterte in einer Zeitschrift für Babystricksachen, um ein Teil für ihre Großnichte auszusuchen, mit dessen Anfertigung sie sich an diesem Feiertag auf höchst angenehme Weise die Zeit vertreiben würde, und schlürfte genüsslich ihren Morgenkaffee. In ihrer Küche war es mollig warm, sie hatte den eisernen Herd, der, wie nahezu die gesamte Einrichtung ihres Hauses, noch aus der Zeit stammte, als ihre Großmutter hier lebte, zum ersten Mal für heuer eingeheizt. Am Morgen war es bereits ungemütlich kühl, auch wenn sich der Oktober beinahe frühlingshaft gegeben hatte. Aus dem Wohnzimmer swingte Benny Goodman herüber und die Zehen an ihren noch nicht in Stützstrümpfe gezwängten Beinen wippten schmissig mit.

Sie wollte sich eben ein bisschen Hetscherllekvár auf ein Stück Germstriezel träufeln, als der Anruf kam.

»Eine Tote auf dem Friedhof, bei Ihnen in Schilfern«, wurde sie vom Feiertags-Journaldienst ihrer Dienststelle informiert.

»Nur eine?«, fragte die Frau Oberst, ihres Zeichens Leiterin des Dezernats für Verbrechen an Leib und Leben im LKA Eisenstadt, ironisch.

»Ja, soviel ich weiß.« Der Kollege war entweder noch nicht ganz wach oder resistent gegen den sarkastischen

Humor der Dezernatsleiterin.

Seufzend nahm sie Abschied von ihrem Feiertagsmorgenidyll. Immerhin hatte sie nicht weit zum Einsatzort. Und vielleicht war es eh kein Verbrechen und sie war bald wieder zu Hause.

Auf harmonische Zusammenstellung ihrer Kleidung legte Luise an sich schon keinen gesteigerten Wert. Nun, aus ihrem kuscheligen Flanellnachthemd gerissen, kümmerte sie sich in der Schnelligkeit noch weniger darum.

Sie schlüpfte in einen knöchellangen Rock mit Gummibund aus einem dunkelbraunen tweedartigen Material mit orangen Karos, eine ihrer geliebten Rüschenblusen aus den Achtzigern, diesmal in strahlendem Himmelblau, und eine lange selbstgestrickte Weste, die einen hohen Anteil an Violett hatte, weil das Luises Lieblingsfarbe war. Wie meistens knöpfte sie diese verkehrt zu, doch als sie es bemerkte, ließ sie es in der Unaufgeregtheit ihrem Erscheinungsbild gegenüber einfach dabei bewenden.

Über diese Pracht warf sie einen Poncho, der ebenfalls selbstverfertigt war und dessen dicke Wolle sie zu einem Muster verarbeitet hatte, das an mexikanische Pferdedecken erinnerte.

Dazu stülpte sie sich den unvermeidlichen Jägerhut aus abgewetztem Filz auf den Kopf, ebenfalls ein besonderes Lieblingsstück. Ohne ihn ging Luise so gut wie nie aus dem Haus und sie nahm ihn auch nirgends ab. Seit Jahren, ja Jahrzehnten, hatte sie niemand mehr ohne Kopfbedeckung gesehen, nicht einmal ihre Familie.

Den Riemen der alten Schultasche aus schwartigem Schweinsleder, die ihr als Arbeitstasche diente, zog sie schräg über die Brust, den klobigen Ranzen schob sie auf den Rücken.

Die Schilferner Friedhofgasse, in der Luise Pimpernell wohnte, mündete - wohl nicht überraschend - an einer Seite in die Straße vor dem Friedhof. Deshalb holte sie nur ihr altes Waffenrad aus dem Stadel und fuhr damit die paar Meter zum Einsatzort.

Die Menschentraube, die sich vor dem Friedhof gebildet hatte, bestand vornehmlich aus Frauen, die am Morgen des Allerheiligentages noch letzte Hand an die Gräber ihrer Vorfahren und Lieben legen wollten. Der Unmut darüber, sich womöglich einen schlechten Ruf einzuhandeln, weil sie die letzten vorwitzigen Grashalme nicht auszupfen und das Brennen der Grablichter nicht kontrollieren konnten, überwog beinahe die Neugierde.

Als Luise mit wehendem Umhang dort aufkreuzte, bot sie einen Anblick, der das Gemurre für einen Augenblick zum Erliegen brachte, um jedoch sofort in ein Aufbranden unwirscher Fragen überzugehen, kaum dass sie vom Rad stieg.

Sie hob nur die Hand und sah zu, dass sie rasch hinter das Friedhofstor kam, das ein junger Uniformierter sofort wieder hinter ihr schloss und bewachte. Auf der Bank neben dem Tor saß Aloisia Murgitsch mit im Schoß gefalteten Händen, neben sich eine dieser dunkelbraunen quaderförmigen Einkaufstaschen von früher, die aussahen, als wären sie aus Pappkarton.

Luise blieb kurz bei ihr stehen, um sie zu begrüßen und die alte Frau sagte vorwurfsvoll: »Was ist denn da los bei uns? Wieso sterben die Leute denn nicht mehr auf normale Weise, im Bett oder so?«

»Ich muss erst schauen, was passiert ist, Frau Murgitsch. Ich komme dann wieder zu Ihnen.«

Luise war klar, dass die Frau etwas mit der Toten zu tun haben musste, fürs Erste war sie jedoch froh, dass es nicht Aloisia getroffen hatte, zu der sie ein loses, aber recht gutes Verhältnis hatte.

Über die Gräber hinweg sah sie auf dem kleinen Friedhof gleich, wo sich die Kollegen befanden und mit ihrem ausholenden Schritt, der hinter ihrem Rücken oft den Zusatz »Dragoner« bekam, machte sie sich auf den Weg zum Ort des Geschehens.

»Morgen, Luise!«, trompetete ihr Abteilungsinspektor Roman Grümpl mit Bassstimme entgegen und verzog bedauernd das Gesicht. Was sich keineswegs auf die Kollegin bezog, sondern darauf, dass sie, wie er und seine Frau, bei ihrem gemütlichen Morgenritual gestört worden waren.

Das Erscheinungsbild des Kriminalbeamten am Polizeipostenkommando Neusiedl am See stand nicht nur im krassen Gegensatz zu seiner Stimme, sondern auch zu der Ermittlerin aus Eisenstadt. Ein kleiner, schmaler Mann, der neben ihrer großen, üppigen Statur beinahe lediglich halb so groß und breit wie sie wirkte, in dezentem Grau von den Haaren bis zu den Socken. Immer mit Anzug, Krawatte und blütenweißem Hemd

Ihr Verhältnis zueinander war ausgezeichnet. Sie teilten die gleiche Arbeitsauffassung und auch den Humor. Beiden tat es immer leid, wenn Luise, nach Einsätzen im Bezirk, in ihre Dienstelle nach Eisenstadt zurückkehrte und er an seine Kleinkriminalfälle. Der private Kontakt verflachte dann wieder, auch wenn sie es sich jedes Mal anders vornahmen.

2

Am Ende einzelner Gräberzeilen waren Gießbrunnen angelegt. Gemauerte kleine Becken mit einem Wasserhahn an einem offenliegenden Rohr. Daneben war eine Halterung für Gießkannen und, durch eine weitere niedrige Mauer abgeteilt, der Komposthaufen.

Über dem Mäuerchen eines dieser Wasserbecken hing eine leblose Gestalt. Man sah nur einen dunklen Mantel, unter dessen Saum braunbestrumpfte Füße in überraschend modernen Turnschuhen hervorlugten, die allerdings ein paar Zentimeter über dem Boden hingen. Rundherum war ein riesiger nasser Fleck, der ein breites Rinnsal den Weg hinunter gebildet hatte.

»Das Wasser lief, als wir ankamen. Wir haben den Hahn abgedreht«, informierte der kleine Abteilungsinspektor. »Es sah eigentlich so aus, als hätte die Frau beim Wassereinfüllen der Schlag getroffen.«

»Wieso *eigentlich*?«

»Weil das Kopftuch auf ihrem Hinterkopf eigenartig zerrissen ist. Deshalb dachte ich, dass es besser wäre, wenn du dir das ansiehst, bevor wir sie herausholen.«

»Wo ist der Doktor? Wer hat heute Dienst? Mehlerer?«

Grümpl nickte.

»Ah, klar«, ätzte Luise. »Der muss vermutlich erst ausgiebig Morgentoilette machen.«

Sie ging näher an den Brunnen heran, um sich den Oberkörper der Frau, der auf dem Wasser lag, anzuschauen.

Grümpl hatte recht. Auf dem Kopftuch sah Luise drei

kleine verfärbte Löcher. Es könnte Blut sein, durch das viele Wasser war es allerdings nicht mit Sicherheit zu sagen. Neben dem Kopf der Leiche schwamm eine grüne Plastikgießkanne.

»Die Spurensicherung hast vermutlich eh schon angefordert. Wie lang kann das dauern, bis die kommen?«

»Ich denk, circa eine halbe Stunde wird's noch. Wir werden erst selber ein paar Fotos machen. Damit wir sie herausnehmen können, wenn der Doktor kommt.«

Doch bevor der Amtsarzt eintraf, wurde Luise von einer anderen Heimsuchung eingeholt. Der Bürgermeister kam in langen Schritten auf sie zu und Luise stieß einen abgrundtiefen Seufzer aus.

»Hättest dich ruhig noch rasieren können«, empfing sie den Ortsvorstand. »Du versäumst hier nichts.«

Unwillkürlich fuhr sich Rudi Weisz mit der Hand ans Kinn, bevor er missmutig den Kopf schüttelte. »Wie lang wollt's ihr den Friedhof gesperrt halten? Heute ist Allerheiligen.«

»Ach! Heute ist Allerheiligen«, wiederholte Luise spöttisch und drehte sich wie informierend nach ihrem Kollegen um.

»Was ist denn überhaupt passiert?«, bequemte sich der Bürgermeister nun doch zu fragen.

»Bin ich Jesus? Wie soll ich das jetzt schon wissen? Aber vielleicht kannst du was zur Aufhellung beitragen. Weißt du, wer das ist?«

Der Bürgermeister trat näher und schaute in das Becken.

»Das könnte jede sein von den Alten, die da täglich herumgeistern. Die schauen ja alle gleich aus.«

Luise Pimpernell hatte bei sich ziemlich das Gleiche gedacht, es aus dem Mund des Bürgermeisters zu hören, versetzte ihr allerdings einen Stich. Bei ihm klang es so abwertend.

»Ein bissl mehr Respekt vor dem Alter könnte dir gut zu Gesicht stehen, so weit entfernt bist du auch nicht mehr davon«, rügte sie ihn schroff.

Bevor er antworten konnte, schnüffelte sie allerdings in die Luft und drehte sich grinsend um. Da war er doch, der Doktor. Schneller zu riechen, als zu sehen in der Parfumwolke, in der er gerne auftrat. Wie seine Patienten das nur aushielten. Aber das konnte ihr wohl egal sein.

»So Rudi, jetzt wird's hier ernst. Mach Platz«, forderte sie den Ortsvorsteher auf. »Beruhige lieber deine Wählerinnen da draußen. Wenn es sich tatsächlich um Mord handelt, können sie frühestens am späten Nachmittag ihre Kerzerln anzünden. Aber immerhin haben die lieben Toten dann zur Nacht für ihre Seelenwanderung ihr Lichtlein.«

»Um Mord?« Dem Bürgermeister fielen beinahe die Augen aus den Höhlen. »Wer bringt denn so alte Weiber um?«

Luise Pimpernell zog erneut die Augenbrauen vorwurfsvoll in die Höhe. »Diese Frage kann ich dir ad hoc nicht beantworten. Das könnte ein paar Tage dauern. Aber nur, wenn du mich nicht länger von der Arbeit abhältst.« Sie wedelte mit der Hand in Richtung Ausgang.

»Halt mich auf dem Laufenden«, forderte er noch, um seine Wichtigkeit ins rechte Licht zu rücken.

»Ja, ja«, zeigte sich die Angesprochene davon jedoch unbeeindruckt und deutete noch einmal unmissverständlich zum Friedhofstor.

»Mord?«, fragte jetzt auch der Doktor.

»Ganz freiwillig dürfte die Dame da nicht abgetaucht sein, wie es ausschaut«, informierte ihn Grümpl mit einem Fingerzeig auf den Hinterkopf der Toten.

Der Arzt wies auf einen trockenen Platz auf dem Weg oberhalb des Wasserbeckens, die Kollegen breiteten eine Folie auf, hoben die Leiche aus dem Wasser und legten sie vorsichtig darauf.

»Albertine Echs!«, rief Luise überrascht. Der Bürgermeister, der ihren Ausruf noch gehört hatte, machte auf dem Absatz kehrt.

»Tatsächlich, die Berta« , bestätigte er. »Hat anscheinend einmal zu viel abgelästert.«

Auch wenn sich Luise über die neuerliche Unsensibilität ärgerte, notierte sie im Geist sofort diese Aussage. Dann bugsierte sie den Amtsträger abermals in Richtung Ausgang.

»Tu mir den Gefallen und red draußen nichts darüber, wer das ist und was wir vermuten«, bat sie ihn, doch es klang eher wie ein Befehl.

Der Doktor drehte den Kopf der alten Frau ein wenig zur Seite. »Ja, da wurde eindeutig nachgeholfen«, bestätigte er.

»Ist sie ertrunken, oder was?«, fragte die Ermittlerin.

»Das muss der Kollege in Wien feststellen. Ich kann Ihnen nur attestieren, dass sie tot ist und höchstwahrscheinlich keines natürlichen Todes gestorben ist«, antwortete er von unten herauf.

»Todeszeitpunkt?«

»Ich würde sagen vor zwei bis drei Stunden, eher weniger als mehr.«

Er erhob sich wieder und stellte einen Totenschein aus, auf welchem als Todesursache »unbekannt« angegeben war. Den überreichte er Grümpl beinahe feierlich und schwebte in seiner Duftwolke von dannen.

»Mit der Spurensicherung habe ich den Transport in die Rechtsmedizin eh auch gleich angefordert«, informierte Grümpl seine Chefin.

»Du bist heute wirklich ein ganz besonders aufmerksames Kerlchen«, lobte sie ihn. »Aber bitte lass mir die Tote noch nicht abtransportieren, bevor ich zurück bin. Ich gehe zu ihrer Tochter, die wohnt in der nächsten Quergasse. Vielleicht kann sie die Mutter vor Ort noch identifizieren, dann muss sie nicht nach Wien fahren. Also nur zudecken, bitte!«

Sie versuchte sich, so gut es ging, zu Albertine Echs hinunterzubeugen. Ihre Knie spielten nicht ausreichend mit, aber sie konnte nun genau sehen, dass drei kleine Löcher in dem Kopftuch waren und die Ränder etwas rosa schimmerten. Sie machte mit ihrem Handy ein Foto und richtete sich ächzend auf.

Das Bild konnte sie gut vergrößern und es war nicht nur bequemer so für sie, sondern sie sah dadurch auch genauer.

»Das könnte so eine kleine Gartenharke gewesen sein. Weißt eh, auf der einen Seite mit drei Zacken.« Sie reichte ihr Handy an den Inspektor weiter und dieser nickte.

»Schaut mal herum, ob ihr da was findet. Und wo das Grab der Familie Echs ist. Aber zuerst sag mir, wieso die Frau Murgitsch da vorne sitzt.«

Grümpl schlug sich an die Stirn. »Jessas, natürlich. Die habe ich beinahe vergessen. Die hat die Tote gefunden.«

Als alter Mensch wird man wirklich unsichtbar, dachte Luise, wie so oft, und änderte ihren Plan. »Ich werde noch kurz mit ihr sprechen und fahre danach zur Inge.«

3

Aloisia Murgitsch war jedoch nicht allein. Vor ihr stand der Bürgermeister und redete, wild mit den Händen gestikulierend, auf sie hinunter.

Als Luise näher kam, merkte sie allerdings, dass es gar nicht um den Todesfall ging. Die alte Frau hatte den Ortsvorsteher offenbar auf ein leidiges Thema angesprochen: Im Frühling waren viele alte Bäume auf dem Friedhof gerodet worden.

»So eine Schnapsidee«, hörte sie die Frau sagen. »Nirgends haben wir jetzt einen Schatten. Die Ripp Frieda ist uns heuer im Sommer zweimal umgekippt da, weil es so heiß war.«

Luise musste in sich hineingrinsen. Das hatte er davon, weil er glaubte, dass er sich überall einmischen musste. Bei der Aloisia war er damit an die richtige Stelle geraten.

»Und so schön waren sie die alten Bäume. Auf den Bankerln ist man so angenehm gesessen. Jetzt stehen die Bänke in der prallen Sonne und alles ist so nackert. Nirgends ein Schatten. Zweimal ist sie umgekippt, die Frieda. Zweimal.«

»Aber die Leute haben sich beschwert, weil die Gräber vom Laub und den Nadeln so dreckig waren. Abgesehen davon, dass die Vögel von den Ästen runtergeschissen haben.«

»Das bissl Laub wegräumen hat sicher keine von uns gestört. Das kannst mir nicht erzählen, Rudi. Ich bin jeden Tag da und hätt was gehört davon. Und weil du das sagst von den Vogerln. So schön haben sie gesungen. Jetzt hörst nur mehr den Lärm von da hinten, wo sie die Reihenhäuser bauen.«

»Wir werden wieder neue Bäume pflanzen, das versprech ich Ihnen, Frau Murgitsch.«

»Und wegen was hast dann die alten abschneiden lassen?«, fragte die alte Frau listig.

»Aus Sicherheitsgründen. Die Wurzeln hätten die Wege aufgetrieben und es ist gefährlich geworden für euch.«

»Für uns? Komm mir nicht so! Für uns hast du das nicht gemacht! Keinen Schatten, das gibt's für uns. Wahrscheinlich war das ein Kumpel von dir, der Baumschneider. Das hat ja ein Vermögen gekostet, hat der Bub von der Käthe gesagt. Der war bei der Sitzung damals im Gemeinderat dabei. Und bis die nachgewachsen sind, kann ich mir ihre Wurzeln von unten anschauen. Für uns hast du das nicht gemacht. Mir brauchst das nicht erzählen.«

Er seufzte und warf in gespielter Verzweiflung die Arme in die Höhe. »Ich kann eh sagen und machen, was ich will, es wird Ihnen nicht passen.«

»Wenn du so einen Blödsinn machst, brauchst nicht damit zu rechnen«, antwortete sie streng.

»Was ist?«, mischte sich die Pimpernell ein und klopfte dem Bürgermeister von hinten auf die Schulter. »Gehst endlich und lasst uns da in Ruhe arbeiten?«

So erfreut hatte er schon lange nicht dreingeschaut, bei Luises Anblick. Sie hatte das untrügliche Gefühl, er war ziemlich froh, dass er sich verabschieden konnte.

Doch weit würde ihm wohl kein Frieden beschieden sein. Denn vor dem Tor wartete die Armada der Friedhofspflegerinnen auf ihn. Und richtig, als sich Luise neben Aloisia auf die Bank setzte, hörte sie das deutliche Anschwellen des wütenden Geschnatters vor dem Friedhof.

4

Frau Murgitsch grinste Luise Pimpernell verschmitzt an. »Der glaubt, weil wir alt sind, sind wir auch deppert. So schön war der Friedhof mit den Bäumen. Und jetzt. So nackert und kein Fleckerl Schatten. Das ist nicht angenehm, das kannst mir glauben. Zweimal ist die Frieda heuer im Sommer umgefallen.«

Luise nickte der Frau bestätigend zu, zog ihre Tasche auf den Bauch und holte ihren Notizblock heraus. »Frau Murgitsch, aber nun muss ich Sie wegen der Frau Echs befragen.«

»Ist das die Berta, die dort hängt? Ich war mir nicht sicher. Ich bin gleich davon gerannt, ich bin so erschrocken. Hab die Hilda herausgeläutet, die wohnt ja da am Eck und wir haben die Polizei angerufen. Bis wir uns halbwegs erfangen haben und noch einmal rübergegangen sind, waren die eh gleich da.«

»Wann sind Sie denn auf den Friedhof gekommen?«

»So um sieben Uhr herum.«

»Ja, wird das Tor so zeitig aufgesperrt?«

»Das wird gar nicht zugesperrt. Das Schloss ist ewig lang hin.«

»Da ist es doch noch finster.«

»Nein. Es geht schon.«

»Und weiter?«

»Ich war beim Grab von den Eltern und hab dort alles gerichtet. Anschließend bin ich zum Grab von der Mitzi und vom Vinzenz. Da habe ich gestern ein paar Blumen hingestellt. Weil da geschieht ja nichts. Die haben nur Gras und eine Marmoreinfassung. Ich bin gespannt, ob da heute wenigstens einer ein Lichtl anzündet. Ich hab die Blumen gießen wollen und bin zu der Wasserleitung ...« Sie brach ab und wackelte mit dem Kopf ein paarmal hin und her.

»Die Eltern liegen auf der drüberen Seite«, erklärte Frau Murgitsch nach einer kleinen Pause und deutete mit der Hand nach links. »Da ist ein anderer Brunnen. Aber ich wollte noch zur Mitzi und zum Vinzenz, die liegen auf der rechten Seite und da muss ich bei der Wasserleitung vorbei.«

»War sonst jemand auf dem Friedhof?«

»Ja, die Käthe war da, wie ich gekommen bin. Die haben das Grab da hinten.« Sie deutete gerade nach vorn. »Wie ich zur Mitzi bin, hab ich sie nicht mehr gesehen. Ich wundere mich nur jetzt, dass die nicht auf mich gewartet hat. Die anderen kommen meist erst später und da tratsch ma halt vorher ein bissl. Das machen wir sonst immer. Aber heute ... War die auf einmal weg. Ich wollte noch zur Mitzi.«

»Ist da hinten beim Grab Radacs nicht ebenfalls eine Wasserleitung?«, fragte Luise.

»Ja, ja. Vier haben wir. Da vorne beim Tor ist auch noch eine.«

Frau Murgitsch stand auf, drehte sich um und schaute über die kleine Mauer auf die Versammlung vor dem Tor.

»Siehst du die Käthe? Ich seh sie nicht. Aber es sind ja so viele Leute. Und so richtig gut seh ich nicht mehr. An sich wartet die immer auf mich. Wir tratschen gern noch ein bissl. Die anderen sind immer später dran als wir. Überhaupt die Jungen.«

Luise musste in sich hineingrinsen. Denn mit den Jungen

waren sicher die Siebzig- bis Achtzigjährigen gemeint.

»Ich werde sie fragen, warum sie heute nicht gewartet hat. Sagen Sie mir bitte noch, sonst war niemand da?«, fragte sie weiter.

Die alte Frau setzte sich wieder. »Der Meier Franz. Das Grab von seiner Frau ist dort drüben, nicht weit weg ...«

»Und die Frau Echs, war die auch immer so zeitig dran?«

Die Äuglein der alten Frau blitzten. »Meistens. Wegen dem Franz. Früher ist sie erst später gekommen, aber seit der Franz um die Zeit da ist ...« Sie zwinkerte.

Luise kniff die Augen ungläubig zusammen. Wie bitte?

Doch Aloisia Murgitsch sprach bereits weiter. »Die war ja eine Männersüchtige, die Berta. Immer schon. Aber der hat nichts von ihr wissen wollen, der Franz. Die Frau ist ja auch noch nicht lange unter der Erde.«

»War der Herr Meier noch da, als sie zum Emser-Grab hinüber wollten?«

»Nein, wo du das sagst. Nein, der war nicht mehr da. Zumindest hab ich ihn nicht gesehen. Komisch, wo sind denn die alle hingekommen? Die Käthe hat immer auf mich gewartet, um noch ein bissl zu tratschen, bevor die anderen gekommen sind. Aber heute war sie auf einmal weg. Und der Franz auch. Der hat allerdings nie lang mit uns geredet. Die Frau ist ja erst gestorben. Doch der war immer so zeitig dran. Und die Thea. Aber die hat sowieso nie viel mit uns geredet.«

»Thea?«

»Die alte Krauthacker. Genau. Jetzt fällt mir auf, die war heute nicht da. Komisch. Aber die Thea war eine, die seit der Beerdigung vom Josef ebenfalls in der Früh das erste Mal da war.«

»Was heißt, das erste Mal? Kam sie öfter am Tag?«

»Ja, was glaubst du denn, Luise. Natürlich müssen wir unter Tags auch nach dem Rechten schauen.«

»Und gehört? Gehört haben Sie nichts?«

»Nein, aber ich hör ja schon schlecht. Da kannst dich nicht drauf verlassen. Wieso fragst überhaupt danach? Hat sie denn nicht der Schlag getroffen?«

»Ich weiß es noch nicht«, wich die Beamtin aus. »Wir wollen halt lieber gleich alles abklären. Jetzt können Sie sich noch gut erinnern.«

»Na, na, Luise! Du brauchst nicht glauben, dass ich schon deppert bin.«

Luise lächelte. »Nein, Frau Murgitsch. Das weiß ich genau. Allerweil es wären in Ihrem Alter noch alle so gut beisammen wie Sie. Und so mancher vorher. Wenn Sie wollen, können Sie nach Hause gehen. Wenn ich noch etwas wissen will, komme ich bei Ihnen vorbei.«

»Ich bleib noch ein bissl sitzen, wenn's nichts macht«, entschied die Frau hingegen. Immerhin war es eine ziemliche Abwechslung zur Eintönigkeit ihres Alltags, was es hier zu sehen gab.

5

Gerade als Luise aufstand, den Notizblock verstaute und die Tasche auf den Rücken zurück schob, öffnete sich das Friedhofstor und der Bürgermeister kam in Begleitung von Inge Rebierer, der Tochter von Albertine Echs herein.

Die Frau sah einigermaßen verstört, allerdings nicht allzu kummervoll aus. Luise gab ihr die Hand.

»Mein Beileid, Inge. Bist du so lieb, gehst schon vor. Da drüben, siehst eh, wo die Kollegen sind. Ich komm gleich nach.« Dann hielt sie den Bürgermeister, der sich ebenfalls auf den Weg machen wollte, am Arm zurück. »Sag spinnst du«, fuhr sie ihn an. »Hab ich dir nicht gesagt, du sollst den Mund halten!«

»Ich hab nichts gesagt da draußen. Aber sie ist doch die Tochter, da dachte ich, ich hol sie her ...«

»Wenn du denkst, kommt echt nix als Blödsinn heraus«, schnitt ihm Luise das Wort ab. »Hast du noch nie gehört, dass die Reaktion der Familie auf die Todesnachricht ein ganz wichtiger Punkt bei einer Mordermittlung ist. Das sagen sie sogar im *Tatort* immer. Du musst dich natürlich dreinmischen und das untergraben.«

»Du glaubst doch nicht, dass die Inge ...«

»Glauben tut der Pfarrer und bei unserem bin ich mir da auch nicht sicher. Ich ermittle. Und mir hast ordentlich hineingepfuscht. Und jetzt geh endlich nach Hause, bevor du noch mehr Unheil anrichtest.«

Luise Pimpernell trabte hinter Inge Rebierer her und holte sie tatsächlich ein, bevor sie die zugedeckte Leiche der Mutter erreichte.

»Sie ist mit dem Kopf unter Wasser gewesen. Schaut nicht besonders schön aus. Ich dachte, es wäre dir trotzdem lieber, als extra zur Identifizierung nach Wien zu fahren«, bereitete Luise die Frau vor und diese nickte.

Die Beamtin bedeutete einem jungen Kollegen, der neben der Leiche stand, die Abdeckung zurückzuschlagen. Inge warf einen kurzen Blick auf ihre Mutter. Wieder nickte sie nur. Dann wandte sie sich ab.

Luise nahm sie beim Arm und führte sie ein Stück zur Seite. »Danke! Geh nach Hause. Du kannst hier nichts machen. Wenn es dir recht ist, komm ich später bei euch vorbei und stell dir ein paar Fragen. Aber das muss nicht gleich sein.«

Noch immer sprach die Frau kein Wort, gab lediglich ein weiteres Kopfnicken als Antwort und ging langsam den Weg hinunter.

Luise überlegte kurz, dann eilte sie hinter ihr her. »Ich bring dich hinaus, weil die lassen dich sonst wahrscheinlich nicht in Ruhe da draußen.«

Sicher bugsierte sie Inge durch die Menge.

»Weißt du, wann deine Mutter heute zum Friedhof ist?«, fragte sie, als sie schweigend ein paar Meter gegangen waren.

»Nein. Ich hab mich nur bereits gewundert gehabt, dass ich sie heute noch nicht gesehen hab.«

»Ihr wohnt zusammen, nicht wahr?«

»Nicht direkt. Wir wohnen auf einem Hof. Sie wohnt im hinteren Teil, hat dort eine eigene Wohnung. Aber natürlich laufen wir uns ein paar Mal am Tag über den Weg. Sie kommt dauernd in unsere Küche. Unter zig Vorwänden. Kam ...«

»Weißt du, hat sie mit irgendjemandem Streit gehabt?«

Die Frau seufzte. »Meine Mutter war keine einfache Person. Wie es halt so ist mit den alten Leuten. Hat immer alles besser gewusst und dazu ein bissl ein böses Mundwerk gehabt. Aber deshalb bringt man doch niemanden um.«

Sie waren an der Ecke angekommen und Luise blieb stehen.

»Ich gehe wieder zurück. Wie gesagt, ich komm später noch einmal kurz vorbei. Die Routinefragen abklären.«

»Routinefragen?«

Jetzt war es Luise, die nur wortlos nickte. Sie hob grüßend die Hand und marschierte zum Friedhof zurück.

6

Die Spurensicherung war bereits am Werk, als Luise Pimpernell an den Tatort zurückkehrte.

»Feiertagsprogramm braucht man sich bei dir keines vorzunehmen«, begrüßte deren Leiter Max Lötmeier die Kollegin.

»Ach, du wärst sowieso heute auf dem Friedhof gelandet. Hier ist es sicher spannender für dich«, gab sie den Gruß zurück.

»Aber danach hätte es eine Familienjause gegeben und jetzt kann ich mir im Labor einen Kaffee aus dem Automaten ziehen.«

»Da siehst du, wie privilegiert du bist. Bei mir gibt's nicht einmal einen Automaten.«

Beide grinsten und zuckten ergeben die Achseln. Lötmeier zeigte Luise ein Plastiksackerl, in welchem sich ein Schlüsselbund befand und ein weiteres mit einem gebrauchten Stofftaschentuch.

»Der Schlüssel war in einer Tasche des Mantels. Das Sacktuch in der Kittelschürze, die die Frau darunter trug.«

Grümpl kam dazu. Er schwenkte eine Einkaufstasche, die der von Aloisia Murgitsch ziemlich ähnlich sah. Wie aus fettig geschmirgelter Pappe.

»Die stand neben dem Grab der Familie Echs.« Er reichte sie seiner Chefin und die drei Ermittler sichteten gemeinsam den Inhalt. Viel war nicht drinnen. Eine Schachtel Streichhölzer, zwei Grablichter und ein bisschen Gartenwerkzeug, darunter eine kleine Gartenharke, die auf einer Seite ein glattes Schaufelblatt hatte und auf der anderen Seite drei Zacken.

Luise hob sie hoch und nickte. »Genau so eine habe ich gemeint. Die wird allerdings hier auf dem Friedhof so gut wie jeder verwenden. Ich glaube, es gibt hinter der Aufbahrungshalle sogar einen kleinen Verschlag, wo solche Werkzeuge aus dem Fundus zur allgemeinen Verwendung gelagert werden.« Sie sah Grümpl auffordernd an und dieser verzog spöttisch den Mund.

»Ich gehe ja schon.« Er drehte auf dem Absatz um und verschwand hinter der kleinen Kapelle, die ein paar Schritte entfernt von dem Brunnen lag.

»Da konnte wirklich jeder ganz leicht an ein solches Tatwerkzeug gekommen sein, der die alte Frau beim Wasserholen sah und böse Gedanken hegte«, bestätigte Lötmeier.

Grümpl kam wieder um die Ecke. »Du hast recht. Da hinten liegt alles Mögliche an solchen Dingern herum. Doch ob etwas weggenommen wurde, wird niemand sagen können.«

»Nein, aber bitte sucht nach solchen Harken dort. Die müssen alle untersucht werden!«

Lötmeier nickte und machte eine Handbewegung zu einem seiner weißgekleideten Männer, der sich sofort auf den Weg machte.

Eine Mitarbeiterin der Spusi kam mit einem weiteren Plastiksäckchen zu der Gruppe. Sie hob es in die Höhe, sodass alle einen, ein wenig verschlissen wirkenden, gestrickten, grauen Halbhandschuh sehen konnten. Unter anderem waren zwei Fleckchen darauf erkennbar, die gut und gerne Blutspritzer sein könnten.

»Und er ist feucht!«, erläuterte die Frau aufgekratzt.

»Wo lag er?«, fragte die Pimpernell elektrisiert.

»Da vorne auf dem Weg, der zum Tor führt.«

»Schade. Eine andere Richtung hätte uns vielleicht mehr sagen können.«

Die junge Beamtin verzog das Gesicht in gespielter Resignation, hob die Schultern hoch und die Chefermittlerin beeilte sich hinzuzufügen: »Immerhin, wenn das wirklich Blut von der Toten ist, ist das ein starkes Beweismittel!« Sie nahm der Spurensucherin das Säckchen aus der Hand und drehte es vor ihren Augen hin und her, dann legte sie es auf ihre linke Hand und die rechte oben darauf. »Relativ groß. Könnte von einem Mann sein. Die werden allerdings eher seltener so etwas tragen.«

»Ich weiß nicht«, mischte sich Grümpl ein. »Bei uns haben die Männer früher diese Dinger oft zur Arbeit im Weinberg getragen. Könnte also auf einen älteren Menschen hinweisen, so würde ich das eher eingrenzen, als zwischen Mann und Frau zu unterscheiden.«

»Allerdings könnte ihn genauso jemand gefunden und zu diesem Zweck verwendet haben«, gab Lötmeier zu bedenken.

»Egal!«, beschied die Pimpernell. »Auf jeden Fall sollten eine Menge Spuren drauf sein. Und die werden wir sicher gut gebrauchen können.«

Sie gab der Kollegin das Fundstück zurück und sah nachdenklich über die Grabsteine hinweg in die Runde, zog ihren Notizblock heraus und begann, eine grobe Skizze zu machen.

»Blödsinn«, verwarf sie diese Idee rasch. »Ich geh schauen, ob der Rudi noch da ist. Der muss mir einen Plan vom Friedhof geben.«

Grümpl und Lötmeier warfen einander einen sprechenden Blick zu, aber Luise marschierte bereits den Weg hinunter.

Frau Murgitsch saß noch immer auf der Bank, beobachtete interessiert das Treiben und grinste Luise mit blitzenden Äuglein entgegen. Sie schien es zu genießen, dass sie sich als einzige innerhalb der Friedhofsmauern aufhalten durfte.

Die Menschenmenge vor dem Friedhofstor zeigte sich ein wenig gelichtet, die Leute standen in Gruppen zusammen und unterhielten sich augenscheinlich blendend. Der Bürgermeister hatte sich tatsächlich noch nicht dazu aufraffen können, den Ort des Geschehens zu verlassen. Gestikulierend stand er bei einer Gruppe älterer Frauen. Auch hier wurde allerdings eher nicht über den Tod der Frau Echs gesprochen, denn alle lachten immer wieder laut auf.

Die Pimpernell winkte ihn zur Seite. »Ich brauch einen Plan vom Friedhof«, eröffnete sie ihm knapp.

»Und wo soll ich den hernehmen?«, fragte er stirnrunzelnd zurück.

»Ihr müsst doch im Gemeindeamt einen haben.«

»Und du glaubst, ich weiß wo?«

»Dann musst halt deinen Amtsleiter anrufen und fragen.«

»Aber ich kann doch nicht am Feiertag ...«

»Wie bitte?«, unterbrach ihn die Pimpernell unwirsch. »Was kannst du nicht? Ihr könnt's ja auch am Sonntagvormittag miteinander saufen und wahrscheinlich triffst ihn am ehesten beim Frühschoppen beim Jagawirt an, wo er bereits auf dich warten wird.«

»Ja aber ...«

»Ah so, du glaubst, der weiß es auch nicht. Na gut, müsst's halt die Kathi anrufen. Sonst mach ich's«, drohte sie.

»Ich hab keinen Schlüssel mit. Ich muss erst nach Hause gehen, dann können wir uns im Gemeindeamt treffen und derweil werde ich das schon herausfinden.«

»Weißt was, gib mir die Nummer von der Kathi. Ich mach das wirklich selber. Die kann mir das sicher einfach per Mail schicken. Das ist ja nicht zu fassen.«

»Aber, aber ...«, stotterte der Bürgermeister wieder.

»Hör auf, herumzustottern. Gib mir die Nummer und aus. Die weiß sowieso, dass du für sowas nicht zu brauchen bist«, fuhr ihn Luise an.

Wie vermutet, hatte die Amtssekretärin keinerlei Problem damit, Luise am Feiertag behilflich zu sein. Nachdem sie gehört hatte, was passiert war, versprach sie, sofort ins Gemeindeamt zu gehen und die gewünschten Daten per Mail zu schicken. Eine Genehmigung des Bürgermeisters dafür einzuholen, schien sie nicht einmal anzudenken.

Beim Zurückgehen blieb Luise noch einmal bei Frau Murgitsch stehen. »Tragen Sie Handschuhe bei der Grabpflege?«, fragte sie die alte Frau.

»Noch nicht. Später, wenn's kalt wird, trag ich so abgeschnittene, weißt eh, wo die Finger abgeschnitten sind, mein ich. Warum?«

»Es hat mich nur interessiert. Die anderen, tragen die welche, wissen Sie das?«

»Aufgepasst hab ich da nicht. Aber ich glaube, denen ist es auch noch zu warm dafür. Wir sind ja nicht aus Zuckerguss. Sind ein bissl was gewöhnt. Nicht so wie die heutigen Frauen.«

»Sagen Sie, war die Frau Echs beliebt bei ihren Freundinnen?«

»Freundinnen«, Frau Murgitsch spuckte das Wort geradezu aus. »Weißt du, Luise, wir haben alle eine gemeinsame Vergangenheit. Aber Freundinnen sind wir nicht. Und mit der Berta war's nicht einfach. Mit ihren ewigen Männergeschichten und ihrem spitzen Mundwerk. Da könnt ich dir Geschichten erzählen.«

»Die interessieren mich natürlich sehr. Darf ich am Nachmittag auf ein Kaffeetscherl vorbeikommen? Ich könnt ein paar Krapferln auftauen, für die Sie mir voriges Jahr die Rezepte gegeben haben. Damit Sie einmal kosten, ob ich sie richtig gemacht habe.«

»Natürlich kannst kommen. Warst eh schon lang nicht da.« Es klang ein wenig vorwurfsvoll. »Und Geschichten kann ich dir erzählen von der Berta, da wirst Augen machen. Freundinnen hat die keine gehabt. Das heißt, mit der Ripp Frieda, mit der war sie befreundet. Was eh seltsam genug war, weil die Berta ja mit dem Alten von der was gehabt hat. Aber wahrscheinlich weiß das die Frieda als einzige im Ort nicht. Wie das halt so ist, bei solchen Sachen. Geschichten kann ich dir genug erzählen, von der Berta.« Frau Murgitsch grinste und zwinkerte Luise verschwörerisch zu.

Die hatte ihre anfängliche Verblüffung bereits abgelegt. Sie gehörte an sich nicht zu den Leuten, die davon ausgingen, dass sich mit dem Alter die zwischenmenschlichen Probleme änderten. Allerdings musste sie sich jetzt eingestehen, dass sie nicht damit gerechnet hatte, dass sie in dieser Altersgruppe noch derart ausgeprägt zu sein schienen.

»Und hatte sie Feindinnen?«

»Feindinnen«, wiederholte Frau Murgitsch langsam und schüttelte dann leicht den Kopf. »No ja, Feindinnen wär vielleicht zu viel gesagt. Wir kennen uns halt alle so lange und wissen allerhand voneinander. Aber Freundinnen hat die nicht viele gehabt. Bereits früher nicht. Gar nicht grün war sie mit der Moringer Irma und mit der alten Krauthacker. Weißt, sie war nicht beliebt. Sie hat sich halt überall dazu gezwängt und eingemischt. Bei den beiden war das jedoch irgendwie anders. Die hat sie nicht leiden können, nicht umgekehrt. Also wahrscheinlich eh umgekehrt auch. Aber du weißt schon, was ich meine, oder?«

Luise stimmte zu. Ein höchst informativer Nachmittag schien vor ihr zu liegen.

Das Friedhofstor quietschte erneut in seinen Angeln und als Luise sich umdrehte, sah sie, wie der Blechsarg hinaustransportiert wurde.

Die Leute verstummten, bildeten eine Gasse zum Auto der Rechtsmedizin hin und bekreuzigten sich der Reihe nach, sobald der Sarg an ihnen vorübergeschoben wurde.

Sofort wurde der Wache stehende Beamte umringt und mit Fragen bestürmt, ob denn endlich der Zugang zum Friedhof möglich wäre.

Luise ging vor das Tor und mit lauter Stimme verkündete sie: »Wenn's ihr uns in Ruhe arbeiten lasst's, könnte der Friedhof ab circa vierzehn Uhr freigegeben werden. Also geht's nach Hause und kommt's später wieder. Ihr versäumt's hier gar nichts.«

»Ist es wahr, dass es die Echs Berta getroffen hat?«, rief ihr eine Frauenstimme entgegen.

Luise nickte.

»Unsere Schwester ruhe in Frieden«, hörte sie eine sonore Stimme von rechts, bevor sie eine Antwort formulieren konnte. Neben dem Bürgermeister hatte sich nun auch der Pfarrer eingefunden.

Er breitete die Arme aus und hob die Augen Richtung Himmel. »Lasst uns in der Messe für sie beten.« Dann schlug auch er ein Kreuz. Damit erinnerte er seine Schäfchen daran, dass in Kürze der Feiertags-Gottesdienst begann.

Tatsächlich zerstreute sich die Menge daraufhin in Windeseile.

Der Pfarrer trat zu Luise und die duckte sich innerlich bereits vor dem, was zu erwarten war.

»Auf unserem Friedhofe - gab es eine Katastrophe.« Seine unheilige Vorliebe für das Verfassen schlechter Reime war ihr sattsam bekannt. Vorgetragen mit auf dem Bauch gefalteten Händen und zum Himmel gedrehtem Blick, versetzten sie ihr dennoch einen Schlag in die Magengrube. »Wie ist unsere Schwester gestorben? Wie hat sie ihr Leben verloren?«

Luise konnte nur wortlos den Kopf schütteln. Sie ließ ihn einfach stehen und kehrte mit Riesenschritten an den Tatort zurück.

»Wir haben sicherheitshalber eine Wasserprobe genommen. Obwohl die nichts Besonderes zeigen wird. Aber versäumen wollten wir es auch nicht. Auf dem Wasserhahn lagen zu viele Fingerabdrücke übereinander. Auf der Gießkanne ebenfalls. Da werden wir nichts Brauchbares finden«, wurde sie von Lötmeier informiert.

»Wo ist Grümpl?«, fragte sie.

»Der überprüft mit zwei Kollegen, auf welchen Gräbern schon Lichtlein brennen und wie lange. Um vielleicht noch weitere Zeugen ausfindig zu machen.«

Das Smartphone der Ermittlerin gab Laut.

»Ah, Kathi hat den Friedhofsplan gemailt.«

Sie sah Roman Grümpl in der nächsten Gräberreihe und winkte ihn zurück. »Ich schick den Gräberplan an dich weiter. Wenn du ins Büro kommst, druck ein paar aus. Da können wir alles mögliche gut einzeichnen. Wege, die von den einzelnen Personen genommen werden konnten, zum Beispiel.«

»Kommst du nicht ins Büro? Der Luisinger wird sicher bereits alles vorbereitet haben und dich herzen wollen.«

Wenn die Frau Oberst im Umfeld ihrer Wohnortgemeinde ermittelte, bekam sie im Büro von Abteilungsinspektor Grümpl auf dem Polizeiposten in Neusiedl am See interimsweise einen Schreibtisch zur Verfügung gestellt. Postenkommandant Luisinger freute sich immer, wenn sie bei ihnen Station machte, auch wenn die Anlässe dann leider grausliche waren und sie seine Mannen für Ermittlungen benötigte.

»Jetzt sind wohl alle in der Messe. Danach werde ich versuchen, mit Käthe Radacs und Franz Meier zu sprechen. Die hat Frau Murgitsch auf dem Friedhof gesehen. Oder vielleicht noch mit denen, die bei deiner Lichterrecherche aufgefallen sind. Wenn du im Büro fertig bist, kannst heimgehen. Ich weiß nichts, was du am Feiertag noch erledigen könntest. Ich muss als Erstes die ganzen alten Frauen befragen, befürchte ich. Das will ich dir ersparen und Geleitschutz brauche ich dafür keinen.«

Sie spielte darauf an, dass sie den Inspektor meistens dann zu Erstgesprächen mitnahm, wenn zu erwarten war, jemand könnte nicht ganz friedlich reagieren. Der winzige, unscheinbare Mann verfügte nicht nur über eine immer für Verblüffung sorgende kräftige Bassstimme, sondern war darüberhinaus noch für einige Überraschungen gut. Er liebte östliche Kampfsportarten und hatte darin sogar einige Pokale gewonnen. Wenn auch im Federgewicht, so reichten allein die Tricks, die er dadurch kannte, meistens aus, um Normalsterbliche zur Räson zu bringen, selbst wenn sie gefühlt doppelt so groß oder breit waren.

Aber bei den alten Damen erwartete Luise keine Notwendigkeit für einen solchen Einsatz. »Für Nachmittag habe ich mich bei Aloisia Murgitsch angekündigt. Sie will mir Geschichten über Berta Echs erzählen. Und die, die sie angedeutet hat, hatten es bereits in sich. Die Frau war eine Femme fatale!«

Die Reaktion von Grümpl hörte sich an, als hätte er Schluckauf. Entgeistert sah er seine Chefin an.

»Ja, was hast du geglaubt? Dass das jemals aufhört?«

»Nicht?«, japste er und hickste noch einmal.

»Nein! Und das ist auch gut so. Aber es ist ein derartiges Tabuthema, dass man glaubt, Liebe oder gar Erotik spielen im Alter keine Rolle mehr. Ich vermute allerdings, hier geht es mehr um Geschichten aus der Vergangenheit. Die alten Frauen hier haben sehr viel miteinander erlebt. Da war alles anders als heute, wo keiner mehr den Nachbarn kennt. Die Kinder spielten auf der Straße und nicht am Computer. Die Jugendlichen trafen sich im Freien irgendwo im Ort, in den Weingärten oder am See und zerstreuten sich nicht in alle Winde oder Lokale bis in die Großstadt.«

»Ja, ja, die gute alte Zeit«, gab Grümpl mit spöttischem Grinsen und leicht seufzend zur Antwort.

Luise schlug ihn spielerisch auf den Oberarm.

»Schau, dass du weiterkommst. Dann bist du zu Mittag zu

Hause. Und grüß mir die Rosi schön. Morgen früh hab ich sicher schon einen Haufen Infos über das Lotterleben in Schilfern. Und da ist es eh vorbei mit deinem ruhigen Dorfpolizisten-Dasein.«

7

Da zu erwarten war, dass Käthe Radacs noch in der Kirche sein würde, radelte Luise Pimpernell zunächst zu Franz Meier. Erfahrungsgemäß neigten die Männer nicht in dem gleichen Ausmaß zum Gottesdienstbesuch wie die Frauen.

Die Familie Meier hatte Jahrzehnte lang die Greißlerei im Ort betrieben. Später wurde das Geschäft in Partnerschaft mit einer Genossenschaft zu einem Selbstbedienungsladen umgewandelt. Doch vor ein paar Jahren wurde an einem Ende von Schilfern ein großer Supermarkt gebaut. Die älteren Einwohner konnten ihren »Meier-Kramer« noch einige Zeit am Leben erhalten. Es war wichtig für sie, das Geschäft zu Fuß erreichen zu können, außerdem wollten sie auf ihre Kaufrituale und die kleinen Tratscherln nicht verzichten.

Aber dann stellte die Konkurrenz auf der anderen Seite des Ortes einen weiteren Supermarkt auf und damit war das Schicksal des kleinen Ladens besiegelt.

Die Eltern waren schon in Pension gewesen, auch wenn sie ihrer Tochter nach wie vor regelmäßig im Betrieb geholfen hatten. Nun musste diese sich anderweitig einen Job suchen, pendelte einige Jahre nach Wien aus, verlegte schließlich ihren Lebensmittelpunkt ganz in die Stadt.

Das ehemalige Geschäft lag in der Hauptstraße, an der Ecke einer zum See führenden Nebenstraße. Bauliche Veränderungen waren nach der Schließung des Ladenlokals keine vorgenommen, sondern nur Jalousien hinter den Auslagen angebracht worden.

Ein kleines Tor in der Seitengasse bildete den Eingang zum

Wohnhaus.

Luise musste mehrmals klingeln und dachte bereits, dass der Witwer nicht zu Hause sei, als endlich geöffnet wurde.

Herr Meier war ein untersetzter mittelgroßer Mann in den Achtzigern. Seine Haltung wirkte leicht gebückt und sein Gesicht zeigte tiefe Furchen.

Er war unrasiert, trug eine weite blaue Latzhose und eine alte Schirmkappe.

Überrascht schaute er seine Besucherin an. »Luise? Was machst denn du hier?«

»Kann ich reinkommen, Herr Meier, bitte. Ich möchte Ihnen ein paar Fragen stellen.«

Er machte einen Schritt zurück und ließ sie in einen winzigen Vorraum eintreten. Dem Eingang gegenüber lag eine Tür; die vermutlich in das ehemalige Geschäftslokal führte. Auf der rechten Seite begann beinahe unmittelbar neben dem Tor eine steile Treppe zum Obergeschoß.

»Ich bin gerade beim Holzhacken. Aber komm hinauf.«

Er deutete Luise, voranzugehen. Oben dirigierte er sie in ein sichtlich nicht sehr häufig benutztes Wohnzimmer. Schwere Eichenmöbel und eine gepolsterte Sitzgruppe mit Holzlehnen gaben dem Raum einen rustikalen Einschlag. Die gestickten Bilder an den Wänden und einige Plastikblumen-arrangements taten ihr übriges. Über allem lag ein Hauch von staubiger Sentimentalität.

Luise befreite sich von ihrem Umhang und ließ sich auf die Sitzbank fallen.

»Was ist denn?«, fragte Herr Meier und blieb unschlüssig neben ihr stehen.

»Sie waren heute in der Früh sehr zeitig auf dem Friedhof?

Wann war denn das?«, fragte sie zu dem Mann hinauf.

Dieser nickte. »Ja und? Ich geh immer gleich in der Früh. Wieso interessiert dich das?«

»Haben Sie denn nichts gehört? Es gab einen ... Unfall ...«

»Wo?«

»Auf dem Friedhof. Wann waren Sie dort?«

»Kurz nach sieben.«

»Haben Sie jemanden getroffen? Mit jemandem gesprochen?«

»Nein.«

»Aber gesehen?«

»Die Murgitsch ist grad gekommen, wie ich schon am Gehen war. Die ist immer so zeitig dran. Ich glaub, die Radacs hat auch da hinten herumgegrabelt.«

»Und die Frau Echs haben Sie nicht gesehen?«

Ein leicht verdrossener Zug huschte über das Gesicht des alten Mannes. »Ja, ja. Die hab ich ebenfalls gesehen.«

»Haben Sie mit ihr gesprochen?«

»Nein, ich hab mit niemandem geredet. Hab ich eh gesagt. Was ist denn passiert?«

»Die Frau Echs ist in den Brunnen gefallen«, wich Luise vorerst aus.

»Die Berta ... ist was? Die ist in den Brunnen gefallen? Ja, wie geht denn das?« Langsam setzte sich Herr Meier in einen der Fauteuils, sein Gesicht zeigte Verblüffung.

»So wie es leider aussieht, scheint jemand nachgeholfen zu haben.«

»Nachgeholfen«, wiederholte der Mann und der bestürzte Ausdruck verstärkte sich noch. »Bei uns auf dem Friedhof?«

»Haben Sie sonst niemanden gesehen? Denken Sie bitte

noch einmal genau nach. Es ist wichtig.«

»Nein. Aber ich habe nicht wirklich gut aufgepasst. Hab immer geschaut, dass ich weiterkomm, bevor die Weiber, äh, die anderen halt, angetanzt sind.«

»Wie gut kannten Sie Frau Echs?«

»Ach Luise, natürlich sind wir zusammen aufgewachsen. Später dann halt als Kundin. Die Christin hat sie nicht leiden können, also haben wir sonst keinen Kontakt gehabt.«

»Hat es irgendeinen Vorfall gegeben zwischen Ihrer Frau und der Frau Echs, weshalb Ihre Frau sie nicht mochte?«

»Ich weiß nichts. Die Berta war halt als junge eine ziemlich Wilde. Und meine Christin hat manchmal ganz schön eifersüchtig sein können.«

»Und? Hatte sie Grund dafür?«

»Bei der Berta nicht«, antwortete Herr Meier, offensichtlich etwas unbedacht, und Luise schmunzelte in sich hinein.

»Aber eine fesche Katz war sie, das muss man ihr lassen. Waren alle hinter ihr her. Jetzt war sie nur mehr eine böse Alte. Was die im Geschäft für einen Unfrieden verbreiten hat können, das kannst dir gar nicht vorstellen. Ich hab dann immer schlichten müssen zwischen den Weibern.«

»Worum wurde denn da gestritten?«

»Um alles. Du glauberst es nicht, was die alles gewusst hat. Oder zumindest so getan hat, als ob sie es wüsste. Die muss bei den Leuten bei den Fenstern hineingeschaut haben in der Nacht.«

»Waren welche dabei, auf die sie es besonders abgesehen hatte?«

»Das weiß ich nicht. Ich hab ja nie hingehört. Erst wenn's laut geworden sind, bin ich dazwischen.«

»Zurück zu heute. Wann haben Sie denn die Frau Echs gesehen. Als Sie ankamen oder als Sie weggingen?«

Plötzlich zögerte Herr Meier mit seiner Antwort. Sein Gesicht bekam einen leicht betroffenen Zug. »Ich hab sie die ganze Zeit gesehen. Unser Grab ist nicht weit weg vom alten Echs. Sie ist immer bei uns vorbeigegangen, wenn sie Wasser geholt hat, obwohl das ein bissl ein Umweg war. Heute auch. Da hab ich geschaut, dass ich wegkomm. Aber wenn ich jetzt denke ...«

»Machen Sie sich keine Vorwürfe, mit so was muss man nicht rechnen.«

»Nein, eh nicht. Vorwürfe sicher nicht. Man denkt halt dann.«

»Wenn ich das richtig verstanden habe, ist die Frau Echs gerade zum Brunnen gegangen, als Sie noch da waren?«

»Na ja, vielleicht hat sie auch nur so getan, als ob sie hinwill.« Herr Meier warf Luise einen anzüglichen Blick zu. »Sie hat halt immer versucht, mich anzulabern, wenn sie mich wo gesehen hat. Seit die Christin tot ist ...«

Trotz des offenen Geistes, den die Pimpernell zu haben glaubte, schien es ihr ein wenig obskur, wenn sie den alten Herrn so betrachtete, der vor ihr saß, dass er das Objekt von Begierde sein sollte. Anscheinend war sie ebenfalls zu sehr in Vorurteilen gefangen.

»Also außer der Frau Murgitsch und der Frau Radacs haben Sie niemanden auf dem Friedhof gesehen? Sind Sie sicher?«, kam sie lieber auf realeren Boden zurück.

»Ja. Soweit schon. Das heißt, mir ist halt niemand sonst aufgefallen. Aber«, Herr Meier schob die Kappe aus der Stirn und kratzte sich am Kopf. »Draußen. Die alte Krauthacker ist grad angewackelt, als ich weggegangen bin. Und die Ringleitnerin habe ich auch gesehen. Die wohnt ja vis à vis. Die ist beim Haus herausgekommen. Ob die auf den Friedhof gegangen sind, kann ich leider nicht sagen. Da habe ich nicht aufgepasst.«

Luise Pimpernell stand auf, nahm ihren Umhang und warf ihn sich mit Schwung um die Schultern. »Danke, Herr Meier, das war's fürs Erste. Wenn ich noch was brauch, melde ich mich.«

»Ist gut.« Der ehemalige Greißler erhob sich ebenfalls aus dem Fauteuil. Als er hinter Luise die steilen Stufen hinunterstieg, hörte sie ihn murmeln. »Umgebracht. Nein so was. Bei uns auf dem Friedhof. Man ist ja wirklich seines Lebens nirgends mehr sicher.«

8

Der Sohn von Käthe Radacs hatte den alten Hof seiner Eltern zu einer modernen Frühstückspension ausgebaut. Die Gassenfront bildete nach wie vor das Eingangstor, neben einem Häuschen mit zwei Fenstern und geschwungenem Giebel. Doch nach der Hauseinfahrt war das weit nach hinten gezogene Gebäude aufgestockt worden. Den Zutritt zu den Appartements erreichte man über eine Balustrade mit Außentreppen aus Gitter.

Auf der gegenüberliegenden Seite an der obligaten Mauer zum Nachbargrundstück waren einige lose Weinstöcke gepflanzt worden, eher zur Zierde als zur tatsächlichen Ernte gedacht. Kletterwein umrankte eine Laube mit großem Holztisch. Eine kleine Sandkiste und die Kinderrutsche in dem schmalen Rasenstreifen sollte wohl die von Horst Radacs propagierte Familienfreundlichkeit unterstreichen.

Im Erdgeschoß waren im vorderen Teil des Seitentrakts Frühstücksraum und Sauna untergebracht, weiter hinten begannen die privaten Wohnräume der Familie.

Abgeschlossen wurde der Hof durch einen kompakten einstöckigen Querbau. Hier wurden die Fremdenzimmer ebenfalls über einen außenliegenden Gang erreicht. Im unteren Bereich deutete ein voluminöses grüngestrichenes Tor darauf hin, dass noch immer Wirtschaftsräume dahinter lagen. Vielleicht eine Garage, die nach Hintaus führte.

Die Häuser in diesem Teil von Schilfern waren aus den alten Bauernhöfen gewachsen, die von den Menschen vor Jahrzehnten als kleine Landwirtschaften angelegt und immer weiter ausgebaut worden waren.

Wie auch bei diesem Gehöft gab es nur schmale Gassenfronten mit Einfahrtstoren. In den kleinen Häusern waren seinerzeit die ursprünglichen Wohnräume untergebracht. Weitere Räumlichkeiten waren nach und nach hintereinander an einer Längsseite der Grundstücke ebenerdig aufgereiht worden, und entweder direkt vom Hof aus begehbar, oder sie gingen im Haus ineinander über. Abgeschlossen wurden diese Ensembles von Ställen und Stadeln über die gesamte Breite des Anwesens. Durch die angrenzenden Mauern der Nachbarn auf der, den Gebäudereihen gegenüberliegenden Längsseite, waren auf diese Weise die für die Region so typischen Streckhöfe entstanden.

An der Rückseite mündeten die Ausfahrten in Gassen, die seinerzeit lediglich als Wirtschaftswege geplant waren. Sie hatten keine Namen, keine Gehsteige, waren erst seit Kurzem asphaltiert und es gab noch immer keine Straßenlampen.

Dies führte dazu, dass in diesem Teil von Schilfern nur jede zweite Gasse beleuchtet war.

Fünf solcher Straßenarrangements zogen sich von der Hauptstraße in Richtung des sanften Hügels, an dem die Weingärten lagen. Es handelte sich neben dem Areal rund um den Hauptplatz um den ältesten Teil von Schilfern, der kurioserweise den Namen »Neuhaus« trug.

Die neuen Siedlungen breiteten sich auf der anderen Seite der Hauptstraße in Richtung See aus. Hier entstanden Wohnviertel auf den ehemaligen Weidewiesen entlang des Ortes. An den Weinbergen war der Platz räumlich begrenzt, Weinland wurde nicht umgewidmet. Noch nicht.

Ein Sensor löste eine Melodie aus, als die Ermittlerin durch die Einfahrt der Pension schritt. Sie blieb im vorderen Teil stehen und wartete, dass jemand kam. Und es war Frau Radacs selbst, die aus einer Tür in dem kleinen straßenseitigen Häuschen trat.

Die alte Frau nickte grüßend, es sah aus, als hätte sie den Besuch bereits erwartet. »Komm herein«, sagte sie und Luise trat hinter ihr direkt vom Hof in eine kleine Küche. Weiße Möbelzeilen mit hellgrauen Arbeitsflächen vermittelten eine beinahe klinisch saubere Atmosphäre. Diese wurde noch dadurch verstärkt, dass keinerlei Küchengerät herumstand, selbst der Herd war abgedeckt. Der Boden war mit spiegelndem schiefergrauem Linoleum belegt.

In einer Ecke befand sich der übliche Essplatz. Eine weißlackierte hölzerne Eckbank, ebensolche Sessel, der Tisch mit einer hellgrauen Resopalplatte. In seiner Mitte sorgten ein paar Plastikblumen für einen der wenigen Farbtupfer im Raum. Über der Sitzgruppe hing in der Ecke ein Kruzifix. Auf dem kleinen Bord darunter brannte eine Kerze in einem Glas. Auf den Wänden daneben hingen Bilder von Heiligen, die Luise nicht kannte. Sie konnte sie lediglich an den üppigen Heiligenscheinen, die ihre Köpfe umgaben, als solche einordnen.

»Willst einen Kaffee? Einen frischen Zwetschkenfleck habe ich auch.«

»Ah ja, bitte. Das täte mir jetzt gut, glaube ich«, bat Luise und beobachtete amüsiert, wie Frau Radacs aus einem Küchenschrank die Filterkaffeemaschine erst hervorzaubern musste, sie mit raschen Handgriffen bediente und aus der nebenan liegenden Speis das Blech mit dem Kuchen holte. Sie wischte den sauber blitzenden Tisch mit einem feuchten Tuch ab und mit einem trockenen nach, bevor sie Häferl und Teller mit kleinen Blümchen darauf abstellte.

»Furchtbar das. Furchtbar! Das mit der Berta«, begann sie dabei zu plaudern. »Stimmt es, dass ihr jemand den Schädel eingehaut hat?«

Es war klar, dass die »Stille Post« im Ort bereits bestens funktioniert hatte.

»Eingehaut nicht. Aber – ja, sie hat einen Schlag auf den Kopf bekommen«, bestätigte Luise Pimpernell.

»So was! Nein so was!«, jammerte die Frau. »Man ist sich ja seines Lebens nicht mehr sicher. Auf dem Friedhof! Den Leuten ist gar nichts mehr heilig. Bald werden sie uns in der Kirche umbringen.«

»Na, na, Frau Radacs, Sie werden wohl schon unsicherere Zeiten hinter sich gebracht haben, oder?«

»Das kannst laut sagen, Luise. Das kannst laut sagen. Immerhin haben wir einen Krieg überlebt. Und das war keine schöne Zeit, das kannst mir glauben. Aber da hat man halt an jeder Ecke damit rechnen müssen. Es war Krieg. Da ist das eben so. Aber jetzt? Nur kriminelles Gesindel.«

Luise Pimpernell wollte sich lieber nicht mit der alten Frau auf eine Diskussion darüber einlassen, wie sehr auch Kriege von kriminellem Gesindel beherrscht wurden.

»Waren Sie mit der Frau Echs befreundet?«, versuchte sie deshalb, auf das sie interessierende Thema umzuleiten.

»J-ja, könnt man so sagen. Wir haben uns halt schon so lange gekannt. Von Kind auf. Wir sind ja miteinander aufgewachsen. Am Hauptplatz im »Martinshof«. Gleich neben der Milchsammelstelle. Die Berta, die Meier Christin, also damals hat's noch Ristic geheißen, und ich.«

»Genau, das war eine Halbwirtschaft, gell.«

»An sich schon. Allerdings haben bei uns acht Familien gewohnt. Jede hat höchstens zwei Zimmer gehabt. Hat deshalb auch der »Arme-Leut-Hof« geheißen.«

Halbwirtschaften nannte man die um einen Hof beidseitig angelegten Gebäudezeilen, die üblicherweise von zwei Familien bewohnt worden waren, die sich das Eingangstor, den Keller, die Ställe und Stadel, wie den Brunnen, das Plumpsklo und die sogenannte Kotrinne teilten. Es gab damals noch keinen Kanal, die Abwässer wurden in eine Rinne geschüttet, die in der Mitte des Hofes verlief und so die Grenze zu der mitbewohnenden Familie markierte.

Heute waren diese Halbwirtschaften stattlich ausgebaute Anwesen, die im renovierten Zustand architektonisches Kulturgut darstellten. Die Ställe und Stadel wurden abgerissen und zu Gartenbereichen umgestaltet, die ursprünglichen Kotrinnen begrünt, der Innenhof mit seinem Brunnen und im Sommer zahlreich aufgestellten Oleandertöpfen zum romantischen Mittelpunkt eines mit großzügiger Weitläufigkeit ausgestatteten Domizils einzelner finanziell besser gestellter Familien.

»Die waren sechs Kinder. Sechs. Die Berta war die älteste Tochter, hatte aber noch zwei Brüder über ihr.«

»Auf zwei Zimmern?«, fragte Luise, obwohl sie ganz genau wusste, dass dies damals oft vorgekommen war.

»Was glaubst denn du? Bei uns, wir waren acht Leut. Die Großmutter war ja auch noch bei uns. Und die Ristic, die waren überhaupt noch mehr. Allerdings sind da ein paar Kinder weggestorben.«

»Wo haben denn die alle geschlafen in den zwei

Zimmern?«

»Da gab es alles Mögliche. Zum Beispiel Kistenbetten für die kleineren Kinder. Die hatten Laden, in denen sie geschlafen haben und die wurden tagsüber zugeschoben. Die standen in der Küche. Bei uns im Schlafzimmer war ein Doppelbett für die Eltern, da hat eins der Kinder in der Mitte schlafen müssen.« Frau Radacs grinste in seliger Erinnerung. »Das heißt, wir haben uns regelmäßig darum gestritten, wer bei ihnen schlafen hat dürfen. Dann war da ein Ottoman drinnen, da sind wir zu zweit drauf gelegen. Eine Korbwiege und noch ein Ladenbett, das allerdings eine andere Lade hatte, eine, die auf die Größe der Kinder aufgezogen wurde, sozusagen mitgewachsen ist. Die in der Küche, da haben die Kinder in Querladen geschlafen. Die im Schlafzimmer waren andere. Die Großmutter hat ein Bett in der Küche gehabt. Da sind am Tag alle drauf gesessen. Später sind die Väter eh eingezogen worden. Und die älteren Brüder. Was glaubst denn. Nix haben wir gehabt damals. Nix. Und die Berta, die haben noch weniger gehabt. Der Vater hat ja gesoffen auch noch. Denen ist es fast besser gegangen, als er eingezogen worden ist.«

Frau Radacs legte Luise noch ein Stück Zwetschkenfleck auf den Teller und schenkte ihr Kaffee nach.

»Aber ich hab sie gern gehabt, die Berta. Also damals.« Frau Käthe kniff den Mund zusammen und kippte den Kopf kurz gegen die Schulter. »Die war allerweil lustig. Frech war sie auch schon immer. Das hat damals viel Spaß gebracht. Weil viele der Kinder waren eh zu duckmäuserisch. Die Berta nicht. Die hat sich lieber ein paar Watschen eingefangen, als dass sie sich zu viel gefallen hat lassen. Und es war eine schwere Zeit unterm Krieg. Doch die hat uns immer zum Lachen gebracht. Auch später, als die Russen gekommen sind. Da mussten wir uns verstecken. Meistens sind wir in einen der Weinkeller, zum Beispiel in den von den Emsers. Der hat einen Kuruzzengang gehabt. Da sind wir hinein. Der ist im Keller nämlich zugemauert gewesen, aber in dem langen Gang dahinter, der auf die Parndorfer Platte geführt hat, da hat's unterwegs Ausgänge gegeben, die keiner sonst gekannt hat. Wir schon, denn wir haben als Kinder dort gespielt. Der Vinzenz hat uns mitgenommen, der hat sich da klarerweise ausgekannt. Haben uns immer dort versteckt. Und später vor den Russen hast dich ja verstecken müssen. Also sind wir da hin. Oder wenn wir es nicht bis dorthin geschafft haben, haben uns dem Radacs seine Eltern da oben in unserem Giebel versteckt. Da ist eine Leiter angestellt worden und wir sind bei dem kleinen Fensterl hineingekrochen. Danach ist die Leiter weggenommen worden und wenn die Russen gekommen sind, nach einer Tür für den Dachboden gesucht haben, hat's keine gegeben. Die haben uns nie gefunden. Was glaubst denn du, wie es da zugegangen ist.«

Luise nickte. »Ich hab viel darüber gehört. Und glauben Sie mir's, Frau Radacs, ich bin recht froh, dass ich das nicht miterleben musste.«

»Das kannst auch sein. Weißt, man vergisst ja im Laufe der Jahre einiges. Gott sei Dank. Aber es war keine schöne Zeit. Wir haben uns manchmal halbert angeschissen vor Angst. Da war es immer gut, wenn die Berta mit war. Die hat das gut können, uns da ein bissl ablenken. Mit ihr haben wir das direkt wie ein Spiel anschauen können. Manchmal halt. Wenn unter uns so herumgeschrien worden ist, da ist uns dann das Kichern vergangen. Da sind wir echt mucksmäuschenstill worden. Von ganz allein. Da hat uns keiner was sagen müssen. War keine schöne Zeit damals. Aber wenn die Berta dabei war, war's immer irgendwie erträglicher. Damals.«

»Und später? Da haben Sie nicht mehr so viel Spaß mit ihr gehabt?«

Frau Radacs senkte den Blick auf ihre Hände, die sie im Schoß liegen hatte. Luise konnte nicht sehen, was sie dort machten.

»Irgendetwas ist dann passiert. Auf einmal ist sie nicht mehr mit uns mitgekommen. Wir waren ihr zu kindisch, hat sie gesagt. Sie hat sich auf einmal erwachsen geben wollen. Und hat sich lieber mit den Burschen herumgetrieben. Wir waren noch nicht so weit.«

»War sie denn älter?«

»Nicht wirklich. Ich glaube, ein Jahr älter als ich. Ich bin jetzt vierundachtzig und sie ist im März fünfundachtzig geworden, wenn mich nicht alles täuscht. Die Loisl ist noch ein Jahr älter und die Christin war's ebenfalls, glaub ich. Sie war einfach frühreif.«

»Und Ihre Freundschaft hat bis zuletzt gehalten?« Die Pimpernell fand es an der Zeit, sich ihrem eigentlichen Besuchsthema wieder anzunähern, wenn die Erzählungen von früher auch noch so interessant waren.

Frau Radacs schüttelte den Kopf. »Nein, wenn du meinst, dass wir wirkliche Freundinnen waren. Nein. Nur so, wie man halt sagt, wenn man gemeinsam aufgewachsen ist. Sie hat sich eben stark verändert. Sie wollte unbedingt aus dem Kleinhäuslermilieu hinaus. Und sie hat gut ausgeschaut. Die

Männer waren ganz narrisch auf sie. Das hat sie ausgenützt. Und wir Mädchen, oder später als Frauen, wir waren ihr da eher im Weg.«

»War denn der Herr Echs so eine gute Partie?«

»Für damalige Verhältnisse schon. Eigentlich hat sie der Bruder von ihm wollen, der Raimund. Aber den hat sie nicht genommen. Der hat ja kein Geld gekriegt. Und auch den Hof nicht. Weil der Arnold aus der Gefangenschaft zurückgekommen ist. Damals hat nur der erste Sohn alles gekriegt und die anderen haben durch die Finger geschaut. Da hat sie den genommen. Den Arnold. Die alte Echs ist fast übergeschnappt damals. Die hat sie nicht im Haus haben wollen. Doch dann hat die Alte der Schlag getroffen. Allerdings glaube ich, der Arnold hätte sich die Berta eh nicht ausreden lassen. Der war ziemlich am Sand, als er zurückgekommen ist. Und dann die schöne Berta. Die hat er wohl so ein bissl als Belohnung angesehen. So war das. Dem war es egal, dass der Bruder auf sie gestanden ist, ja sogar heimlich mit ihr verlobt war. Der war einfach fertig. Aber ich glaube, später hat der Arnold es öfter als einmal bereut.«

»War es keine gute Ehe?«

»Gute Ehe. Wer von uns hatte schon eine gute Ehe. Damals hat man geheiratet, gearbeitet und Kinder gekriegt. Das war eine gute Ehe. Die Berta war halt eine Aufmüpfige. Die hat immer gemacht, was sie wollen hat. Und natürlich die Männer … So einen großen Kopf hat der gar nicht haben können, der Arnold, dass alle Hörndln drauf gepasst hätten.«

Wieder musste die Pimpernell ihr reales Bild dem der Erzählung erst anpassen.

Sie kannte Frau Echs als große, hagere Person, mit

scharfen Gesichtszügen, die seit dem Tod ihres Mannes vor ungefähr fünfzehn Jahren dunkel gewandet war und ein Kopftuch trug. Im Sommer wurde das düstere Erscheinungsbild durch die obligate Kittelschürze etwas aufgelockert. Eine alte Frau, die sich für Luise nicht wesentlich von den anderen im Ort unterschieden hatte, wenn sie die Weibleins auf den Bänken vor den Haustüren sitzend angetroffen hatte, wie sie das nach wie vor heute immer noch gern taten.

»Und mit wem hat sie ihn betrogen?«

Frau Radacs Gesicht wurde verschlossen. »Ich hab mich da nicht so darum gekümmert. Ich hab mit meinem Radacs genug zu tun gehabt.«

Luise zog die Augenbrauen hoch.

»Nein, nein! Nicht, dass du glaubst, der war auch an ihr dran. Doch der Radacs war kein leichter Mann. Mit dem hab ich genug zu tun gehabt. Es war eine schwere Zeit. Wir haben damals alles mit eigenen Händen aufbauen müssen. Aber an der Berta war er nicht dran. Der Radacs. Nein. Nein!«

Es kam Luise vor, als wären ein bisschen viele Neins in der Antwort gelegen.

Und schon sprach die Frau weiter. »Nein. Der Radacs nicht. Ich weiß auch nicht, wer sonst. Hab mich nicht darum gekümmert. Und war nie eine Tratschen.«

Luise Pimpernell sah ihr an, dass sie nicht darüber reden wollte.

Mit dem folgenden Nachsatz wurde ihre Vermutung noch zusätzlich bestätigt, dass dieses Thema beendet war. »Der liebe Gott hab sie selig.« Die alte Dame bekreuzigte sich. »Und hoffentlich verzeiht er ihr in seiner großen Güte ihr unchristliches Leben «, fügte sie noch salbungsvoll hinzu.

»Wenn ich das richtig verstehe, haben Sie in den letzten Jahren keinen näheren Kontakt zu ihr gepflegt?«

»Nein, wenn du meinst, ob wir einander besucht haben, oder so. Logischerweise sind wir uns überall über den Weg gelaufen. In der Kirche, auf dem Friedhof und im Club.«

»In welchem Club?«

»In der Pfarre gibt es einmal im Monat eine Jause mit Kaffee, Tee, Kuchen und belegten Broten. Weißt du das nicht?«

»Ah, da habe ich schon etwas davon gehört. Da kommen die Pensionisten zusammen?«

»Die Pensionistinnen!«, betonte Frau Radacs. »Wir wollen keine Männer dabei haben.«

»Ja, wieso denn nicht?«

»Wir wollen was für uns haben. Die Männer, die gehen eh nach wie vor in den Jagd- oder Winzerverein, zum Feuerwehrtreffen, oder so. Aber wir Frauen ... Außerdem wollen die dann immer Wein trinken und rauchen. Auch kann man ganz anders reden, wenn sie nicht dabei sind. Deshalb wollen wir da keine Männer haben.«

»Und der Frau Echs hat das gefallen, so ohne Männer?«

In Frau Radacs Gesicht zeigte sich etwas wie Schadenfreude. »Sie hat eh dauernd gematschkert. Das hat ihr allerdings nichts genützt.«

»Und war sie immer dabei?«

»Natürlich, da hat sie doch am besten ihr Gift verspritzen können.«

»War sie denn so eine Böse?«

»Man soll über Tote nichts Schlechtes reden und deshalb werde ich nichts sagen. Aber sie hat's schon gut können. Wie ich dir gesagt habe, wir kennen uns alle von Kind auf. Und wissen deshalb alle viel übereinander. Und da hat sie dauernd mit Andeutungen herumgestichelt. Nie was Konkretes, aber immer irgendwelche Bemerkungen über etwas, wo dann alle Bescheid gewusst haben.«

»Auch über ihre Verhältnisse?«

Wieder glitt ein Vorhang über die Züge der alten Frau. »Ich hab mich nie beteiligt. Drum kann ich dazu nichts sagen.«

Es war klar, Frau Radacs wollte darüber nicht sprechen. Und Luise drängte nicht. Im Zuge ihrer Gespräche mit den anderen alten Frauen würde sie ohnehin noch einiges darüber erfahren. Und sie würde wohl oder übel mit so mancher von ihnen sprechen müssen.

»Morgen ist eh wieder Club. Immer am ersten Freitag im Monat. Ab drei Uhr.«

Luise dachte, dass sie sich das anschauen musste. Auch wenn sie nicht glaubte, dabei viel in Erfahrung bringen zu können. Wenn die Frauen zusammen waren, würde sicher keine etwas Intimeres erzählen und sich nicht dazu hinreißen lassen, »über die Tote schlecht zu sprechen«. Selbst wenn sich morgen dort mit Sicherheit alles nur um Frau Echs drehen würde.

»Sagen Sie mir bitte, wie war das heute in der Früh? Wen haben Sie aller auf dem Friedhof gesehen? Mit wem gesprochen?«, lenkte Luise ihre Befragung zu einem der wichtigsten Punkte und zückte sogar ihr Notizbuch dafür.

»Gesprochen habe ich mit niemandem. Ich ... ich hab geschwind nach Hause müssen.« Sie brach ab, ihr Blick signalisierte der Besucherin, dass es ihr peinlich zu sein schien. »Ich hab aufs Klo müssen«, erklärte sie dann rasch. »Und das auf dem Friedhof ist zugesperrt. So ein Blödsinn. Gibt ein Häusel und das ist immer zu.« Ihr Gesicht zeigte sehr deutlich, was sie von dieser Anordnung hielt.

»Gesehen hab ich die Loisl. Also die Frau Murgitsch. Wir sind meistens die Ersten. Mit der tratsch ich sonst immer ganz gern ein bissl, bevor die anderen kommen. Aber heut ...« Sie kniff den Mund verdrossen zusammen. »Dann habe ich noch den Meier Franz gesehen. Sonst eigentlich niemanden.« Sie runzelte die Stirn und schüttelte wie überrascht den Kopf. »Genau, da war sonst heute gar niemand.«

»Und die Frau Echs?«

»Jessas, natürlich. Die Berta. Die habe ich gesehen. Die ist da vorn beim Franz herumgeschlichen.« Der Blick, den Frau Radacs ihrer Besucherin zuwarf, sprach Bände, die für Luise in der Zwischenzeit klar waren.

»Ist Ihnen sonst irgendetwas aufgefallen. War irgendetwas anders als sonst?«

»Nein. Ich mein, ich weiß nicht, ob das wichtig ist ...« Frau Radacs kratzte sich an der Nase.

»Alles kann wichtig sein«, ermunterte Luise sie.

»Am Eck bei uns da hab ich die Krauthacker mit einem ihrer Buben stehen gesehen. Ich glaube, das war der Robert. Allerdings bin ich jetzt nicht mehr ganz sicher.«

»Aber es war bestimmt einer ihrer Söhne?«

»Ja, nur sind die alle zwei so Riesenlackel. Ich kenn die sonst auch manchmal nicht auseinander. Und ich hab's eilig gehabt. Hab nicht aufgepasst, doch es war einer von ihnen. Ich glaube, der Robert. Ich hab mich nur gewundert, weil es ja erst kurz nach sieben war. Wieso der so zeitig da am Eck steht mit seiner Mutter und mit Händen und Füßen diskutiert. So war das nämlich. Dabei wohnt der ganz woanders. Aber im Augenblick habe ich andere Sorgen gehabt.« In der Zwischenzeit konnte Frau Radacs zu dem ihr vorher so peinlich gewesenen Thema bereits grinsen.

»Die haben es ja nicht leicht mit der Thea. Die ist schon ein bissl ...« Frau Radacs tippte mit dem Zeigefinger an ihre Schläfe. »Nichtsdestotrotz jeden Tag so zeitig in der Früh auf dem Friedhof, seit der Pepi da liegt.«

Erneut wollte die Frau der Ermittlerin ein Stück Kuchen auf den Teller schieben.

Luise hielt ihre Hand darüber. »Danke, Frau Radacs, ich kann nicht mehr. Aber der ist super. Ich mach ihn ähnlich. Auch mit Germteig, allerdings nicht mit Glasur, so wie Sie, sondern mit Streusel.«

»Ich geb dir ein Stück mit. Ja?«

Luise antwortete mit einem hocherfreuten Nicken. Vielleicht würde sie noch einmal mit Frau Radacs reden müssen und sie wusste genau, so konnte man sich am besten das Wohlwollen der Frauen erhalten.

Und es gab weit Schlimmeres, als von diesem ausgezeichneten Zwetschkenfleck ein Stück mit zu bekommen.

9

In der Zwischenzeit war es Mittag geworden. Luise brachte zwar jetzt keinen Bissen mehr hinunter, nach den Riesenportionen vom Zwetschkenfleck der Frau Radacs, aber zur Tochter von Frau Echs wollte sie auch nicht gerade zur Essenszeit kommen. Sie beschloss deshalb, ihrem Interimsbüro im Polizeipostenkommando Neusiedl einen ersten Besuch abzustatten. Für die paar Kilometer holte sie nicht das Auto, das bisschen Radfahren konnte ihr nur guttun. Noch dazu, wo es wieder ein sonniger Spätherbsttag geworden war.

Mit Sicherheit hatte Grümpl den Akt angelegt und sie wollte erste Gedächtnisprotokolle niederschreiben. Gespräche mit alten Leuten hatten es in sich, dass sie ausuferten und die Hinweise deshalb sehr versteckt liegen konnten, sodass es wichtig war, alles rechtzeitig zu notieren, um später Abgleichungen über immer Wiederkehrendes vornehmen zu können. So würde es ihnen am besten gelingen, die Fäden zusammen zu spinnen.

Wenn sie auch viel auf ihren Instinkt gab, so schien es ihr diesmal angebracht, dass der Inspektor ebenfalls Zugriff auf die Gedächtnisprotokolle hatte, da er bei den meisten Besprechungen nicht dabei sein würde, sie jedoch ziemlich umfangreich werden könnten.

Auf dem Posten war Luise gern gesehen, selbst wenn die Anlässe für ihre Einsätze vor Ort immer misslichen Ursprungs waren. Sie spielte ihren hohen Rang niemals aus, war einfach von einer natürlichen Autorität, die von den Kollegen sehr geschätzt wurde. Beamte, die sie noch nicht kannten, brauchten zwar immer eine Weile, bis sie sich an den schrulligen Anblick und das bestimmte Auftreten der Frau Oberst aus dem LKA gewöhnten, doch gerade zu jungen Menschen hatte Luise rasch einen besonders guten Draht. Vor allem zu jungen Männern. Sie selbst war kinderlos geblieben, aber ihre drei Neffen hatten viel Zeit bei der Tante verbracht und heute noch ein ausgezeichnetes Verhältnis zu ihr.

Für die jungen Kollegen war es darüber hinaus besonders spannend, wenn sie einmal an solchen Ermittlungen teilhaben konnten, als sich nur der Routine der »Alltagsgeschäfte« zu widmen.

Robert Luisinger, der Postenkommandant, führte Luise sofort und höchstpersönlich in das Büro von Roman Grümpl, das die Kriminalabteilung des Postens darstellte. Wie jedes Mal hatten sie stirnseitig an den Schreibtisch des Abteilungsinspektors einen Tisch für Luise angestellt. In der Mitte prangte ein Laptop, auf dem bereits, wie erwartet, der Zugang zum Akt angelegt war. Daneben lagen fein säuberlich ausgedruckt drei Kopien des Friedhofsplans. Die bisher bekannten Morgenbesucher hatte Grümpl sorgfältig markiert.

»Trinken wir einen Kaffee?«, fragte Luisinger.

»Kaffee hab ich bereits zu viel in mir, aber ich trink gern ein Wasser mit dir. Zu deinem Kaffee kann ich dir ein Stück ausgezeichneten Zwetschkenfleck anbieten, den ich eben bei meinen ersten Ermittlungen bekommen habe.«

»Hoffentlich nicht von einer Verdächtigen«, feixte der Kollege.

»Kann ich derzeit nicht sagen. Aber ich hab schon vorgekostet. Und hab's immerhin bis hierher geschafft.«

»Ein seltsamer Fall das, gell«, plauderte Luisinger, während er an der Kaffeemaschine hantierte und Luise den Kuchen auspackte.

»Raubmord ist ja wohl auszuschließen. Weshalb aber bringt man sonst eine alte Frau um? Glaubst du, geht es wieder um Erbschleichereien?«

»Kann ich mir nicht vorstellen. Soviel ich weiß, hatte Frau Echs nur eine Tochter. Die hat seit vielen Jahren in ihrem gemeinsamen Wohnhaus einen Frisiersalon, also ich denke, da ist alles längst geregelt. Du ahnst es nicht, es könnte sich um ein Eifersuchtsdrama handeln.«

»Was?« Luisinger, der gerade einen Sessel herangezogen hatte und sich setzen wollte, blieb mitten in der Bewegung, mit dem Kaffeehäferl in der Hand, stehen. »Du pflanzt mich, oder?«

»Nein. Auch wenn mir mein erstes Gefühl selber so kurios vorkommt. Doch die Frau hatte offenbar eine weiße Leber.«

»Mit wievielachtzig?«

»Fünfundachtzig. Ja, mein Lieber. Die Liebe höret nimmer auf.«

»Und gab es ein Opfer der Begierde? Wobei da die Betonung wahrscheinlich wirklich auf Opfer zu legen ist.« Luisingers Zynismus zeigte, dass er es noch immer nicht fassen konnte.

»Gab's. Wird interessant werden, wer noch aller hinter dem Witwer her war.«

»Nein! Ich pack's nicht. Das wird ein spannender Fall.«

Luise lächelte. »Dafür wirst du jedenfalls den Grümpl nicht sehr oft hergeben müssen. Denn die Gespräche mit den alten Herrschaften, die werde ich ihm sicher nicht antun. Da brauchst einen Rucksack voll Geduld dafür. Mir macht das weniger. Ich hab das ganz gern, wenn die alten Leut so erzählen, wie es früher war. Und wann hab ich sonst Zeit und Gelegenheit dafür, mir das anzuhören. Man kann sich das gar nicht mehr vorstellen. Dabei war schon unsere Kindheit wie Tag und Nacht zur heutigen Zeit. Doch dass zum Beispiel zehn Personen in zwei Räumen gelebt und Kinder in Küchenladen geschlafen haben, das gab's bei uns nicht mehr.«

Luisinger nickte und leckte sich über die Lippen. »Aber backen können die, die alten Damen. Schade, dass das immer mehr aus der Mode kommt. Du bist ja ebenfalls noch so eine begnadete Backkünstlerin.«

»Du meinst, alt bin ich schon, nur halt keine Dame«, konstatierte Luise und der Postenkommandant lief rot an.

»Nein!«, rief er mit vollem Mund und verkutzte sich beinahe. »So war das doch nicht gemeint!«

»Nicht?« Luise lächelte ihn spöttisch an. »Gut, dass du mir das sagst. Ich weiß allerdings nicht, ob ich dir glauben soll ...«

«Bitte!«, rief er, setzte einen treuherzigen Blick auf, faltete dabei die Hände und beide lachten.

Ein Beamter erschien in der Tür und meldete mit bedauerndem Hochziehen der Schultern: »Unfall auf der Zweihundertfünfer, Richtung Podersdorf.«

Und schon war es vorbei mit dem gemütlichen Begrüßungsplausch auf der Dienststelle.

10

Luise Pimpernell radelte mit wehendem Poncho vis à vis vom Meier-Kramer um die Ecke der Hauptstraße in die Weinberggasse. Etwas weiter den Hügel hinauf lag das Haus, in welchem Frau Echs mit der Familie ihrer Tochter gewohnt hatte.

Plötzlich blieb sie stehen und blickte zurück.

Hatte sie doch richtig gesehen.

Vor der Tür des Meier-Hauses stand Frau Radacs mit einem alufolienabgedeckten Teller. Und schon war sie im Haus verschwunden.

Der Zwetschkenfleck! Für den Witwer.

Luise stieg wieder auf ihr Rad und fuhr grinsend weiter.

Als sie vor dem Haus abstieg, warf sie erneut einen Blick die Straße hinunter. Die kleine dunkelgekleidete Gestalt der Witwe überquerte gerade die Hauptstraße, um zur Frühstückspension ihrer Familie zurückzukehren.

Sehr zugänglich dürfte sich Herr Meier nicht gezeigt haben. Oder war das ein Routineritual, das auf eine engere Verbindung hinwies?

Die Pimpernell stellte ihr Rad in den Fahrradständer vor dem »Salon Inge«. Die Fenster der schmalen Vorderfront des Hauses waren zu Schaufenstern ausgebaut und gestaltet. Der Eingang zum Geschäft war jedoch um die Ecke, in der Hauscinfahrt. Das Tor war für diesen Zweck zurückgesetzt worden.

Kurz nach dem Klingeln wurde es automatisch geöffnet und Luise betrat auch hier einen der üblichen umgebauten

Höfe. Nur der vordere Teil war aufgestockt und im rückwärtigen Teil erkannte sie einen zum Hof hin offenen Stadel, der noch ziemlich urwüchsig aussah. Ähnlich wie bei ihr zu Hause standen dort einige Autos und sonstiges Gerät. Sogar einen alten Leiterwagen erkannte sie.

Inge Rebierer trat in eine Tür im vorderen Bereich und winkte Luise zu, ihr zu folgen.

Sie betraten einen quadratischen Vorraum, von dem einige Türen abgingen. Wie Luise den bunten Keramikschildchen entnehmen konnte, handelte es sich um Bad und WC, hinter einer weiteren Tür, die offen stand, erkannte sie einen Stiegenaufgang. Direkt daneben führte ein schmaler Gang vermutlich in die Geschäftsräume und auf der rechten Seite ging es weiter in die Küche.

Durch die schleuste Inge die Besucherin allerdings nur durch.

»Wir haben spät gegessen. Ich bin noch nicht fertig mit dem Wegräumen«, entschuldigte sich die Frau mit leichtem Achselzucken.

Im angrenzenden Wohnzimmer erwartete Luise eine typische Möbelhauskoje, wie sie es bei sich nannte. Wohnwand und Highboard im Kirschholzdekor, Wohnlandschaft im bunten, seltsam gemusterten Design, der übliche niedrige Couchtisch, ein riesiger Flachbildfernseher.

Luise schlüpfte aus dem Umhang, holte aus der Westentasche ihren Notizblock und setzte sich mit dem Rücken zur Anrichte, über der sich zwei riesige Landschaftsbilder befanden, die ihr beinahe körperlichen Schmerz bereiteten, so schlecht waren sie ihrer Ansicht nach gemalt. Geschmäcker waren nun einmal verschieden und über Kunst konnte man sowieso nicht streiten. Doch es war ihr angenehmer, wenn sie die lieber nicht anschauen musste.

»Willst einen Kaffee oder sonst was?«, fragte Inge.

»Nein danke. Ich werde dich nicht lange aufhalten, denke ich. Hab lediglich ein paar Fragen und möchte mir dann gerne die Wohnung deiner Mutter anschauen.«

Es schien der Ermittlerin, als verengten sich Inges Augen kurz, aber sie nickte nur und Luise dachte, sie hatte sich vielleicht getäuscht, so minimal wäre die eventuelle Reaktion gewesen.

»Wann hast du deine Mutter zum letzten Mal gesehen?«

»Gestern Abend. Vor dem Essen.«

»Ihr habt nicht zusammen gegessen?«

»Nein. Meine Mutter hat ein eigenständiges Leben geführt. Wir haben nur hier auf dem Hof zusammen gewohnt und sind uns natürlich öfter am Tag über den Weg gelaufen.«

»Du sagtest, es war nicht leicht mit ihr.«

»Ja, ja«, unterbrach Inge sofort. »Das stimmt. Doch nicht, dass du glaubst, wir hatten kein gutes Verhältnis.« Sie zögerte kurz. »Ich meine, wir hatten keinen Streit, es war alles in Ordnung zwischen uns. Sie war halt manchmal mühsam. Aber ich glaube, das sind alle alten Leute. Wenn ich mich umschaue, ist es überall so. Und natürlich besonders dort, wo die Alten und Jungen zusammenleben. Ich würde das nicht mehr machen. Habe das mit meinen Kindern bereits abgeklärt.«

»Hatte sie besondere Beziehungen? Freunde?«

»Sie war dauernd mit den alten Weibern unterwegs. Ob sie da mit einer besonders befreundet war ... Die kennen sich halt alle von Kind auf. Vielleicht mit der Frau Ripp. Mit der ist sie im Sommer ein paar Tage auf Urlaub gefahren.«

»Auf Urlaub?«

»So eine Busreise haben sie halt gemacht. Es hat ihr gut gefallen. Sie wollten das wieder machen.«

»Wie lange war deine Mutter schon Witwe, wann ist dein Vater gestorben?«

»Vor ziemlich genau siebzehn Jahren. Ein paar Tage, nachdem meine Tochter Marlies auf die Welt gekommen ist und die hat nächste Woche Geburtstag. Wie, wenn er noch auf sie gewartet hätte.«

»War er krank?«

»Mein Vater war ein stiller Mensch. Er hat alles in sich hineingefressen, sozusagen. Er hatte Magenkrebs und starb an einem Magendurchbruch. Relativ unerwartet. Zuletzt ging alles ziemlich rasch.«

Luise fiel auf, dass Inge von ihrem Vater wesentlich herzlicher sprach als von ihrer Mutter.

»Musste er denn viel in sich hineinfressen? War die Ehe gut?«

Ein Schatten lief über das Gesicht der Frau. »Gut. Ach, wer führt schon eine *gute* Ehe. Kennst du jemanden?«

Luise nickte überrascht. »Doch, glaube ich zumindest.«

»Vielleicht schaust du nur nicht hinter die Fassaden.«

»Ich? Gerade ich?«

»Du hast recht. Aber dann wundert es mich, dass du das so sagst. Und dabei selber nie geheiratet hast. Vielleicht hast du eine andere Vorstellung von guter Ehe.«

Auch die Ehe von Inge Rebierer schien nicht das Gelbe vom Ei zu sein. Es war allerdings nicht anzunehmen, dass dies etwas mit dem Mord an Frau Echs zu tun hatte. Deshalb wollte Luise nicht näher auf das Thema eingehen. Dafür sah sie sich nicht zuständig. Sie war keine Psychotherapeutin. Ihre Intuition dagegen saugte diese Information spürbar in sich auf.

»Wurde viel gestritten?«

»Wie gesagt, mein Vater hat eher alles hinuntergeschluckt. Wenn gestritten wurde, war ich jedenfalls nie dabei.«

»Und hast du eine Ahnung, warum das so war?«

Inge runzelte die Stirn. »Sag, warum fragst du das alles? Das hat doch mit dem ... dem ... Fall nichts zu tun. Und geht dich wohl auch nichts an.«

»Ich möchte mir ein Bild von deiner Mutter machen. Ich glaube, dass dies wichtig ist. Weil vielleicht ein Ereignis aus der Vergangenheit herüberspielen könnte.«

»Aus der Vergangenheit?« Inge schloss kurz die Augen und zuckte leicht mit dem Kopf, als würde sie einen Gedanken abschütteln wollen. »Da musst du die alten Frauen fragen. Mit mir hat sie darüber nie gesprochen«, sagte sie dann in abweisendem Ton.

»Ich muss dich das jetzt fragen«, kündigte die Pimpernell vorsichtshalber ihre nächste Frage an, nachdem die Frau bereits so gereizt schien. »Wie sahen die finanziellen Verhältnisse aus? Hatte dir deine Mutter das Haus bereits überschrieben? Hatte sie Grund- oder sonstigen Besitz?«

Erneut lief ein Zucken über das Gesicht der Tochter von Frau Echs. Sie senkte den Blick auf ihre Hände. Es schien ihr unangenehm zu sein, über diesen Punkt zu reden. Die folgenden Informationen zeigten indes dafür keinen Grund.

»Ja, das Haus gehört mir. Das hat allerdings noch Papa auf

mich überschreiben lassen, mit einem Wohnrecht auf Lebenszeit für Mama. Die Weingründe wurden nach Papas Tod verkauft und Mama hat dafür Baugründe für die Enkel – wie sie sagte – gekauft. Diese sind noch nicht überschrieben worden. Es liegt allerdings eine Verfügung vor, die ich unterschrieben habe, dass ich auf meinen Pflichtteil zu ihren Gunsten verzichte, wenn sie das Erbe antreten.«

»Klingt doch sehr geordnet«, fasste die Ermittlerin zusammen.

»Geordnet, ja. Meine Mutter war eine höchst ordentliche Person. Ordnungswütig ist wohl der bessere Ausdruck.«

Luise blickte erstaunt hoch, da ihr die spitzfindige Bemerkung sehr ungewöhnlich erschien. Es handelte sich schließlich nicht um ein literarisches, sondern um ein Informationsgespräch.

»Es musste alles nach ihrer Ordnung laufen«, folgte der Versuch einer Erklärung auf dem Fuß.

»Denn ohne sie und ihrer Hände Arbeit müssten wir alle auf der Straße dahinvegetieren, war ihr uns gegenüber vertretener Standpunkt. Dabei stimmte das absolut nicht. Vater hat das Geld mitgebracht. Besser gesagt, damals natürlich den Besitz. Geld war keines da. Sie war für die Arbeit nicht geboren, hat sich die Hände selber nie schmutzig gemacht. Immer nur angeschafft, was jeder zu tun hatte.«

»Wie ist das Verhältnis deiner Familie zu ihr gewesen? Du hast einen Sohn und eine Tochter, gell?«

»Ja. Marlies wohnt noch hier und lernt bei mir im Salon. Letztes Lehrjahr. Lukas ist bald dreißig. Hat sich Anfang des Jahres selber einen Salon aufgemacht, in Eisenstadt. Marlies war natürlich oft genervt von der Oma. Sie ist gerade in der

Pubertät und da besonders aufmüpfig gegenüber Herumkommandierereien. Lukas sah sie selten. So oft ist er nicht da. Der konnte sie in den letzten Jahren noch am ehesten mit dem Schmäh nehmen.«

»Und dein Mann?«

»Was ist mit ihm?«

»Wie verstand er sich mit der Schwiegermutter?«

»Mit meiner Mutter hat man sich nicht verstehen können. Man musste entweder machen, was sie sagte, oder mit ihr streiten.«

»Und dein Mann?«, wiederholte Luise ihre Frage.

Inge Rebierer verzog den Mund. »Der schickte natürlich immer mich, wenn ihm etwas nicht passte. Und sie ließ sowieso kein gutes Haar an ihm.«

»Wo sind dein Mann und Marlies jetzt?«

»Oben. Lukas ist auch da. Zufällig ...«

Die Pimpernell registrierte für sich, dass keiner aus der Familie die Frau zum Friedhof begleitet hatte, als der Bürgermeister die Information vom Tod ihrer Mutter gebracht hatte.

»Wieso überhaupt? Du musst doch nicht mit ihnen sprechen, oder?« Inge kniff unwillig die Augen zusammen.

»Nein, einstweilen nicht.«

»Was heißt *einstweilen*? Wir haben mit dem Tod meiner Mutter nichts zu tun und erzählen können wir dir auch nichts über sie. Frag die alten Frauen im Dorf! Die wissen sicher mehr.«

»Zeigst du mir bitte die Wohnung deiner Mutter«, bat Luise, stand auf und griff nach ihrem Umhang.

»Wie geht das überhaupt weiter?«, fragte Inge, als sie auf

den Hof traten, um nach hinten zu gehen. »Von wegen Begräbnis und so.«

»Die Leiche deiner Mutter ist in der Rechtsmedizin und wird erst in ein paar Tagen freigegeben. Ich verständige dich dann davon.«

»Ich bin immer noch ganz fertig«, sagte Inge Rebierer und Luise dachte, dass sie das gut verbergen konnte, wenn es denn so war.

»Wie gesagt, meine Mutter fand selten ein gutes Haar an jemandem, aber umbringen? Deshalb bringt man doch eine alte Frau nicht um.«

»Wer weiß, wen sie damit vielleicht auf dem falschen Fuß erwischt hat. Wie du richtig sagtest, die Leute kennen sich hier schon ein Leben lang und wissen viel voneinander. Vielleicht hat sie geplant, etwas auszuplaudern, was irgendjemand partout nicht an der Öffentlichkeit sehen wollte.«

Inge antwortete nicht sofort.

»Das Schlimme ist, dass ich denke, das würde tatsächlich zu ihr passen«, sagte sie dann leise.

Sie waren bei einer niedrigen Tür im ebenerdigen Teil des langgestreckten Gebäudes angelangt, das im rückwärtigen Teil des Anwesens unmittelbar vor dem Stadel lag. Ähnlich wie in Inges Wohnbereich, traten sie in einen Raum, von dem an der gegenüberliegenden Seite zwei Türen abgingen und eine weitere auf der rechten Seite in eine relativ kleine Wohnküche führte. Luise vermutete, dass der vordere Raum erst nachträglich abgeteilt worden war, um einen Vorraum und Sanitärräume zu schaffen.

Die Küche war beinahe ein Ebenbild derer von Frau Radacs. Alles klinisch sauber in Weiß, in diesem Fall allerdings mit mattem Grün kombiniert. Doch auch hier stand so gut wie nichts herum, außer dem Blumensträußchen in der Mitte des Tisches und dem Kerzerl unter dem Kruzifix in der Ecke.

Inge ging vor Luise durch die Küche und öffnete die nächste Tür.

Das Zimmer wurde von schönen alten Rundbaumöbeln mit glänzender dunkelgemaserter Furnier beherrscht. In einer Ecke stand ein Bett mit hölzernen Stirnseiten, auf dem eine schwere weinrote Brokatdecke lag. Vom gleichen Stoff waren Seitenteile und Schabracken an den Fenstern.

Mit gefalteten Händen schickte eine hellblau gewandete Mutter Gottes ein mildes Lächeln aus einem breiten Nussholzrahmen auf die Schlafstelle.

Auf dem runden Tisch in der Mitte des Raumes lag eine Spitzendecke. In ihrem Zentrum stand ein künstlicher Zyklamenstock in einem Keramikübertopf.

Es gab keinerlei Zierrat und alles zeugte von penibler Ordnung.

Luise hätte sich gerne ein bisschen in den Kästen und Laden umgesehen, aber dafür hatte sie keine Handhabe und die Tochter der Ermordeten schien für diesen Wunsch nicht zugänglich zu sein. Sie war an der Tür stehengeblieben und ließ die Besucherin keine Sekunde aus den Augen.

»Darf ich?«, fragte Luise dennoch forsch und öffnete eine der Kastentüren.

»Nein«, antwortete Inge kalt, machte ein paar rasche Schritte und schloss die Tür wieder. »Sei mir nicht böse, Luise, ich finde, das geht alles zu weit.«

Die Ermittlerin nickte. Sie hatte es befürchtet. »Ich sagte

dir ja, dass es wichtig ist, dass ich mir ein Bild von deiner Mutter mache. Bist du denn nicht interessiert daran, dass der Mörder gefunden wird?«, fragte sie herausfordernd. »Sie könnte hier etwas haben, das mir darauf Hinweise liefert.«

Doch die Frau ließ sich nicht einfangen. »Wir haben die Mutter nicht umgebracht, das kannst du mir glauben. Und in unserem Privatleben wirst du keine Hinweise finden. Also brauchst du auch nicht drin herumzustochern.«

Luise verengte ihre Augen zu Schlitzen und sah Inge scharf an. Die konnte dem Blick nicht standhalten, schaute auf ihre vor dem Körper gefalteten Hände hinab, deren Finger aneinander klopften.

»Ich möchte nun doch noch kurz mit deinem Sohn sprechen«, forderte die Pimpernell freundlich, als sie in den Hof traten.

Inge stampfte mit dem Fuß auf. »Kannst du uns denn nicht endlich in Ruhe lassen. Ich habe eben meine Mutter verloren!«

»Ich will ihn nur sehen. Ich habe keinerlei Erinnerung an ihn und weiß gern, wie das Umfeld der Opfer aussieht. Selbstverständlich kann ich ihn auch vorladen, wenn dir das lieber ist.«

Bevor Inge antworten konnte, kam der junge Mann aus der Wohnungstür der Eltern gestürmt. Er war groß gewachsen und schlank, man sah ihm an, dass sein Erscheinungsbild wichtig für ihn war und er peinlich darauf achtete, dass ihm kein dörflicher Mief angehängt werden konnte.

Jetzt war sein Gesicht allerdings rot angelaufen und seine Augen blitzten zornig. »Wo bist du denn«, schrie er. »Ich möchte eine Antwort. Es hilft dir gar nichts, wenn du davonläufst!«

Inge Rebierer erstarrte.

Der Blick des jungen Mannes fiel auf Luise Pimpernell. Augenblicklich war er von seinem Zorn abgelenkt. »Mama?«, fragte er entgeistert. »Wer ist das?«

»Ich bin Oberst Pimpernell vom LKA Eisenstadt und führe die Ermittlungen im Fall des Todes Ihrer Großmutter«, übernahm Luise ihre Vorstellung selber, was den jungen Mann jedoch seiner Verblüffung nicht beraubte, sondern sie eher noch verstärkte.

»Ich ... ich wollte gerade gehen. Ich war zum Mittagessen hier ... am Feiertag ... Ich ...«

Luise nickte ihm beruhigend zu. Dann wandte sie sich an seine Mutter. »Siehst du, alles schon erledigt.«

Inge Rebierer brachte noch immer kein Wort heraus.

»Ich melde mich, wenn ich Bescheid aus der Rechtsmedizin kriege.« Die Ermittlerin hob grüßend die Hand und ließ Mutter und Sohn in ihrer beider aus unterschiedlichen Gründen aufgetretenen erstaunten Stummheit zurück.

»Mama, gib mir jetzt das Geld«, schrie der junge Mann erneut, bevor Luise den Ausgang erreicht hatte. Sie stellte deshalb den Fuß von außen ins Hoftor und hatte keinerlei Skrupel dabei, den Disput von Mutter und Sohn zu belauschen.

»Ich sage dir noch einmal, du wirst warten, bis die Verlassenschaft abgewickelt ist.« Auch Inge Rebierers Stimme war nun wesentlich lauter, wirkte allerdings dennoch bestimmt, nahezu gelassen.

»Aber ich brauch's dringend! Ihr könnt mich doch nicht hängen lassen. Außerdem hat die Alte das Grundstück mir vererbt, also es gehört mir.«

»Sprich nicht so von deiner Großmutter! Und sie ist nicht einmal noch kalt. Was hättest du denn gemacht, wenn sie nicht gestorben wäre?«

»Ich bin ja deshalb heut gekommen, um mit ihr zu reden, dass sie es mir schon jetzt überschreibt. Der Bürgermeister ist stark interessiert daran und ich zieh da sowieso nicht mehr her. Und was ist überhaupt mit den Sparbücheln? Du musst sicher welche haben. Da gehört mir auch ein Teil davon. Du kannst mir das Geld also als Vorschuss geben.«

»Nein!«, lehnte Inge Rebierer kategorisch ab. »Lass mich vorbei!«, schrie sie plötzlich. »Du bist ja nicht bei Trost. Untersteh dich, und greif mich an! Dann kriegst gar nichts von dem Geld. Dann lass ich dich enterben.«

Der junge Mann lachte höhnisch. »Na, du hast vielleicht einen Vogel. Wie glaubst du denn, dass *das* gehen sollte.«

»Egal, jetzt schau auf jeden Fall, dass du mir aus den Augen kommst, sonst vergess ich mich und erzähl der Luise, warum und wie du heute hier angekommen bist. Dann dauert's auf jeden Fall sehr lang mit dem Geld.«

Auf einmal mischte sich eine männliche Stimme ein. Anscheinend war der Vater dazugekommen. »Lukas, jetzt ist es genug! Verschwinde endlich und lass uns in Ruhe mit deinen Eskapaden. Du wirst beizeiten vom Notar verständigt. Und vorher gibt's nichts. Punkt.«

Die Pimpernell hörte ein lautes Schnauben und sich rasch nähernde Schritte, zog schnell den Fuß aus der Tür und machte sich an ihrem Rad zu schaffen.

Als Lukas Rebierer herausstürmte, lächelte sie ihn scheinheilig an.

»Ach, wenn ich Sie noch einmal seh, frag ich Sie gleich: Wie war eigentlich Ihr Verhältnis zur Großmutter?«

Der junge Mann sah sie angewidert an. »Ach, lassen Sie mich doch in Frieden«, herrschte er sie an.

»Ganz so einfach ist das nicht, denn ich muss Sie natürlich fragen, wo Sie heute früh zwischen acht und zehn Uhr waren.«

»Ich?« Seine Stimme kippte um. »Was geht Sie das an?«

»Sehr viel, denn wenn Sie sich erinnern können, ist Ihre Großmutter ermordet worden.«

»Und Sie glauben, ich hab die alte Schreckschraube um die Ecke gebracht? Geht's Ihnen noch gut?«

»Mir geht es ausgezeichnet, aber ich glaube fast, wir werden bald einiges miteinander zu tun haben. Vor allem, wenn Sie mir nicht sagen, wo Sie in der Zeit waren.«

»Ja, wo werd ich schon gewesen sein. Auf der S 50«, murrte er.

»Zwei Stunden lang?«

»Ach, rutschen Sie mir den Buckel runter. Ich bin überhaupt erst zu Mittag gekommen, und was anderes werden Sie mir erst beweisen müssen.«

Luise Pimpernell zog die Augenbrauen in die Höhe. »Das ist interessant. Sie glauben also, dass Sie für irgendetwas Beweise brauchen?«

Der junge Mann drehte sich um und ließ sie einfach stehen.

»Noch so eine alte Spinatwachtel«, murrte er hörbar und stieg in das vor dem Haus geparkte blütenweiße BMW 4er-Cabrio ein, das viel zu neu war, als dass es Luises Aufmerksamkeit bei ihrer Ankunft erweckt hätte. Er ließ den

Motor aufheulen und preschte mit quietschenden Reifen die Gasse hinunter.

11

Bevor Luise Pimpernell zu Frau Murgitsch ging, brauchte sie unbedingt eine Pause. Sie musste das Gehörte erst einmal in sich absinken lassen. Weitere Informationen draufzuklatschen würde ihr nichts bringen. Das wusste sie genau. Sie würde ihre Intuition überfrachten und aus dem Wust der Plaudereien das Wesentliche nicht mehr herausfiltern können.

Wie so oft, wenn sie diese Distanz herstellen wollte, entschied sie sich dafür, einen flotten Marsch über den Weinberg zu machen, auf dessen Kamm ein angenehm ebener Weitwanderweg einige Ortschaften miteinander verband.

Nach einer Seite hin hatte man einen herrlichen Panoramablick über die Weingärten und den Schilfgürtel hinab zum See. Je nach Sichtverhältnissen war es möglich, das Leithagebirge zu sehen und an sehr klaren Tagen sogar den hundertdreißig Kilometer entfernten Schneeberg. Das Hinterland bildete die weite Hochebene der Parndorfer Platte mit seinem Windpark.

Sie brachte das Rad nach Hause, holte die versprochenen Krapferln aus der Gefriertruhe und legte sie zum Auftauen auf Küchenpapier. Dann verließ sie ihren Hof an der Rückseite und stieg zügig den Hügel hinauf, der gegenüber ihrem Hintaus-Tor begann.

Bei seiner geringen Höhe war sie rasch oben angelangt. Hurtig schritt sie dahin. Nach gut einem Kilometer gelangte sie zu ihrer Lieblingsbank und es war warm genug, um dort Platz zu nehmen und ein wenig die Sonne zu genießen.

Ein laues Lüftchen fegte ihr die letzten Gedankenfetzen aus dem Kopf.

Der milde Oktober war ein goldener gewesen und an diesem ersten November hatte sich daran noch nichts geändert. Ein unbeschreibliches Farbenmeer wogte über die Rieden. Die Sonne holte aus dem Orange und Weinrot, dem tiefen Violett und warmen Herbstgelb der Blätter ein Glühen, das die Landschaft zu einem flammenden Teppich machte.

Am Ufer leuchtete das Schilf in kräftigem Ocker und auf dem See tanzte ein Glitzern in den milchigen Dunst des Horizonts.

Luise ließ sich von der Landschaft umarmen. Sie nahm den Hut ab. Immer wieder gelang es ihr hier, den Kuss ihres, vor langer Zeit verunglückten, Verlobten auf ihrem Scheitel zu spüren. In jener besonderen Nähe teilte sie mit ihm die Verbundenheit zu ihrer Heimat.

Auf diese Weise schöpfte sie Kraft. So war es ihr über die Jahrzehnte gelungen, nicht in dem Sumpf unterzugehen, in welchem sie in ihrem Beruf dauernd waten musste. Privatbereich und Job wurden von ihr strikt getrennt und es glückte ihr, Schönheit und Liebe zu genießen, dort wo sie auftraten, und auf der anderen Seite den negativen Auswüchsen der Gesellschaft mit ihrer ganzen Kraft entgegenzutreten.

Deshalb dachte sie jetzt nicht über den Fall nach, sondern ließ einfach die Umgebung wirken und die Gespräche in sich absinken.

Die Guten ins Töpfchen, die Schlechten blieben im Kröpfchen – diese Methode hatte sich immer noch am besten bewährt. Damit hatte sie die meisten Fälle gelöst und sie verdankte ihr wohl letztendlich auch ihren hohen Rang.

Mit weitausholenden festen Schritten in den geliebten Haferlschuhen ging es forsch zurück.

An der Weggabelung, die zu ihrem Haus hinunterführte, lag einer der ältesten Weinkeller dieser Gegend.

In den letzten Jahren hatten sich hier frühere Generationen von Winzern zusammengefunden, um sich bei so manchem Glaserl naturbelassenen Weines darüber auszulassen, wie sich alles geändert hatte. Nicht nur der Weinbau und die Weinherstellung, sondern genauso die Zeiten im Allgemeinen, und die damit einhergehende dörfliche Umstrukturierung.

Oder sie schwiegen miteinander.

Und auch für Luise, die ebenfalls aus einer traditionellen Winzerfamilie stammte und einen echten Tropfen sehr zu schätzen wusste, war dies ein besonderer Ort, an dem sie immer gern gesehen war.

Der Emser-Bauer, der den neuzeitlichen Gepflogenheiten im Weinbau, sowie den weit verbreiteten Kellermodernisierungen getrotzt hatte, war im vergangenen Winter bei einem heimtückischen Anschlag ums Leben gekommen.

Für die betagten Herrschaften, die sich hier zu versammeln pflegten, war das nicht nur ein menschlicher Schock gewesen. Entschleunigt im Keller zu sitzen und Wein zu genießen war an sich bereits vom Aussterben bedroht. Und nun war ihre Heimstätte dafür in Gefahr geraten.

Durch cinen Winkelzug in seinem Testament hatte der Emser jedoch dafür gesorgt, dass die geliebte Tradition weitergeführt werden konnte. Er hatte Luise Pimpernell nicht nur den Inhalt der tiefen Gewölbe vermacht, sondern ihr für die nächsten Jahre das Nutzungsrecht für den Keller eingeräumt.

Luise hatte Alois Riemberger, einem der alten Winzer, die hier regelmäßig zusammengetroffen waren, den Schlüssel übergeben und ihn zum Hüter ihres Wein-Schatzes gemacht. Mit der Auflage, wie bisher mit den Gästen die Weine des Emsers in seinem Angedenken zu genießen.

Es lagerte so viel davon in dem Keller, dass sie ihn in ihrem Leben niemals trinken würde können. Nicht einmal mit Hilfe der vertrauten Tischrunde. Es befanden sich wohl einige besondere Schätzchen unter den Beständen, aber ein Verkauf wurde nicht einmal angedacht. Das wäre nicht im Sinne des alten Emsers gewesen und von ihr als Sakrileg angesehen worden.

Die Kellertür stand offen und Luise stieg vorsichtig die unregelmäßigen Stufen in das halbrunde Gewölbe aus rohen Ziegeln hinunter. Auf der ersten Ebene saßen drei alte Herren auf einfachen Bänken an einem groben Holztisch.

Ein paar Gläser waren auf ein Geschirrtuch im Anschluss an ein kleines Wasserschaff gestürzt, das sich auf dem schlicht zusammengezimmerten Regal auf der gegenüberliegenden Wand befand. Ein offener Doppler stand daneben.

Auf schmiedeeisernen Tellerchen brannten ein paar Kerzen. Es gab zwar elektrisches Licht, das vor ein paar Jahren mit außenliegenden Kabeln verlegt worden war, doch die Kellertradition ließ die Winzer lieber bei Kerzenlicht sitzen. Nostalgie, die nicht der Romantik geschuldet war, sondern so war es früher gewesen, um die Gärgase rechtzeitig zu erkennen, wenn sie aus den Kellern aufstiegen. So hielten sie es deshalb heute ebenfalls noch gern.

In der Mitte führten weitere Ziegelstufen hinab in die eigentliche Kellerröhre.

Über die Gesichter der Anwesenden zog ein erfreutes Grinsen, als sie Luise erkannten, und Alois Riemberger stand sofort auf, um ein Glas für sie zu holen. Genau wie es der alte Emser immer gemacht hatte.

»Ich hab einen Sturm mitgebracht. Er ist zwar schon fast drüber, aber uns schmeckt er noch. Willst ihn probieren? Oder soll ich dir ein Flascherl heraufholen?«

»Nein, danke Herr Riemberger. Ich wollt nur einen Sprung herunterschauen, weil das Tor offen stand. Ich muss noch arbeiten, da trink ich nichts.«

»Ah ja, die Berta ...«

Die Männer tauschten einen Blick untereinander und Luise musste sofort daran denken, dass diese Herren im Alter gut zu Frau Echs passten und vielleicht auch in ihrer Jugend hinter ihr her gewesen waren.

Einer der Anwesenden, Herr Horeber, ein rüstiger Mittachtziger, war übrigens Witwer, also vielleicht ebenfalls ein Objekt der Begierde für die alten Damen im Ort.

Gerade als sie überlegte, ob sie ihrem Prinzip untreu werden sollte, welches lautete, dass ihr Job hier an diesem Tisch nie Thema sein durfte, und vielleicht doch ein paar Fragen stellen könnte, fiel ein Schatten in die Tür.

Mit bedächtiger Aufmerksamkeit kletterte der Pächter der Emserschen Rieden, die den Weinkeller umgaben, die Stiegen herunter.

Kurt Lederer war ein besonderer Jugendfreund Luises. Sie und ihre Freundin Magda sowie Kurt und sein Bruder Anton waren von Kind an ein unzertrennliches Kleeblatt gewesen.

Als die Liebe ins Spiel kam, drifteten die Wege auseinander. Anton und Luise wurden ein Paar, Kurt hatte nur mehr Augen für seine spätere Frau Helga und Magda verliebte sich jeden Tag in einen anderen. Richtig zur Trennung kam es jedoch nach Antons Unfall, der zum Eklat zwischen den Familien Lederer und Pimpernell geführt hatte, da die Mutter der Brüder Luise für den Tod ihres ältesten Sohnes verantwortlich machte und ihr sogar die Teilnahme an seinem Begräbnis verbot. Erst die Ermittlungen zu Emsers Tod hatten Kurt und Luise, nach mehr als fünfunddreißig Jahren, wieder zusammengeführt.

Der Weinbauer war eine unkonventionelle Erscheinung, nahezu ein Pendant zu Luise.

Er war ungefähr so alt und auch so groß wie sie, hatte ein rundes Bäuchlein, über das sich ein gestrickter Janker spannte, der - wie ja auch meistens bei Luise - oft verkehrt zugeknöpft war. So auch heute. Sein rosiges Gesicht zierte ein üppiger Schnauz- und Backenbart in strahlendem Weiß, was sein Aussehen ein bisschen an Kaiser Franz Josef erinnern ließ. Dazu trug noch die spiegelnde Halbglatze mit dem schmalen Haarkranz bei, die allerdings heute unter einem Jägerhut – ähnlich dem der Pimpernell - verborgen lag.

»Ah, Luise, wie schön!«, rief er jetzt, nahm ihre Hand und führte ihre Fingerspitzen an die Lippen. Er berührte sie nicht einmal mit dem Mund, es war einfach eine Geste, aber die alten Herren am Tisch warfen einander schmunzelnd vielsagende Blicke zu.

»Ich war gerade im Weinberg und da schaue ich immer gern hier herein«, erklärte er, eigentlich ziemlich unnötigerweise. Wie es schien, war er ein wenig nervös. Offenbar war die Vertrautheit zwischen ihnen noch nicht wieder selbstverständlich. Sie hatten einander allerdings in den letzten Monaten nicht oft gesehen. Kurts Frau lag im Sterben, als Luise damals ermittelte, und nach ihrem Tod war der richtige Zeitpunkt noch nicht gekommen, sich ihrer Freundschaft erneut zu widmen.

»Willst du ein Glasl Sturm?«, durchbrach Riemberger die leichte Spannung und Kurt nickte.

»Sie haben noch Sturm? Unser Wein ist schon staubig.«

»Unserer ist eh auch fast drüber. Aber ein bissl stürmt er noch. Und ist gar nicht so schlecht.«

»Ja dann. Dann nehm ich gern einen.«

Er setzte sich an den Tisch und Luise nahm ebenfalls Platz.

»Du trinkst nichts?«, fragte Kurt, als Riemberger nur ihm ein Glas hinstellte und sie sagte erneut ihr Sprüchlein von wegen Arbeit auf.

»Oh je, und ich wollte dich fragen, ob du mit mir heute Abend essen gehst, wenn ich dich schon einmal erwische«, zeigte er sich enttäuscht.

»Nein, tut mir leid, das ist kein guter Zeitpunkt.« Auch aus ihrer Stimme klang leichtes Bedauern. »Das verschieben wir aber nur. Vielleicht geht's nächste Woche. Mal sehen, wie ich vorankomme. Oder ich brat dir ein Martini-Gansl, was haltest davon?«

Davon hielt Kurt Lederer sehr viel, wie man ihm sofort ansah und er sich beeilte, es zu bestätigen.

»Außerdem - übermorgen ist bei uns »Keller und Kunst« und Magda stellt bei Nepomuk aus. Was ist, willst nicht vorbeischauen? Da würdest du ihr sicher eine große Freude machen. Abgesehen davon, dass ihre Bilder immer sehenswert sind.«

Wieder schmunzelten die Männer am Tisch verschwörerisch, als Kurt begeistert nickte.

»Ihr kommt's eh auch, nicht wahr?«, wandte sich Luise an die Tischrunde.

»Ja, ich hab's zumindest vor«, übernahm Herr Riemberger das Antworten. »Ein paar Keller geb ich mir immer. Und bis zu dem von deinem Bruder werd ich es schon schaffen.«

Bei »Offene Keller und Kunst« handelte es sich um ein Weinfest der besonderen Art. Alljährlich am ersten November-Wochenende öffneten die Winzer von Schilfern ihre Keller und boten ihre Weine zur Verkostung an. Es wurde vom Weinbauverein ein Pauschalbeitrag eingehoben, dafür gab es einen Anstecker und damit konnte man von Keller zu Keller ziehen und überall die Weine probieren. Dazu wurden kleine Schmankerln gereicht und, um dem Ganzen einen zusätzlichen kulturellen Anstrich zu geben, war die Veranstaltung durch Ausstellungen bildender Kunst in den Kellern erweitert worden.

Luises Freundin Magda war eine in der Region bekannte Malerin und stellte ihre Bilder im Keller von Luises älterem Bruder aus.

»Na gut, dann treffen wir uns eh alle übermorgen, und ich geh jetzt wieder an meine Arbeit.«

In Luises Ohren klang dies ein wenig überspitzt, denn sie wusste ja, dass sie mit Aloisia Murgitsch einen eher angenehmen Spätnachmittag verbringen würde.

Doch die Aussage war richtig, denn ihrem Arbeitsbereich war das Treffen dennoch zuzuordnen.

12

Hinter dem Eingangstor von Aloisia Murgitschs Haus war die Zeit anscheinend stehengeblieben.

Es war erkennbar, dass nur die ersten beiden Räume bewohnt wurden, die dahinter aufgereihten Gebäude zeigten sichtlichen Verfall.

Der Hof war wild bewachsen, zwischen den unregelmäßigen Steinen, die den Boden bildeten, spross es grün. Ein paar glückliche Hühner liefen gackernd vor Luise her, als sie auf die Tür neben der lediglich bis zum Haus führenden Wasserleitung zuging. Der außenliegende Teil des Rohres war bereits dick in Zeitungspapier und alte Fetzen eingehüllt. Es könnte schon bald Nachtfrost geben.

Luise klopfte kurz an die Scheiben im oberen Bereich der Eingangstür und trat direkt in die Küche ein.

Die alte Frau, in Kittelschürze und mit Kopftuch, kam ihr aus dem nebenan liegenden Zimmer entgegen. »Ha! Da bist du ja! Ich hab schon geglaubt, du hast vergessen.«

»Aber Frau Murgitsch. Wie denn. Ich hab's doch versprochen. Und die Krapferln hab ich auch mitgebracht.«

Luise stellte die Platte mit dem Kleingebäck auf den Tisch. Frau Murgitsch nahm von einem Wandbord eine alte Kaffeemühle, klemmte sie zwischen die Knie und mahlte damit eine Handvoll Bohnen, die sie anschließend in einen auf dem Herd stehenden Blechtopf mit heißem Wasser schüttete.

»Setz dich. Setz dich«, forderte die Frau und holte zwei Häferln aus der Kredenz, von der bereits einiger Lack abgeblättert war, wo jedoch hinter den Glasscheiben wunderschöne handgefertigte, wenn auch bereits leicht vergilbte Regalspitzen zu sehen waren.

Sie seihte den Kaffee ab und kochte ihn mit ein wenig Milch erneut auf, bevor sie ihn in die Becher füllte.

Jedes Mal wieder fühlte sich Luise in der kleinen Küche sofort wohl, behaglicher als in so manchem modernen Haushalt. Trotzdem hier tatsächlich nur das Nötigste vorhanden war. Tisch mit Wäschebank, zwei wackelige Sessel, der eiserne Herd, die Kredenz und ein Regal, auf dem ein Lavoir und eine Wasserkanne aus abgeschlagener Emaille standen. Die Elektrokabel liefen über Putz und eine einfache Kochplatte zollte dem Fortschritt minimalen Tribut. Auf dem kleinen Bord, wo die Kaffeemühle ihren Platz hatte, stand eine alte Petroleumlampe, die sichtbar in Gebrauch war.

»Gut schauen die aus, die Krapferl. Gut«, lobte Frau Murgitsch mit Kennermiene.

»Das sind die, wo Sie mir die Rezepte gegeben haben. Ich bin gespannt, ob ich sie richtig gemacht hab.«

»Ausschauen tun sie gut.« Die alte Frau ließ sich eines nach dem anderen auf der Zunge zergehen.

»Genau so gehören sie. Genau so. Aber ich mach keine mehr. Die essen ja alle keine mehr. Haben alle Angst vorm Dickwerden. So ein Blödsinn. Und für mich allein mache ich auch keine. Aber ja, deine, die sind genau richtig geworden.«

»Ich bring Ihnen zu Weihnachten welche herunter. Ich mach da sicher wieder neue«, versprach Luise.

Die Augen der alten Frau glitzerten erfreut. »Ein paar so für mich zum Kaffee. Das wär schön. Weil sonst isst eh keiner mehr eins bei mir. Die Familie, bei denen geht es nur mehr ums Abnehmen. Da sollten sie aber lieber bei ganz anderen Sachen aufpassen, als bei den Weihnachtskrapferln. Für mich allein zahlt es sich halt nicht aus, dass ich welche mach.«

Luise Pimpernell holte ihren Notizblock aus der Westentasche und Frau Murgitsch nickte mehrmals.

»Genau. Ich soll dir ja was über die Berta erzählen.«

»Sie haben gesagt, es gäbe da einiges, das mich interessieren könnte.«

»Ich weiß natürlich nicht, ob das mit ihrem Tod was zu tun haben kann. Und eigentlich bin ich nicht so die Tratsche. Aber ...« Sie brach ab und sah mit einer Unsicherheit, die ihrem Gast etwas gespielt schien, zu Boden.

»Es ist notwendig für mich, dass ich mir ein Bild von der Verstorbenen machen kann. Da ist alles wichtig. Und mit Sicherheit das, was Sie mir erzählen können«, gab Luise der Frau den gewünschten Zuspruch.

»Wo soll ich anfangen?«

»Entweder ganz vorne oder ganz hinten. Aber ich glaube, besser ist es, ganz vorne.«

Aloisias Blick, der nachdenklich zum Fenster hinausging, wurde von einem erneuten Mehrfachnicken begleitet.

»Weißt, als wir Kinder waren, da war alles noch ganz anders. Das kann man sich heute gar nicht mehr vorstellen. Keiner hat wirklich was gehabt. Der Hof da von meinen Eltern, der war schon etwas Besonderes. Wir waren ganz Alteingesessene, drum ist das Haus auch mitten am Hauptplatz. Die Neuhaus gab es eigentlich noch gar nicht. Da standen nur vereinzelt ein paar Bauernhäuser. Es gab nicht viele, die eigene Höfe hatten. Und die Berta war aus einem ganz armen Haus. Die haben da hinten auf dem Martinshof gewohnt. Das war eine Halbwirtschaft, wo aber sicher mindestens acht Familien gewohnt haben. Jede auf höchstens zwei Zimmern. Eigene Höfe und Häuser hatten nur ganz wenige. Echte Halbwirtschaften gab es ebenfalls selten, wo also wirklich nur zwei Familien wohnten. Der Martinshof steht eh noch. Gehört jetzt dem Horeber. Der hat den super hergerichtet. Damals war das so ein Vielfamilienhof. So viele wie dort waren es sonst nirgends. Der wurde deshalb *Arme-Leut-Hof* genannt. Und da hat die Berta gewohnt.«

»Ja, das hat mir die Frau Radacs schon erzählt.«

»Ah, warst bei der Käthe. Die hat auch dort gewohnt. Und alle waren ein Haufen Kinder. Wir waren ja nur zwei. Die Mitzi und ich. Aber gehabt haben wir genauso nichts. Im Sommer keine Schuhe, da sind wir barfuß herumgelaufen und haben in den Weingärten oder auf den Straßen gespielt. Und da war noch überall Gatsch, da gab's noch keinen Asphalt. An den See hast gar nicht können, weil davor das Schilf war. Und wir haben in der Landwirtschaft mitarbeiten müssen, schon als wir klein waren. Die Kleinhäuslerkinder sind halt mit uns gelaufen und haben dann ein bissl was zum Essen gekriegt.«

»Das war bei uns ebenso. Wir haben auch mitarbeiten müssen, als wir Kinder waren.«

»Aber ihr habt's wenigstens ein bissl was anderes dazu gehabt, damals. Bei uns gab's noch gar nichts. Nur arbeiten und dann halt herumlaufen mit geflicktem Gewand, aus dem die größeren Geschwister herausgewachsen waren und wie gesagt, im Sommer ohne Schuhe, im Winter die von den anderen abgelegten, die meistens entweder zu klein oder zu groß waren und oft auch schon hin. Oder wurden sie vorne einfach aufgeschnitten, wenn sie zu klein waren. Das kann sich heute keiner mehr vorstellen. Aber so ist es damals allen gegangen, also hat sich keiner was dabei gedacht. Das war für uns normal. Wir haben viel Hetz gehabt. Wir waren keine unglücklichen Kinder, nicht dass du das glaubst. Es war halt alles ganz anders.«

Luise konnte das gut nachvollziehen. Wenn es auch, wie Frau Murgitsch sagte, in ihrer Kindheit bereits um einiges besser war, Luxus hatte es ebenfalls keinen gegeben. Und Zeit für Kinder schon gar nicht. Und trotzdem sah sie gerne auf diese Zeit zurück.

»Und dann kam sowieso der Krieg. Obwohl, den haben wir gar nicht so sehr gespürt hier. Also die Kinder. Die Erwachsenen natürlich schon. Sind ja die Männer eingezogen worden und es musste Zwangsarbeit gemacht werden. Auch von uns irgendwann. Aber wir waren es gewöhnt, arbeiten zu müssen. Für was oder für wen, hat uns damals noch nicht wirklich interessiert.«

»Und da wart ihr immer alle zusammen?«, versuchte Luise, auf ihr Thema zu kommen.

Frau Murgitsch schien ihre Aufforderung gar zu ernst zu nehmen, von Anfang an zu erzählen. »Genau. Wir sind ja alle ungefähr im gleichen Alter.«

»Frau Radacs hat gesagt, dass die Berta eine ganz lustige war.«

»Das stimmt. Sie war sehr beliebt deshalb. Das hat sich erst in der Pubertät gegeben. Da hat sie sich auf einmal nur mehr für die Buben interessiert. Von heut auf morgen.«

Die Ermittlerin schaute interessiert hoch. »Von heut auf morgen? Ist etwas vorgefallen? Hat sie sich verliebt?«

»Nicht, dass ich wüsste. Es war halt eine blöde Zeit damals.

Der Krieg war aus und danach ist's für uns erst richtig schlimm hier geworden. Wie gesagt, im Krieg war es gar nicht so arg. Natürlich musste alles abgeliefert werden und wurde genauestens kontrolliert, aber ein bissl was ging trotzdem immer. Wir Kinder haben uns darüber keine Gedanken gemacht. Es war halt so. Doch dann sind die Russen gekommen. Die haben geplündert und viel Angst und Schrecken verbreitet. Und eigentlich hat uns die Berta gut durch die Zeit geholfen. Wenn wir uns versteckt haben, hat sie uns immer bei Laune gehalten, dass uns die Angst nicht so geschüttelt hat. Sie war auch eine sehr aufmüpfige und hat sich nicht viel gefallen lassen. Doch auf einmal ist sie nicht mehr mitgekommen, hat sich nicht mehr versteckt. Und wir waren ihr zu kindisch. Sie hat sich lieber mit den Buben eingelassen. Und schön langsam kamen die Männer aus dem Krieg nach Haus. Auch die ganz jungen, die sie zum Schluss noch eingezogen haben. Und da hat sie es dann überhaupt getrieben.«

»Getrieben?«

»Na ja, ich weiß nichts Genaues. Wie man halt so sagt«, schwächte Frau Murgitsch ab. »Die Männer waren alle hinter ihr her. Wir anderen waren da ziemlich abgemeldet.«

Luise sah ihr Gegenüber scharf an. Es hatte geklungen, als wäre Aloisia davon betroffen gewesen. Aber sie sprach schon weiter.

»Und dann hat sie den Echs Arnold genommen, der war eine der besten Partien damals. Der hat einen Hof und eine Landwirtschaft geerbt. Und das war sicher wichtig für sie. Sie wollte unbedingt aus dem Kleinhäuslerstand heraus. Und damit gingen die Bröseln erst richtig los. Mit ihr.«

»Was hat sie gemacht?«

»Sie war vorher mit seinem Bruder zusammen, wahrscheinlich hat sie geglaubt, dass der Arnold nicht mehr zurückkommt und der den Hof kriegt. Der Echs-Vater ist ja im Krieg gefallen. Der Hans war zu jung, den haben sie nicht eingezogen gehabt. Der war so alt wie wir. Er hat dann noch einige Zeit auf dem Hof gearbeitet. Damals sind die Familienmitglieder oft als Knechte oder Mägde geblieben. Das war keine gute Situation, wie du dir denken kannst. Noch dazu mit jemandem wie der Berta. Die hat den bestimmt nicht in Ruhe gelassen. Der Arnold, der war ziemlich fertig, als er aus der Gefangenschaft gekommen ist. Und er hat sich irgendwie nie richtig erholt. Ist immer schwermütig gewesen. Das war natürlich gar nichts für sie. Die hat Spaß haben wollen. Und den hat sie sich halt geholt.«

Ah, jetzt kamen sie vielleicht endlich zum Thema.

»Wissen Sie Genaueres? Oder war sie diskret dabei?«, insistierte Luise.

»Weil du das sagst. Ja, sie war diskret. Eigentlich passte das gar nicht zu ihr. Aber sie war diskret. Erst als der Arnold gestorben ist, hat sie begonnen mit ihren Anspielungen. Auf der einen Seite machte sie auf trauernde, ja sogar bigotte Witwe, nahm sogar plötzlich das Kopftuch. Auf der anderen Seite stichelte sie dauernd ziemlich anzüglich durch die Gegend. Sie war schon ein bissl herumgekommen. Mit den einen vor der Hochzeit, mit den anderen danach. Die kennt jedes Muttermal im Dorf, das einer auf dem Hintern hat, sagten wir immer. Und über die Frauen wusste sie auch viel. Wahrscheinlich weil sie immer genau hingeschaut hat, was die so machen, während sie sich mit den Männern abgab.«

»Und wissen Sie, wer da so zum Zug gekommen ist?«

Im Blick von Frau Murgitsch begann es zu glitzern, doch dann schlug sie die Augen nieder und zeichnete mit der Hand ein kleines Muster auf den Tisch. »Ich will nicht tratschen«, sagte sie kokett.

»Das ist doch kein Tratschen. Das haben wir besprochen. Es ist wichtig für meine Ermittlungen.«

Frau Murgitsch stand auf und holte die Petroleumlampe von dem Bord. In der Zwischenzeit war es ziemlich dämmerig geworden.

Während sie mit dem Docht hantierte, plapperte sie wie zu sich selbst vor sich hin. »Der Ripp Peter, das habe ich dir ja schon gesagt. Und auch der Radacs. Da bin ich mir ziemlich sicher.«

»Der Herr Radacs? Seine Frau hat gesagt, dass er nicht hinter der Berta her war.«

»Sagt sie. Das würd ich an ihrer Stelle sicher auch sagen. So wie die Ripp Frieda das sagen wird. Die Käthe und die Frieda, da ist eh immer was zwischen den beiden. Da gibt's immer so kleine Sticheleien. Weils halt wahrscheinlich gegenseitig was vermuten, das sie jedoch natürlich niemals zugeben würden. Bloß so ein bissl was andeuten ... quasi deiner schon, aber meiner nicht. Dabei, von dem Ripp weiß ich es ganz genau. Den hab ich ein paarmal gesehen. Der ist sogar zu deppert zum Fremdgehen. Weichgesoffen halt. Anscheinend hat er andere Qualitäten, was weiß ich. Und der Radacs war sowieso hinter jeder Schürze her. Die hat's nicht leicht gehabt, die Käthe, mit ihrem Mann. Wie die Mitzi.«

Luise zuckte zurück. »Sagen Sie jetzt nicht, dass Ihr Schwager auch hinter der Frau Echs her war.«

»Nein, nein. Der Vinzenz hat der Mitzi schon so mit seiner ganzen Spinnerei das Leben schwer genug gemacht. Da hat's nicht Weiber auch noch gebraucht.«

Luise war nicht sicher, ob sie darüber mehr hören wollte. Ihre Erinnerung an den Emser war anderer Art und sollte nach Möglichkeit so bleiben. Es hatte ihr bereits gereicht, was sie während ihrer Ermittlungen in seinem Fall über ihn erfahren musste. Durch sein Vermächtnis allerdings war wieder einiges an sentimentaler Erinnerung zurückgekehrt. Und es war sowieso klar, dass er mit diesem Mord mit Sicherheit nichts zu tun hatte.

Erfreulicherweise hielt sich Frau Murgitsch nicht bei dem Thema auf. »Wir zwei, wir haben das gut gemacht, Luise. Das kannst mir glauben. So ohne Männer ist es uns sicher besser ergangen. Wenn ich mir die alle so anschau, wie das gelaufen ist.«

Dieser Gedanke hatte Luise Pimpernell vorher ebenfalls gestreift. Anton war von ihrer Seite gerissen worden, als die Liebe wahrscheinlich gerade an ihrem Höhepunkt angelangt war. Und dort wurde sie von ihr bis heute sozusagen konserviert. Doch wer weiß, wie alles gekommen wäre.

Aber nein! Ihre Brüder und auch ihre Freundin Magda führten gute Ehen. Und Kurt und Helga hatten dies genauso geschafft. Also weg mit diesen Gedanken, nur weil sie gerade in ein Schlangennest gestochen hatte, das so nicht zu erwarten gewesen war.

»Hat es denn in Ihrem Leben nie einen Mann gegeben? Wollten Sie nie heiraten?«, fragte sie die alte Frau.

Ein versonnenes Lächeln huschte über deren Gesicht. »Oh ja. Natürlich, als ich jung war. Wir waren sogar sehr verliebt.«

Nun kam der Schatten.

»Aber ...« Frau Murgitsch gab sich einen Ruck. »Die Berta ...«, stieß sie heraus, verkniff den Mund und zeichnete wieder mit dem Finger ihr Muster auf den Tisch. »Aber sie hat ihn auch nicht gekriegt. Obwohl das ihre erste Wahl gewesen wäre. Er hat sich eine aus Guid geholt. Mit Geld. Die Berta war für ihn zu unbedeutend. Ich glaube, das hat sie ihm nie verziehen.«

»Darf ich fragen, wer das war?« Luises Stimme war ganz sanft.

Doch Frau Murgitsch schüttelte den Kopf. »Fragen kannst schon, aber ich will nicht darüber reden«, beschied sie der Besucherin.

»Und dann ging alles so schnell. Die Mitzi hat geheiratet und ich bin mit der Mutter hier auf dem Hof geblieben. Wir haben die Landwirtschaft ganz allein gemacht. Nur wir zwei. War ja kein Mann da. Der Vinzenz und die Mitzi waren mit dem Weinbau mehr als genug beschäftigt. Wir haben Rinder gehabt, Schweindln, Hendln und auch ein paar Kaninchen. Da gab es reichlich Arbeit. Dann kamen die Kinder von der Mitzi. Die Eltern haben natürlich keine Zeit gehabt, also sind die Gschrapperln dauernd bei uns hier auf dem Hof gewesen. Dann ist die Mutter krank geworden und ich hab sie gepflegt. Und auf einmal waren die Jahre weg. Aber lieb waren's, die Kinder. Nur später halt, wie sie größer geworden sind, sind's immer blöder geworden. Da hat's den vielen Streit gegeben. Na, du weißt es ja. Doch wie sie noch bei mir hier waren ...« Frau Murgitsch Gesicht wurde von einem liebevollen Ausdruck erleuchtet. »So liebe Kinder.«

»Das haben wir auch gemeinsam«, stimmte Luise ein. Sie hatte zwei Brüder. Der ältere hatte von den Eltern den Weinbau übernommen und der jüngere den Heurigen. Ihr Dienst als junge Polizistin hatte ihr immer wieder Tagesfreizeit beschert, die sie den Kindern ihrer Geschwister widmete, weil deren Eltern viel zu wenig Zeit für sie hatten. »Meine Neffen waren ebenfalls sehr viel bei mir.«

»Das Los der unverheirateten Tanten.« Die alte Frau grinste kumpelhaft.

»Ja. Aber wie Sie sagen, es war eine schöne Zeit mit den Buben. Bei uns ging es auch nicht so in die Hose wie bei Ihnen. Wir haben heute noch immer ein sehr gutes Verhältnis.«

»Da freu ich mich für dich. Deine Familie war schon immer ganz anders als unsere. Deine Mutter hat alles gut zusammenhalten können. Die Mitzi hat das nicht so gut können. Die hat sehr gelitten unter dem Vinz und einiges davon an den Kindern ausgelassen. Doch dein Vater war auch kein leichter.«

Luise erschrak. Hoffentlich musste sie jetzt nicht zu hören kriegen, dass ihr Vater ebenfalls ein Verehrer der Frau Echs gewesen war.

Wie wenn die alte Frau die Besorgnis spüren würde, fügte sie noch hinzu: »Aber Weibergeschichten waren für den kein Thema. Nur, leicht hat sie es mit ihm trotzdem nie gehabt. Der hat sich nicht lang mit wem aufgehalten, der ihm blöd gekommen ist. Da hat es oft Verdruss gegeben. Und deine Mutter musste es dann wieder ausbügeln.« Erschrocken klopfte sie sich mit der Hand auf den Mund.

Luise war so erleichtert, dass sie nur freundlich lächelte.

»Ist schon gut. Das weiß ich selber. Er war halt ein Patriarch. Aber die Mam hat gut damit umgehen können. Das hat sie sicher von der Oma gelernt. Die hat immer gesagt, das Wichtigste ist, sich nicht davon beeindrucken zu lassen, was die anderen machen oder eben nicht, sondern darauf zu schauen, was man selber macht. Sie hat auch mir viel mitgegeben, was ich für den Umgang mit meinen Mitmenschen gut brauchen kann.«

»An die kann ich mich noch gut erinnern. Du hast recht, eine ganz besondere Frau war das. Der Mann aus dem Krieg nicht zurückgekommen und sie allein mit zwei Töchtern. Aber die hat gearbeitet, da haben sich die Männer was abschneiden können. Hat das Haus, wo du jetzt wohnst, mit eigenen Händen gebaut. Und daneben noch die Landwirtschaft betrieben. Ganz ohne Mann auf dem Hof.«

»Ich weiß. Es ist ein wunderbares Haus. Es umarmt mich, wenn ich heimkomme.« Luise Pimpernell stand auf und grinste.

»Und deshalb hör ich es jetzt schon rufen. Danke, Frau Murgitsch. Das war wirklich alles hochinteressant.«

»Ich hoffe, du kannst was brauchen. Denn sonst wär's ja wirklich Tratscherei gewesen. Und ich bin keine Gatschn. Das geht mir bei den anderen so auf die Nerven. Was da alles durchgehechelt wird, Tag für Tag. Das glauberst nicht, was die alles wissen.«

»Machen Sie sich keine Gedanken, das war alles wichtig. Zu heute in der Früh ist ihnen sonst nichts mehr eingefallen? War niemand mehr auf dem Friedhof oder sonst etwas ungewöhnliches?«

»Nein, ich hab eh noch nachgedacht. Aber außer der

Radacs und dem Meier-Kramer hab ich niemanden gesehen. Das einzige Komische war, dass die Käthe nicht auf mich gewartet hat. Wir plaudern nämlich sonst immer ein bissl, bevor die anderen kommen. Heut war sie auf einmal weg.«

»Sie hat gesagt, sie hat aufs Klo müssen.«

»Ah! Na dann! Das ist ja der nächste Blödsinn. Auf das hab ich ganz vergessen, wie ich heut mit dem Bürgermeister geredet hab. Da gibt's ein Klo und es ist immer zugesperrt. Ich sag's dir, der macht wirklich mit uns Alten, was er will.«

Frau Murgitsch war mit Luise bis zum Tor mitgekommen. »Ich glaub, es wär gut, wenn du mit der Frieda reden würdest«, sagte sie beim Verabschieden. »Die war noch am ehesten der Berta ihre Freundin. Das war seltsam, die war immer so ... fast wie unterwürfig, möchte ich sagen. Für die war immer alles richtig, was die Berta gesagt oder getan hat. Hat immer zur Berta gehalten. Und die? Die hat sich ihren Alten geholt, eh klar.«

13

Luise Pimpernell bewohnte einen Hakenhof, den sie von ihrer Großmutter geerbt hatte und der seit damals nur die notwendigsten Modernisierungen erfahren hatte. Ihrem Naturell entsprach eher das Bewahren als das sinnlose Ersetzen des Vorhandenen, um den Konsum zu fördern.

So hatte sie sämtliches Mobiliar übernommen und wohnte mit Leidenschaft in dem Sammelsurium nicht zueinander passender Möbelstücke, die es teilweise in dieser Form heute gar nicht mehr gab.

Genau dadurch wurde jedoch eine Harmonie der besonderen Art ausgestrahlt, die Luise Geborgenheit gab, sofort, wenn sie ihr Heim betrat.

Zum Beispiel gehörten eine Ottomane, Kredenzen, Kastenbänke, auch eine Psyche und davor ein gepolsterter Rundhocker mit Quasten zu ihrem Inventar. Das sah man heute sonst höchstens noch im Dorfmuseum in Mönchhof.

Ein spezielles Prunkstück war der Musikschrank mit eingebautem Radio und Plattenspieler, auf dem sie nach wie vor ihre heißgeliebten amerikanischen Jazzplatten aus den Vierziger- und Fünfzigerjahren abspielte. Diese Leidenschaft hatte sie, wie das Handarbeiten, von ihrer Oma geerbt, die sich als einzigen Luxus in ihrem arbeits- und entbehrungsreichen Dasein geleistet hatte, ein paar dieser Aufnahmen, sich im wahrsten Sinne des Wortes, vom Mund abzusparen.

Die kleine Luise war viel bei ihrer Großmutter gewesen und auch wenn sie ein gutes Familienleben zu Hause hatten, so war doch das innige Verhältnis zu ihrer Oma das

Prägendste in ihrer Entwicklung gewesen. Sie saß auf dem Schemel zu Füßen des Lehnstuhls der alten Frau – der heute, wohl nicht überraschend, auch ihr Lieblingssessel war – und sie strickten, häkelten und hörten dabei Musik. Gesprochen wurde wenig. Dennoch hatte Luise von der alten Frau eine Menge an vorgelebter Lebensweisheit erfahren, die ihr bis heute die größte Stütze war.

Der Hof war schonend renoviert worden. Was irgendwie möglich gewesen war, wurde belassen und sorgfältig repariert oder restauriert. Selbstverständlich waren Strom und Wasser eingeleitet worden. Und wenn sie auch noch immer gern den alten Küchenherd einheizte und manchmal darauf oder darin kochte, so hatte ihre Küche nun zudem einen modernen Elektroherd. Das heißt, einen, der vor ein paar Jahren modern gewesen war. Und selbstverständlich gab es Bad, WC und Heizung.

Der Stadel war zur Garage umfunktioniert worden. Und zur halben KFZ-Werkstätte. Denn Luise hatte einen Hang zum Zangeln, wie man das Schrauben an Autos hierorts gerne nannte.

Das Bewahren von Althergebrachtem hatte sich nämlich ebenfalls auf Autos erstreckt. Ihr Alltagsfahrzeug war ein Mercedes 230 Diesel, Baujahr 1985, den sie zu einem chromblitzenden Prachtstück hegte und pflegte.

Sie hätte seinerzeit gerne eine KFZ-Mechaniker-Lehre gemacht. Doch in ihrer Jugend war das so gut wie undenkbar. Außerdem fand ihr Vater, sie wäre viel zu gescheit dafür und schickte sie statt in eine Lehre aufs Gymnasium, weil er unbedingt wollte, dass sie später studieren sollte. Was sie dann auch tat.

Ihre Brüder wurden auf die Übernahme der Weinbaugeschäfte vorbereitet und Luise sollte ebenfalls ein solides Standbein bekommen, wofür die Eltern das Potenzial in ihrem Verstand sahen.

Doch ihre Leidenschaft für das Schrauben an Autos, das Zerlegen von Motoren und Vergasern, hatte sie nicht nur seinerzeit mit Anton geteilt; es begleitete sie noch lange, und später übertrug sie es auf ihren Neffen Sebastian, einen Sohn ihres älteren Bruders Nepomuk.

Im Laufe der Jahre hatte sie immer wieder abgelegte Fahrzeuge ihrer Verwandtschaft übernommen und so hatte sie einen netten kleinen Fuhrpark älterer Chaisen in ihrem Stadel stehen, an denen sie in der Freizeit nach wie vor herumputzte und –polierte. Das Reparieren wurde jetzt meistens von Sebastian übernommen. Es war ihr in den letzten Jahren doch etwas zu mühsam geworden, unter den Autos herumzukriechen.

Am linken Seitenrand des langgestreckten, mit Natursteinen gepflasterten Hof liefen in einigermaßen unregelmäßiger Linie Gebäude mit buckligen Wänden. Gesäumt wurden sie von schmalen, mit alten Ziegeln umkränzten Beeten, in denen es wild wucherte.

Die Mauer zum Nachbarn auf der rechten Seite wurde komplett vom Veitschi überwachsen. Ein Ausblick, den Luise von ihrem Lieblingssessel immer wieder genoss, besonders aber im Herbst, wenn der wilde Wein in seinem einzigartigen Rot flammte.

Üblicherweise legte Luise alle Gedanken an ihren Job vor dem Hoftor ab. Sie hatte es zur Perfektion darin gebracht, Beruf und Privatleben zu trennen. Ihrem Dafürhalten nach war dies der Schlüssel, dass ihre Energie im Kampf gegen das Verbrechen nie erlosch, trotz der Aussichtslosigkeit, etwas bleibend zum Guten verändern zu können, die ihr eigentlich jeder neue Fall bescheren müsste.

Mit diesem Ansinnen war sie Polizistin geworden. Das hatte sie sich bald abschminken müssen. Das Wissen, auf welcher Seite sie stand, musste ihr heute genug sein. Wie ihre Großmutter immer gesagt hatte – das Wichtigste war, sich nicht davon beeindrucken zu lassen, was die anderen machten, sondern das umzusetzen, was man selber auf dem Platz, an dem man stand, als nächsten Schritt tun wollte.

Beim Nachhausegehen von Aloisia Murgitsch hatte sie beschlossen, eine Ausnahme zu machen. Jetzt extra auf die Dienstelle zu fahren, um dort lediglich ein Gedankenprotokoll in den Computer zu tippen, erschien ihr überspitzt. Das konnte sie zu Hause gemütlicher.

Sie genehmigte sich quasi lieber noch ein wenig Dienstzeit in ihren eigenen Räumen.

Aber vorher ging sie in die Küche und heizte den Ofen ein.

Auf dem Elektroherd röstete sie in einer gusseisernen Rein Zwiebel an, tat geschälte Paradeiser und Knoblauch dazu, würzte mit Paprikapulver, Majoran, Salz und - selbstverständlich frisch gemahlenem - Pfeffer und löschte mit einem guten Viertel Weißwein ab. Sie ließ die Soße ein wenig köcheln und klopfte derweil die Rostbraten, die sie am Vortag besorgt hatte, dünn aus, salzte, pfefferte und bestrich sie mit Senf. Anschließend wurden sie in Mehl gewendet und in einer Pfanne auf beiden Seiten kurz angebraten. Dann legte sie das Fleisch in die Sauce und stellte die Rein in das Rohr des alten Ofens. Dort würde es wohl eine gute Stunde nun vor sich hin dünsten, während Luise ihren Bericht schreiben konnte.

Sie holte ihren Laptop und setzte sich an den Küchentisch. Systematisch begann sie ihre heutigen Gespräche zu durchforsten und achtete dabei genau auf die Signale ihres Gefühls.

Sie schrieb kein offizielles Protokoll, sondern eines, das für sie und Grümpl eine Hilfestellung bei der Erinnerung geben soll. Sie wusste, dass sie noch viele solcher Gespräche mit den alten Damen führen musste. Die Übereinstimmung in den Aussagen würde von wesentlicher Bedeutung sein, noch wichtiger aber vielleicht Eindrücke, die aus dem entstanden, was gar nicht erst ausgesprochen wurde.

Zu guter Letzt schrieb sie eine E-Mail an Biggie Lantsch, ihre Assistentin im LKA Eisenstadt, damit die sofort bei Dienstantritt darüber informiert war, dass die Chefin wieder einmal im Polizeipostenkommando Neusiedl ihre Zelte aufgeschlagen hatte und nicht ins Büro kam.

Biggi Lantsch würde darüber hinaus sofort sämtliche notwendigen Routineprozesse in Gang bringen, wie die Verständigung der Staatsanwaltschaft oder die Überprüfung der Vermögensverhältnisse der Frau Echs, und dem angelegten Akt die nötige Strukturierung verpassen.

Luise klappte den Laptop mit einem befreienden Seufzen zu. Sie hatte gerade die richtige Zeit für ihre Arbeit gebraucht, um dem Rostbraten nun den letzten Schliff verpassen zu können.

Sie stellte ein paar Teigwaren zum Kochen hin. Die machte sie immer selbst und am liebsten Fleckerln, die es heutzutage nirgends mehr zu kaufen gab. Dann hob sie die Rostbraten aus der Rein und stellte sie warm. Das Rezept sah eigentlich vor, die Soße zu passieren, aber Luise hielt nicht viel davon. Deshalb gab sie nun einen Schuss Wein dazu, rührte gut durch und schmeckte noch einmal ab. Zu guter Letzt kam ein Löffel Rahm hinein.

Das war der Moment, in dem ihr bereits das Wasser im Mund zusammenlief. Sie schenkte sich ein Glas von dem Welschriesling ein, den sie zum Kochen verwendet hatte, und genoss nach diesem nicht nur arbeitsreichen, sondern auch mit nostalgischen Erinnerungen vollgestopften Tag ihr Abendessen in Begleitung von Artie Shaw und seiner Klarinette.

Danach machte sie sich noch einmal auf den Weg zum Friedhof.

Nicht der Ermittlungen wegen, sondern weil es zu ihren geliebten Ritualen gehörte, die Nachtstimmung zu Allerheiligen auf dem Friedhof zu genießen. Da sich niemand eine Blöße geben wollte, waren alle Gräber geschmückt und sämtliche Lichter brannten, aus welchen Gründen auch immer.

Es gab nichts Friedlicheres für sie. Da machte diese Stätte ihrem Namen Ehre.

Sie stellte ihre Kerze in die Reihe derer, die am Grabstein ihrer Eltern bereits brannten.

Dann fuhr sie nach Guid und nahm am Grab von Anton Lederer ihren Hut ab.

14

Der nächste Morgen führte Luise Pimpernell als Erstes auf die Dienststelle.

Roman Grümpl war vor ihr eingelangt und zeigte sich bereits bestens informiert.

»Da wirst nicht viel zu tun haben mit mir bei dem Fall. Denn zu den Gesprächen mit den alten Damen werde ich dich nicht mitschleppen. Obwohl das historisch sehr wertvoll ist, was man da so nebenbei zu hören kriegt.« Sie grinste anzüglich. »Aber da dich das Liebesleben der Frau Echs so konfus macht, will ich dich nicht weiter damit verstören.«

»Ich hab mich jetzt schon an den Gedanken gewöhnt. Die Rosi hat mir gestern noch ordentlich den Kopf gewaschen. Sie hat mich glatt gefragt, ob ich vorhabe, sie im hohen Alter nicht mehr zu begehren. Und dabei mit dem Kochlöffel gewachelt.«

Luises Grinsen wurde noch tiefer. Sie dachte, wie gut es doch ist, dass man sich das Begehren der anderen sowieso nie vorstellen konnte. Der graue Grümpl gab da ebenfalls nichts her. Also warum sollten dann nicht auch die alten Herrschaften ...

Sie rief in der Rechtsmedizin an, um einen Termin zu vereinbaren. Es musste jemand von der Staatsanwaltschaft bei der Öffnung des Leichnams dabei sein und in ihren Fällen war sie automatisch in deren Vertretung mit dieser Aufgabe betraut.

Dr. Mussil war etwas kurzatmig. »Ist es sehr dringend? Heute können wir unmöglich noch. Sogar morgen Vormittag haben wir Termine.«

Wenn er am Samstag arbeiten musste, war wirklich einiges los in Wien und Umgebung.

»Nein, machen Sie sich meinetwegen bitte keinen Stress«, beruhigte die Frau Oberst den Pathologen.

»Ich glaube nicht, dass es sensationelle Erkenntnisse geben wird. Also keine, die bei den ersten Ermittlungen von Bedeutung sein werden. Ob die Frau an dem Schlag gestorben ist oder ertrunken, wird nicht wesentlich sein.«

»Ertrunken scheint sie nicht zu sein, das kann ich fast mit Sicherheit sagen. Aber eben nur fast.«

»Das klingt zwar hochinteressant, doch wie gesagt, bedeutsam ist es beim derzeitigen Ermittlungsstand nicht. Wann also tun wir?«

»Montag um zehn? Da wäre mir sehr geholfen, wenn das bis dahin Zeit hätte.«

»Hat es. Bis dann also. Schönes Wochenende!«

Erst als Luise aufgelegt hatte, fiel ihr auf, dass dies vielleicht ein wenig zynisch geklungen hatte.

Aber Dr. Mussil und sie hatten ein langjähriges, gutes Arbeitsverhältnis, er würde es schon nicht in den falschen Hals bekommen.

Sie rief noch den Polizeidirektor in Eisenstadt an, ihren einzigen Vorgesetzten vor Ort. Allerdings nur der Ordnung halber. Sie wusste, dass er ihr absolut freie Hand lassen würde. Das tat er immer. Es hatte sich über viele Jahre gut bewährt, ihm eine tolle Aufklärungsrate und eine angenehm ruhige Job-Kugel beschert, auf die er großen Wert legte. Zu seiner Ehrenrettung musste jedoch gesagt werden, dass er sich auch immer loyal zu Luise verhielt, wenn irgendwo einer glaubte, ihr ans Bein pinkeln zu müssen.

»Jetzt bin ich ein bissl hin und hergerissen. Geschichtsunterricht oder Recherche«, berichtete sie anschließend Grümpl von ihrem ganz persönlichen Dilemma. »Wahrscheinlich sollte ich die Krauthackers und Frau Ringleitner befragen. Sie könnten noch direkt vor Ort etwas gesehen haben.«

»Was spricht dagegen?«

»Frau Murgitsch hat gemeint, die Frieda Ripp wäre eine gute Adresse für mich. Die war so was wie die einzige Freundin der Frau Echs«, informierte Luise den Kollegen. »Und das stell ich mir spannender vor für den Augenblick.«

»Mich würde das schon auch interessieren«, antwortete er, aber Luise schüttelte den Kopf.

»Tut mir leid, wenn du dabei bist, erzählen die Frauen sicher nicht so locker. Es könnte sogar für mich schwierig werden. Sie wissen alles übereinander, dennoch wird vieles niemals ausgesprochen. Es ist eine ganz eigene Art von Sippendasein. Es wird alles intern aus- und abgehandelt. Mich kennen sie wenigstens von klein auf. Da geht vielleicht doch ein bissl was. Ich hoffe es zumindest.«

»Glaubst du denn, dass das Motiv in der Vergangenheit liegt?«

»Muss nicht sein. Der Enkel mit seiner Geldgeschichte ist natürlich gleichfalls nicht außer Acht zu lassen. Mal sehen, was die Biggie zutage fördert, wie es tatsächlich um die Vermögensverhältnisse steht. Derzeit schaut es eher danach aus, als hätte die Frau etwas öffentlich machen wollen, was dem- oder derjenigen nicht gepasst hätte. Oder es hegte jemand zumindest diese Befürchtung. Aber vielleicht ist alles ganz anders und es geht sehr wohl um Eifersucht. An den Gedanken muss allerdings auch ich mich erst herantasten.« Sie zwinkerte ihm zu. »Ich muss dir sagen, dass ich gestern beim Riemberger im Keller die seltsamsten Gedanken gehegt habe, als ich ihn, den Horeber und den Burengel dort sitzen gesehen hab. Alte Herren gibt es bei uns genug, wenn die Damen wirklich noch Gelüste verspüren. Oder umgekehrt.«

»Soll ich zu den Krauthackers gehen?«, bot Grümpl an. »Mit dem Sohn könnte doch ich sprechen.«

»Nein, lass nur. Das mach ich am Nachmittag. Ich möchte mit der Frau Krauthacker reden. Die soll allerdings schon ein bissl gaga sein. Das will ich dir ebenfalls nicht antun. Aber als Erstes geb ich mir jetzt die Frau Ripp.«

»Voyeurin!«, lautete der trockene Kommentar ihres Kollegen.

15

Das Haus der Ripps war eines der neueren. Was hieß, dass es kein alter, aus- oder umgebauter Hof war, sondern sie hatten, nach Aufschließung der Baugründe auf der anderen Seite der Hauptstraße in Richtung See, eines der ersten Häuser dort gebaut. An der Vorderseite zog sich vom Oberstock des einstöckigen Baues ein Vordach über einen mit halbrunden Bögen angedeuteten Laubengang, unter dem die Eingangstür lag, und auf diese Art burgenländisches Flair vermittelte.

Ein kleiner, sehr gepflegter Vorgarten lag zur Straße hin, die Gärten hinter dem Haus waren schön groß, wie Luise wusste. Die neuen Parzellen, die in den letzten Jahren auf den ehemaligen Wiesengründen aufgeschlossen wurden, waren lange nicht mehr so großzügig angelegt.

Frieda Ripp schien Luises Besuch bereits erwartet zu haben.

Die kleine, pummelige Frau in der obligaten Kittelschürze führte die Besucherin mit schnellen kleinen Schritten in ein ordentliches Wohnzimmer. Es sah aus, als wäre es nach dem Hausbau eingerichtet und seither nichts mehr verändert worden. »Ich hab Buchteln mit Paradeismarmelade. Willst kosten?«, fragte Frau Ripp eifrig und Luise nickte begeistert.

»Mei, die habe ich lange nicht mehr gegessen. Dass die noch wer macht.«

»Ich mach die seit ewig. Die haben wir schon als Kind so bekommen. Meine Mam hat die nie mit Powidl gemacht. Setz dich nieder. Ich komm gleich.«

Luise nahm Platz an einem nierenförmigen Couchtisch, um den eine mattgrüne Sitzgarnitur im typischen gerippten Stoff der Siebzigerjahre gruppiert war. Sie bewunderte die in Beige- und Weißtönen geometrisch gemusterte Tapete, die damals ebenso modern war und stellte überrascht fest, dass es hier keine Plastikblumen, jedoch sehr viele Grünpflanzen gab, an denen jedes einzelne Blatt wie frisch poliert aussah. Ihr Blick wurde von einem, in der Höhe auf verschiedene Ebenen verzweigten Blumentisch angezogen. So einen hätte sie auch gern.

Frau Ripp trippelte bei der Tür herein. In einer Hand trug sie einen Teller, auf dem ein großer Berg Buchteln aufgeschichtet war, in der anderen Hand eine Kaffeekanne aus Porzellan. Sie stellte beides auf dem Tisch ab. Aus dem ebenfalls typischen Siebzigerjahre-Wandverbau holte sie die zur Kanne passenden Kaffeeschalen und Teller, aus einer Anrichte auf der anderen Seite des Raumes Kuchengabeln und Löfferln. Dann verließ sie das Wohnzimmer wieder und kam mit einer Wasserflasche zurück. Jetzt holte sie Gläser aus dem Schrank. Sie wieselte im Zimmer herum, erinnerte dabei an ein Mäuschen mit ihren kurzen eiligen Schritten und den hastigen, eckigen Richtungsänderungen, vor denen sie immer einen Augenblick anhielt, als müsse sie nachdenken, wohin sie als Nächstes gehen wollte.

»Ich mach die Marmelade immer mit ein bissl Kürbis. Ich hoffe, es schmeckt dir.«

»Mit Kürbis? Das klingt interessant.«

»Ich geb dir gerne das Rezept, wennst willst. Und jetzt nimm dir endlich was.«

Die Frau schenkte Kaffee ein und schob der Besucherin

fürsorglich Zucker und Milch entgegen. Dann trippelte sie zu einer der Laden und holte eine Serviette.

Luise riss sich mit äußerster Disziplin von den Buchteln los. Sie legte demonstrativ den Notizblock vor sich hin, während sie noch überlegte, wie sie das Gespräch in die gewünschten Bahnen lenken sollte.

»Du willst mit mir über die Berta reden«, nahm ihr die alte Frau die Entscheidung ab und legte ihr noch ein Stück Mehlspeise vor.

»Danke, danke, Frau Ripp. Die sind so was von gut, aber ich kann nicht mehr.« Luise hielt ihre Hand über den Kuchenteller. »Ja, ich möchte mir ein Bild von der Frau Echs machen und dafür ist es wichtig, mit ihren Freundinnen, auch über früher, zu sprechen.«

Die Frau rutschte an die Vorderkante ihres Sessels und sah die Ermittlerin mit skeptischer Miene an. »Viele Freunde hat sie nicht gehabt«, sagte sie kopfschüttelnd.

»Ich habe gehört, dass Sie ihre Freundin waren.«

»Ja. Ich hab sie halt gut gekannt. Und gewusst, was mit ihr los war. Deshalb war ich da nicht so zimperlich wie die anderen alle.«

»Was war denn mit ihr los?«

Frau Ripp wippte ein paar Mal vor und zurück. »Das muss unter uns bleiben. Kannst du mir das versprechen?«

»Das kommt darauf an. Wenn es mit dem Tod von ihr nichts zu tun hat.«

»Nein, mit dem Tod hat das sicher nichts zu tun. Über sowas wurde nur nie gesprochen. Ich will nicht, dass das jetzt von mir hinausgetragen wird. Doch wenn du dir ein Bild von der Berta machen willst, ist es unbedingt notwendig, das zu wissen.«

Spannung stieg in Luise auf. Und sie wurde nicht enttäuscht.

Wieder wippte die Frau einige Male mit dem Oberkörper.

»Die Russen ...«, stieß sie dann heraus.

Luise hielt den Atem an und schloss die Augen.

»Die Russen haben sie erwischt. Und ich hab sie gefunden. Oben, neben dem Emser-Keller. Sie haben es nicht mehr hineingeschafft.«

»Sie?« Jetzt hob die Ermittlerin wieder den Kopf.

»Sie waren zu zweit. Ich hab ihr Stein und Bein schwören müssen, dass ich es niemandem erzähle. Und das habe ich bis heute nicht getan. Also Luise, bitte!«

Diese nickte erschüttert. »Und wer war die zweite?«

»Das hat sie mir nie gesagt. Weißt du, das war damals ganz schlimm. Und wurde ganz seltsam gehandhabt. Es sind ja etliche der Frauen vergewaltigt worden. Sogar die ganz alten. Aber bis heute weiß man nicht, wer die Opfer waren. Das wurde totgeschwiegen. Diese furchtbaren Fälle wurden einfach unter den Tisch gekehrt. Sogar in den Familien selber. Was weiß ich, die älteren Frauen fanden vielleicht gar nicht so viel dabei. Die wurden damals meistens in ihren Ehen sogar noch von ihren eigenen Männern vergewaltigt. Das hat für die scheinbar zum Leben dazugehört. Über jeden Liter Wein, den die Russen gestohlen haben, über jedes Rindvieh und natürlich jede Uhr - auf die waren sie ja ganz versessen - wurde ein Bahöl gemacht, aber darüber hast nie ein Wort gehört.«

»Sie haben sie gefunden, sagten Sie. Das war sicher für Sie ebenfalls ein wahnsinniger Schock.«

»Ja, es war furchtbar! Es war auch nicht nur einer, weißt du. Sie sah ganz schlimm aus. Wir sind dort gesessen, haben uns gehalten und geheult, geheult, geheult. Von da an hat sie sich verändert. Ich ebenfalls. Wir sind natürlich schlagartig erwachsen geworden. Für romantische Liebesträumereien hatten wir keinen Platz mehr in uns.«

»Wenn ich das richtig verstanden habe, was ich bisher gehört habe, hat sie sich danach nicht mehr versteckt, sondern den Männern zugewandt? Das erscheint mir höchst ungewöhnlich.«

»Sie sagte: Nie wieder soll mich ein Mann benutzen können. Ich habe gesehen, worauf es ihnen ankommt. Ich werde *sie* benutzen! Und das hat sie Zeit ihres Lebens wirklich gemacht. Ich muss sagen, die erste Zeit hat sie mir wahnsinnig imponiert. Sie ist stark geworden dadurch. Während ich in meiner Angst beinahe unterging. Sie war eine Göttin für mich. Es werden dir wahrscheinlich alle erzählen, dass sie mich schlecht behandelt hat und es stimmt sicher auch. Aber ich glaubte zu verstehen, warum. Ich war die Einzige, die über sie Bescheid wusste. Die ihren vermeintlichen Schwachpunkt kannte. Das war immer unerträglich für sie.«

»Und später?«

»Später, da tat sie mir nur mehr leid. Sie war bösartig geworden. Und gierig. Und dadurch sehr einsam. Ich ließ sie einfach und dachte mir mein Teil. Hab weiter ein bissl ein Auge auf sie gehabt. Aber es wurde immer schwieriger.« Frieda Ripp nickte kummervoll. »An niemandem hat sie ein gutes Haar gefunden. Und dauernd ihre Anspielungen. Jeder hat gefürchtet, dass sie etwas ausplaudern würde, was niemanden was angeht. Und sie hat es genossen. Sie wollte sich eben nicht benutzen lassen, sondern benutzen.«

»Hat sie jemanden besonders traktiert? Oder mehr nach dem Gießkannenprinzip?«

»Gießkannenprinzip«, die alte Frau kicherte. »Das ist gut. Ja, sie stichelte überall und über jeden. Nicht jeder hat das vertragen. Manche hatten richtig Angst vor ihr. Also vor ihrem Gerede. Machten einen großen Bogen um sie oder schauten, dass sie wegkamen, wenn sie wo auftauchte.«

»Wer zum Beispiel?«, hakte die Pimpernell sofort ein.

»Äh, da muss ich erst nachdenken, weil sie die ja schon vor einiger Zeit alle vertrieben hat. Aber im Club, da hast schauen können, wie sich die meisten einen anderen Platz gesucht haben als an unserem Tisch. Und mit mir hat das nichts zu tun gehabt. Das kannst mir glauben.«

»Und sie haben wirklich keine Ahnung, wer damals dabei war?«, fragte Luise und sah ihr Gegenüber scharf an. Und tatsächlich zeigte die Frau eine leichte Verlegenheit.

»Das wär vielleicht wichtig für mich«, sagte die Pimpernell aufmunternd.

»Ahnung. Ahnung könnte ich schon eine haben. Aber genau das ist der springende Punkt. Ich weiß es nicht und so was will man doch niemandem umhängen.«

»Ich werde es als Vermutung nehmen, da brauchen Sie keine Angst haben. Und mit Sicherheit kommt es in keinerlei Protokoll.«

Frau Ripp zuckte zusammen. »Protokoll! Was ich dir hier erzähle, kommt in ein Protokoll?« Erschrecken lief über ihre Züge, sie starrte Luise böse an.

»Ich habe doch gerade gesagt, dass es unter uns bleibt, dass es keinen Bericht darüber geben wird.«

»Versprochen? Versprichst du mir das?«

»Ich verspreche es Ihnen. Selbst wenn sich irgendein Zusammenhang zu dem Fall ergibt, ist Ihre Aussage zu diesen alten Erlebnissen nicht vonnöten. Aber Sie wollen doch sicher auch, dass man den Mörder von Frau Echs findet. Dafür ist das alles sehr wichtig.«

Frau Ripp setzte sich wieder an den Rand des Sessels. Sie trank einen kräftigen Schluck Wasser und man sah, dass es in ihr arbeitete. Ihr Mund memmelte hinter dem Wasser nach und ihre Finger begannen, ein neues Muster auf den Tisch zu zeichnen.

»Ich glaub, es war die Irma«, flüsterte sie.

»Irma?«

»Die Moringer. Die ist genau damals plötzlich krank geworden und war einige Zeit nicht mit uns. Und danach immer ganz besonders ängstlich. Das ist mir seinerzeit nicht so aufgefallen, ich war ja mit meiner eigenen Angst beschäftigt. Außerdem, ich sag's dir, es war auch für mich nicht leicht, das alles mit mir allein auszumachen. Meiner Mutter hätt ich das nicht erzählen können. Über so was ist bei uns nicht gesprochen worden. Allein das Körperliche. Undenkbar. Wir sind ja nicht einmal aufgeklärt worden. Ich weiß nicht, wie es war, als die Berta heimgekommen ist, ob sie mit irgendjemandem reden hat können. Denn wir haben nie wieder ein Wort darüber gesprochen. Und mit den anderen? Das hab ich der Berta versprochen gehabt, dass ich da nix sag. Doch die Berta hat mit der Irma später nie so richtig können, dabei waren sie vorher Busenfreundinnen. Drum sind's eben wahrscheinlich miteinander unterwegs gewesen, als ...« Frau Ripp unterbrach sich und legte eine kleine Pause ein.

Luise wartete einfach.

»In den letzten Jahren war die immer eine besondere Zielscheibe für sie. Die ist gar nicht mehr in den Club gekommen. Wie gesagt, das kann auch ganz was anderes gewesen sein. Man macht sich halt nur manchmal so seine Gedanken. Doch die Irma, die ist an und für sich sehr komisch geworden. Hat auch keine Kinder gekriegt. Nicht, dass das damit zusammenhängen muss. Aber sie ist immer so ein ängstliches Hascherl geblieben. Na, der Moringer hat sich halt woanders schadlos gehalten.«

»Bei der Frau Echs?«, hakte Luise sofort ein.

»Nein, der nicht. Der ...«, wieder brach die Frau ab und ihre Augen wanderten unruhig im Raum herum. »Also Luise, du kannst einen ganz schön ins Tratschen bringen«, räsonierte sie dann.

Die Ermittlerin lächelte freundlich und erneuerte die erwartete Ermunterung für ihre Gesprächspartnerin. »Das ist keine Tratscherei, sondern das sind wichtige Beiträge zur Aufklärung eines Verbrechens.«

»Musst dir nur den Ringleitner Richard anschauen. Der ist dem alten Moringer wie aus dem Gesicht gerissen. Gut, du kennst ihn ja nicht alser junger. Aber der hat haargenau so ausgeschaut. Die Nase ist außerdem nicht zu verkennen. So einen Pfrnak haben nur die. Und er hat den Richard zu sich geholt, dass er bei ihm den Bootsbauer lernt und ihm zu guter Letzt die Firma übergeben. Wurde zwar offiziell verkauft an ihn, aber viel wird der Hans schon nicht verlangt haben. Gerade, dass das Kind einen Namen hat. Damals hat der

Ringleitner ja noch gelebt. Und dass der Bürgermeister die Genehmigung für den Yachthafen auf ihn übertragen hat, da hat er sicher auch noch dafür gesorgt.«

Luise Pimpernell atmete tief durch. Was sich hinter den Kulissen der alten Leutchen hier so alles abspielte, war sogar für sie überraschend.

»Die anderen Kinder von der Hilda, die stehen lang nicht so gut da wie der Richard. Der Ringleitner war bloß ein Bahner, die haben in einer kleinen Wohnung neben dem Bahnhof gelebt, seinerzeit. Die Hilda hat viel später erst das Haus geerbt. Ihre Leut sind ganz schön alt geworden, deshalb waren die sehr lange mit den vier Kindern in dem kleinen Loch. Sind auch alle Arbeiter geblieben. Jetzt halt in Wien drinnen. Aber der Richard und die Krauthacker-Buben, die haben das Geschäft am See quasi allein in der Tasche. Die stehen heute gut da.«

»Und die Frau Echs hat das gewusst von dem Richard?«

»Gewusst hat das jeder. Also, in unserer Generation halt. Natürlich ist nie darüber gesprochen worden. Was ich allerdings glaube, ist, dass der Bub das nicht weiß. Doch es wär nicht die Berta gewesen, hätte sie nicht immer ihre blöden Anspielungen losgelassen. Einmal, bei einem Geburtstag von der Hilda sogar dem Richard gegenüber. Da war ich dabei. Der hat ihr natürlich gar nicht richtig zugehört. Aber die Hilda ist ganz weiß geworden damals.«

»Wissen Sie etwas über aktuellere äh...hm Beziehungen von der Frau Echs?«

»Nach dem Tod vom Arnold ist sie katholisch geworden. Zumindest äußerlich. Sie hat ein Kopftuch aufgesetzt und ist dauernd in die Kirche und auf den Friedhof gerannt. Aber ihre

Milchkanne ist immer noch hin und wieder draußen gestanden. Also scheint es da jemanden gegeben zu haben.«

»Ihre Milchkanne?«

»Na was glaubst denn, wie früher die Verständigung abgelaufen ist? Da hat es kein Telefon, oder gar ein Handy gegeben. Wenn freie Bude war, hat die Berta eine Milchkanne hintaus vor ihre Stadeltür gestellt. Das war das Zeichen.«

»Aber jetzt hat sie doch schon Telefon gehabt oder sogar ein Handy.«

»Weiß ich nicht, ob die ein Handy hatte. Auf jeden Fall hat sie die Milchkanne trotzdem noch manchmal hinausgestellt.«

Luise schüttelte den Kopf. Die alte Geschichte mit der Kanne gefiel ihr gut, aber für die Gegenwart fehlte ihr der logische Zusammenhang. »Wer wusste davon? Wenn es kein Geheimnis war, hat es doch keinen Sinn gemacht.«

»Es war ja eines. Ich habe es halt gewusst. Sie hat es mir einmal erzählt. Erst vor ein paar Jahren. Da hat sie sich lustig gemacht über die alten Zeiten.«

Konnte es sein, dass die Berta der Frau Ripp im Anschluss daran Nahrung für Spekulationen geben wollte? Der Frau Echs traute Luise das in der Zwischenzeit locker zu.

»Wo ich ziemlich sicher bin, dass nach dem Tod vom Arnold etwas gelaufen ist, das ist der alte Weisz«, informierte Frau Ripp mit maliziöser Miene.

»Aber die Mutter vom Bürgermeister ist doch erst vor zwei Jahren gestorben!«, rief Luise.

»Ja und?«, fragte die alte Frau trocken. »Glaubst du wirklich, das war ein Grund für die Berta? Sein Schlaganfall seinerzeit, der hat das Verhältnis beendet, nicht seine Ehe. Apropos, den Rudi hat sie auch manchmal angestichelt deswegen. Aber ich glaub, der ist zu blöd dafür, dass er sich da was dabei gedacht hat. Das hat sie übrigens immer erst nach den Liebschaften gemacht, nie in der Zeit, als sie liefen. Irgendwie logisch. Währenddessen hat's wahrscheinlich die Liebhaber abgeplagt.« Die Frau grinste, dieser Gedanke bereitete ihr offensichtlich Vergnügen. »Und jetzt, jetzt war's hinter dem Meier-Kramer her. Aber der hat sie nie leiden können, da hätt sie sich die Zähne ausgebissen. Die falschen.« Frau Ripp kicherte und zeigte ihre eigenen Dritten. »Und hinter dem Pfarrer«, setzte sie dann noch nach.

»Hinter dem Pfarrer?« Nun fiel Luise beinahe ihre Contenance aus dem Gesicht.

»Ja, ja, hinter dem sind's alle hintennach, unsere lieben Witwen. Seit die Josefa gestorben ist. Das war seine frühere Wirtschafterin. Die hat sogar im Pfarrhof gewohnt. Das war ein offenes Geheimnis. Jetzt haben sie ihm die Kathi aus Guid geschickt, die ist noch ganz jung, die wohnt bei ihrem Mann zuhaus, da rennt sicher nichts. Natürlich war das ein neuerliches Startzeichen für die Berta.«

Luise Pimpernell griff wie in Trance zu der nächsten Buchtel. Irgendwie brauchte sie eine kleine Distanz zu dem Gehörten, um es verarbeiten zu können. »Wie ist eigentlich das Verhältnis von Ihrem Mann zur Frau Echs gewesen? Hat der sie leiden können«, wechselte sie dann auf heikles, jedoch wesentliches Terrain.

Frau Ripp schüttelte den Kopf. »Nein, der hat immer Probleme mit ihr gehabt. Es ist so, dass der Peter mit dem Arnold im Krieg war. Die waren befreundet. Und die Geschichte, dass sie zuerst den Bruder nehmen wollte und als der Arnold aus der Gefangenschaft gekommen ist, lieber den genommen hat, die ist meinem Mann ordentlich gegen den Strich gegangen. Trotzdem haben wir, als wir noch jung verheiratet waren, öfter einmal etwas miteinander unternommen. Das hat sich rasch aufgehört. Der Arnold hat Depressionen gehabt und die Berta, na, die war eben nicht jedermanns Sache. Und die Sache von meinem Mann schon gar nicht.«

Luise sah Frau Ripp bei dieser Rede aufmerksam an. Sie hatte das alles sehr gezielt vorgetragen, schien es der Zuhörerin, und durch kräftiges Kopfnicken bzw. -schütteln und mit rudernden Händen unterstrichen. Das bisherige Gespräch hatte sie keineswegs so lebhaft untermalt.

»Wo ist denn Ihr Gatte? Mit dem müsste ich auch noch ein paar Worte reden«, versuchte sie, so unverfänglich wie möglich, ins Gespräch zu werfen. So einfach war das jedoch natürlich nicht.

»Wieso?«, sprang Frieda Ripp sofort an. »Der hat ja gar nichts mit ihr zu tun gehabt.«

»Vielleicht hat ihm der Arnold einmal etwas erzählt«, machte Luise Pimpernell den Versuch eines Arguments, wenn auch eines, das sogar in ihren Ohren sehr schwach klang.

Nun sah Frau Ripp die Besucherin argwöhnisch an. Diese lächelte so arglos wie möglich.

»Er ist beim Rudi. Der macht mit bei *Keller und Kunst* und der Peter hilft ihm da was im Keller. Aber ich kann mir nicht vorstellen, dass ihm der Arnold was Besonderes erzählt haben soll. Die Männer reden über so was ja nicht« antwortete die alte Frau deutlich kühler als im ersten Teil des Gesprächs.

»Fällt Ihnen irgendetwas ein, das in letzter Zeit anders war an der Berta oder dass sie jemanden speziell ins Visier genommen hatte?«, versuchte Luise einen Themenwechsel, der die Frau wieder versöhnlicher stimmen sollte.

»Nein, ich habe auch nicht aufgepasst. Wie wahrscheinlich keine von uns, wenn es sie nicht selbst betroffen hat. Wir haben ihr gar nicht mehr zugehört. Wir kannten das alles ja schon ewig.«

»Ich muss Sie noch fragen, wo Sie gestern in der Früh waren, so zwischen sieben und halb neun?«

»Was? Ich? Wieso denn das?«

»Routine, liebe Frau Ripp, reine Routine. *So was* brauche ich für meinen Bericht.«

»Hier war ich. Zuhause. Hab das Frühstück gemacht und dann ist der Peter gekommen und wir haben gegessen. Auf einmal hat die Hilda angerufen und ich bin zum Friedhof.«

»Ihr Mann war nicht im Haus?«, fragte Luise.

»Wieso nicht? Freilich war er da. Ich hab doch gesagt, wir haben miteinander gefrühstückt.«

Frau Ripp schien erneut etwas ungehalten.

»Sie sagten, er ist gekommen. Wo kam er her?«

»Na, aus der Werkstatt.«

»Wo ist die?«

»Hinter der Garage.«

»Wenn ich da einen kurzen Blick hineinwerfen dürfte, bitte.«

Jetzt war Frieda Ripp sichtlich genervt. »Ich weiß zwar nicht, was du dort sehen willst, aber bitte«, antwortete sie schnippisch.

Luise stand auf, warf einen abschiednehmenden Blick auf die Buchteln und packte ihren vollgekritzelten Notizblock zusammen.

»Noch etwas. Haben Sie eine spezielle Tasche, mit der Sie zum Friedhof gehen?«

Die Frau nickte.

»Darf ich die sehen, bitte?«

»Von mir aus. Die steht eh dort, im Vorraum.«

»Wann sind eigentlich Sie gestern auf dem Friedhof gewesen?«

»Na, erst am Nachmittag. War doch alles abgesperrt!«

»Gehen Sie nie so zeitig in der Früh?«

»Nein, ich hab ja einen Mann zu Hause.«

Luise runzelte fragend die Stirn.

»Der ist noch nicht dort«, half ihr Frau Ripp auf die Sprünge. »Also habe ich anderes zu tun, muss Frühstück machen und mit ihm essen. Und ihm sonst alles herrichten. Ich gehe erst nachher.«

Luises Herz schlug sofort höher, als sie in der Garage einen Ford Taunus in Grün-metallisé aus den Siebzigerjahren entdeckte.

Auch die Friedhofstasche von Frau Ripp war offensichtlich aus den Siebzigern. Für die Familie Ripp dürfte damals die Zeit der Anschaffungen gewesen sein.

Sie war aus durchbrochenem gelbem Plastik und hatte zwei fixe Henkel. Man sah ihr an, dass sie sorgfältig gepflegt wurde. Sie wirkte wie neu. Der Inhalt war wie erwartet. Drei Grablichter, ein paar kleine Gartenwerkzeuge, darunter die ominöse Harke, alles fein säuberlich gereinigt. Ein Paar Arbeitshandschuhe aus dem Baumarkt und ein Paar Handschuhe ohne Fingerlinge, allerdings in Mittelbraun.

»Tragen Sie die bei der Grabpflege?«, frage Luise und

deutete darauf.

»Später, derweil ist es noch nicht so kalt. Aber später braucht man sie.«

»Haben Sie graue auch?«

»Ja sicher. Warum?«

»Darf ich sie sehen, bitte?«

Frieda Ripp sah die Ermittlerin an, als würde sie an deren Verstand zweifeln. »Jetzt wirst mir schön langsam unheimlich, Luise«, keppelte sie.

»Bitte! Es ist sehr wichtig.«

Die alte Frau trippelte zu einem schmalen Schrank, zog eine Lade heraus und deutete hinein, während sie Luise mit einem bösen Blick bedachte.

Fein säuberlich geschlichtet, lagen einige Handschuhe darin, allesamt Paare.

Die Werkstatt von Peter Ripp war nicht so ordentlich wie alles, was Luise bisher gesehen hatte, von wirklichem Chaos konnte man allerdings nicht sprechen. Es schien nur offensichtlich, dass seine Frau nicht großartig eingreifen durfte.

Die Pimpernell machte einen kurzen Rundgang und entdeckte hier ebenfalls Gartenwerkzeuge, die an einer Wand aufgehängt waren. Luise registrierte, dass sie alle frisch geputzt waren, was doch einigermaßen im Gegensatz zur Umgebung stand. Die Dinger mitzunehmen, dafür fehlte ihr jede Handhabe, und die Frau war nicht dumm, die konnte sie nicht überrumpeln. Sie holte ihr Smartphone heraus und machte ein paar Fotos von der Wand, zoomte nahe an die hier aufgereihten Gartenharken. Vielleicht konnte Lötmeier etwas mit den Fotos anfangen oder damit zumindest ein eventuelles Verschwinden der Geräte bei Bedarf dokumentiert werden.

Frau Ripp wurde jetzt beinahe böse. »Was soll denn das?«, schimpfte sie und wedelte mit den Armen.

»Gar nichts, ist reine Routine«, antwortete Luise mit Engelsmiene. Sie bedankte sich bei der Frau und tätschelte sie leicht an der Schulter. »Wie gesagt, machen Sie sich keine Gedanken von wegen Getratsche. Das war alles hochwichtig, was Sie mir erzählt haben. Von mir erfährt keiner, wo ich meine Informationen her habe. Die sind nur dafür, dass ich mir ein Bild machen kann. Und die Buchteln waren sensationell.«

»Jessas, das Rezept«, rief Frau Ripp.

»Das nehm ich mir beim nächsten Mal mit. Wenn ich mit Ihrem Mann rede. Im Augenblick komme ich eh nicht dazu, Marmelade einzukochen.«

»Das musst sowieso früher machen, wenn die ersten Kürbisse kommen, aber die Paradeiser noch Sonne haben. Sonst schmecken sie ja nach nichts. Gut, heuer ginge es vielleicht noch, weil der Oktober so schön war.«

Frau Ripp schien wieder versöhnt und begleitete Luise ums Haus herum zum Gartentor.

»Ich verschiebe es aufs nächste Jahr. Also hat's Zeit mit dem Rezept. Danke noch einmal!«

16

Es schien eine gute Entscheidung gewesen zu sein, als Erstes mit Frau Ripp gesprochen zu haben. Die Informationen waren wichtig. Für ein Gespräch mit Hilda Ringleitner konnte dieses Hintergrundwissen nur von Vorteil sein.

Jetzt machte sich Luise auf den Weg zur Dienststelle. Es ging auf die Mittagszeit zu, das war kein günstiger Zeitpunkt für weitere Ermittlungsbesuche. Außerdem wollte sie wieder ein Gedankenprotokoll schreiben. Sie überlegte kurz, ob sie Grümpl über alles informieren sollte, weil sie Frau Ripp quasi versprochen hatte, dass es unter ihnen beiden blieb. Sie verwarf diese Skrupel rasch. Sie ermittelten in einem Mordfall und der Inspektor war einer, von dem sicher nichts durchsickerte. Seine Sicht von außen war unbedingt wichtig.

Sie würde den Ordner für ihre Gedankenprotokolle mit einem Passwort versehen. Das Gehörte ging wirklich nicht jeden etwas an, der in den Akt schauen konnte.

Grümpl zog gerade seine – selbstverständlich graue – Jacke an, als sie das Büro betrat. »Magst zum Mittagessen mitkommen? Es gibt Weinrostbraten«, lud er sie ein. »Die Rosi freut sich bestimmt.«

»Ich hab gestern selber einen gemacht und davon noch für heute Abend was übrig. Darum geht's jedoch gar nicht. Ich kann den ruhig auch öfter essen, wär ja nett zu vergleichen.« Luise grinste.

Sie teilte mit den Grümpls die Leidenschaft für burgenländische Hausmannskost und Rosi war eine ausgezeichnete Köchin.

»Doch ich werd bei den alten Damen in die Mastkur genommen. Heute gab's Buchteln mit Paradeismarmelade und ich hab mich viel zu spät erst beherrschen können. Ich bring keinen Bissen runter.« Sie erzählte ihm in kurzen Worten von ihrem Gespräch und ihrem Vorhaben mit den passwortgeschützten Gedankenprotokollen.

Der kleine Inspektor war genauso erschüttert wie seine Vorgesetzte. »Ich habe das Gefühl, dass wir in diesem Fall viel Demut lernen werden. Unvorstellbar, wie die Leute früher gelebt haben und was sie alles mitgemacht haben. Und sind so alt geworden, haben so viel aufgebaut. Jetzt braucht schon fast jeder einen Psychiater, damit er damit umgehen kann, dass es ihm gut geht«, sinnierte er.

Luise Pimpernell setzte auf ihre Liste der geplanten Besuche nach Hilda Ringleiter und den Krauthackers nun auch Irma Moringer und Peter Ripp. Wenn das so weiterging, würde sie alle alten Leute in Schilfern befragen müssen, dachte sie ironisch.

Sie telefonierte mit Biggie Lantsch, die bestätigte, dass Haus und Grundstück, wo Frau Echs gewohnt hatte, ihrer Tochter gehörte und nicht belastet war. Im Grundbuch fanden sich weiters Einträge für zwei Baugründe in der Gartengasse, die auf Albertine Echs eingetragen waren. Von der Bank bekam sie die Auskunft, dass die Tote ein gewöhnliches Pensionskonto besaß, auf dem sich ein paar hundert Euro befanden. Sparbücher gab es offiziell keine. Wertpapiere oder dergleichen waren ebenfalls nicht gemeldet.

Alles ziemlich unauffällig. Allerdings konnte es leicht sein, dass anonyme Sparbücher da waren und Inge Rebierer deshalb etwas nervös geworden war, als die Pimpernell sich in der Wohnung von Frau Echs umsehen wollte.

»Hast du die finanzielle Lage der Tochter und des Enkels überprüft? Der erscheint mir besonders interessant«, fragte sie ihre Assistentin.

»Da bin ich dran. Dafür brauche ich zusätzliche Genehmigungen der Staatsanwaltschaft. Ich habe sie schon angefordert, aber der Herr Staatsanwalt ziert sich noch ein bissl.«

Luise wusste, dass ihm das nicht viel nützen würde, wie sie ihre Assistentin kannte.

»Wie geht es bei Ihnen voran, Chefin?«

»Ich bekomme hier in erster Linie Geschichtsunterricht. Und werde abgefüttert bis zur Halskrause.«

»So schlimm?«

»Nein, das ist überhaupt nicht schlimm. In Schilfern gibt es erstklassige Köchinnen. Es ist wahrscheinlich so, dass ich über das Motiv an den Täter heranmuss. Die Spuren werden nicht ergiebig sein. Gesehen hat auch niemand etwas. Aber das Motiv kann in so einem langen und geschichtlich ereignisreichen Leben natürlich sehr viel früher seine Wurzeln haben.«

»Sie machen das schon«, gab sich Biggie zuversichtlich. Es war kein Zweckoptimismus, sondern ein Faktum aus den Ergebnissen der über Jahrzehnte angewachsenen Aufklärungsraten der Frau Oberst.

»Ich will noch die Telefonanschlüsse überprüfen. Hatte die Frau ein Handy?«, fragte die Assistentin.

Luise schlug sich an die Stirn. »Wieso haben wir alle miteinander nicht daran gedacht? Wie konnte mir das passieren? Ich werde gleich noch einmal bei Inge vorbeifahren und danach fragen. In ihrem Fall könnte das wirklich äußerst aufschlussreich sein, wer sich da aller so tummelt.«

»Was meinen Sie?«, fragte Biggie verwundert.

»Frau Echs hatte ein ausgeprägtes Liebesleben, meine Gute!«

Doch Biggie Lantsch zeigte sich darüber keineswegs fassungslos. »Ich kenne das von meiner Oma. Die hat auch einen Lover. Warum denn nicht? Gut so. Und es stimmt zuversichtlich für einen selbst, oder?«

Nun, Luises Liebesleben würde davon nicht betroffen sein, aber prinzipiell fand sie es ebenfalls gut. Sie hatte sich nur bisher nicht wirklich mit diesem Thema beschäftigt und deshalb war sie einigermaßen überrascht gewesen. Das musste sie zugeben.

Luise Pimpernell fuhr auf dem Weg zu Hilda Ringleitner noch schnell im *Frisiersalon Inge* vorbei. Sie kam gerade zurecht, als die Tochter von Frau Echs das Geschäft nach der Mittagspause öffnete. Die Besitzerin erschrak sichtlich, als sie die Beamtin vor der Tür stehen sah.

»Weißt du schon was?«, fragte sie hastig und blieb breitbeinig in der Tür stehen, als würde sie Luise nicht in den Salon lassen wollen.

Die drängte sich allerdings an der Frau vorbei und stellte überrascht fest, dass niemand anwesend war, konnte also nicht erkennen, weshalb Inge so reagiert hatte. »Nein. Ich habe nur vergessen, nach dem Handy deiner Mutter zu fragen.«

»Handy? Wie kommst du denn darauf? Meine Mutter hatte doch kein Handy.«

»Was ist daran so abwegig? Die meisten älteren Leute

haben heute Mobiltelefone.«

»Vielleicht. Sie hatte jedenfalls keines. Wen hätte sie auch anrufen sollen?«

Luise sah sich zum derzeitigen Stand der Ermittlungen nicht dazu berufen, ihr darüber Auskunft zu geben. »Sie hatte also einen Festnetzanschluss? Ich habe gar kein Telefon gesehen in ihrer Wohnung.«

»Nein, hatte sie auch nicht. Sie kam immer zu mir in die Küche telefonieren, wenn sie wo anrufen wollte. Beziehungsweise gab sie dann mir den Auftrag, dort anzurufen. Meine Mutter war sehr sparsam.« Inges Miene zu dieser Aussage sprach eher von Geiz.

»Und trotzdem hatte sie keine Sparbücher?«

»Woher willst du das wissen? Und was geht dich das überhaupt an?«

»Ich ermittle in einem Mordfall«, erinnerte die Frau Oberst.

»Ich weiß nichts von Sparbüchern«, antwortete Inge kühl. »Ich habe auch noch nicht danach gesucht. Sie hat mir vor ein paar Jahren eines gegeben, da ist das Geld für ihr Begräbnis darauf. Und damit beschäftige ich mich jetzt vorrangig. Weißt du, Luise, ich hatte nicht das beste Verhältnis zu meiner Mutter. Aber deshalb geht das alles noch lange nicht spurlos an mir vorbei. Es macht mir einiges daran sehr zu schaffen.«

Luise sah Inge aufmerksam an. Nein, das würde sie mit freiem Auge nicht erkennen. Doch die Friseurin vermittelte ihr ein hohes Frustpotenzial und vielleicht hatte sie sich diese äußere Reaktionslosigkeit über die Jahre einfach als Maske angelegt. Und wahrscheinlich machte ihr ja auch der Disput mit ihrem Sohn zusätzlich Stress.

Die Ladentür klingelte und eine junge Frau, die Luise nicht kannte, betrat den Salon. Sie musste zu den Neubürgern von Schilfern gehören.

Als sie die Pimpernell sah, weiteten sich ihre Augen und perplex musterte sie die Erscheinung von Kopf bis Fuß.

»Äh! Ich ...«, begann sie zu stottern.

Inge erlöste sie von ihrer Verblüffung und lotste sie zu dem Haarwaschbecken.

Dann wandte sie sich Luise zu. »Ist noch was?«, fragte sie in ihrer trockenen Art. »Wie du siehst, habe ich zu tun.«

17

Hilda Ringleitner öffnete nicht. Luise Pimpernell überquerte die Straße und sah über die Friedhofsmauer. Nein, da war sie auch nicht. Von den anderen alten Frauen war ebenfalls keine zu sehen.

Die nächste auf ihrer imaginären Besuchsliste war Dorothea Krauthacker. Luise beschloss, das Auto stehenzulassen und die kurze Strecke zu Fuß zu gehen, weil sie später sowieso noch einmal versuchen wollte, Frau Ringleitner zu erreichen. Die paar Schritte würden ihr sicher guttun.

Der Friedhof schloss südlich mit der Rückseite der hübschen Barockkirche ab, die zu den wenigen Sehenswürdigkeiten von Schilfern gehörte. An ihrer Vorderseite führte eine kleine Freitreppe zum Eingang hinauf, wodurch der Eindruck entstand, sie würde etwas erhöht stehen. Der Kirchenplatz, mit seinem winzigen Park, der um eine große Linde angelegt war, bildete eine Unterbrechung der Hauptstraße. An der Ecke wo der Platz wieder in die Straße einmündete, stand das Pfarrhaus.

Als Luise Pimpernell um die Kirche herumkam, stutzte sie bei dem überraschenden Anblick. An der Wand neben dem Eingang in das Pfarrhaus war ein Fuhrpark der besonderen Art aufgereiht. Dort war eine Flotte dunkler Rollatoren geparkt. Nur einer war blitzblau.

Ach, es war der erste Freitag im Monat. Da tagte der Club, wie Frau Murgitsch erzählt hatte. Sogar zu Allerseelen.

Also änderte Luise ihre Besuchspläne. Sie würde ja wohl

niemanden zu Hause antreffen. Zwar dachte sie, dass bestimmt nichts Wesentliches zu erfahren wäre, wenn mehrere Frauen beieinander saßen, vielleicht könnte ihr Bauch jedoch dennoch aus dem Bild, wie sie untereinander agierten, etwas signalisieren.

Die Pimpernell betrat einen mittelgroßen Raum, der gleich hinter dem großen Tor von der Einfahrt direkt begehbar war.

An der linken Seite befand sich eine Fensterfront, auf der rechten ging eine kleine Nische ab. Darin war ein eher improvisierter Küchenbereich eingerichtet, mit Abwasch, einer alten Küchenkredenz und einem Arbeitstisch, auf dem mehrere Warmhaltekannen Platz gefunden hatten.

Kathi, die junge Wirtschafterin, und ein Mädchen aus dem Ort standen an einer schweren Anrichte aus dunklem Nussholz, auf der ein blütenweißes Tischtuch strahlte. Darauf waren einige Kuchen und Platten mit belegten Broten arrangiert. Die jungen Frauen häuften eine Auswahl davon auf Tabletts und gingen damit von Tisch zu Tisch, damit sich die Seniorinnen etwas aussuchen konnten.

Die Tische standen parallel in zwei Reihen und waren sehr hübsch jeweils für sechs Personen gedeckt.

Der Lärmpegel in dem Raum war erhöht, etliche der Damen waren offenbar bereits schwerhörig und es wurde deshalb lauter miteinander gesprochen.

»Die Luise«, hörte die Ermittlerin dennoch ihren Namen in dem Stimmengewirr und da entdeckte sie schon Aloisia Murgitsch, die ihr heftig zuwinkte.

An ihrem Tisch saßen die übrigen Frauen, die für ihre Untersuchungen relevant erschienen, also die Damen Radacs, Ripp, Ringleitner und Moringer. Alle waren ein wenig herausgeputzt, Frau Radacs und Frau Ringleitner trugen zwar Kopftücher, aber andere als früher am Tag. Die Damen Ripp und Moringer waren adrett frisiert.

Neben dem Tisch stand der Pfarrer und lächelte milde auf die Frauen hinunter. »Meine Damen, nicht vergessen! Um die arme Seele der Frau Echs zu retten, wollen wir später miteinander beten.« Luise zuckte gleich wieder zusammen, als sie den unvermeidlichen Reimversuch hörte. »Zur anschließenden Betstunde, lade ich ein die ganze Damenrunde«, fügte er zu ihrer Pein noch dazu.

Die Weibleins nickten zustimmend und er wandte sich, mit auf dem Bauch gefalteten Händen, dem nächsten Tisch zu, um seine Schäfchen zusammenzutreiben. Erfreulicherweise war er seitlich am Tisch gestanden, hatte Luise nicht gesehen und entfernte sich, noch bevor sie bei dem Tisch angelangt war. Sonst hätte er sie sicher mit neugierigen Fragen und weiteren peinlichen Reimen geplagt.

Der Platz an einer Schmalseite war noch frei und Luise übernahm dadurch sozusagen den Vorsitz, als sie sich dorthin setzte. Neben ihr saßen auf einer Seite Frau Radacs und Frieda Ripp und auf der anderen, den beiden gegenüber, Aloisia Murgitsch und Irma Moringer. Vis á vis von Luise thronte Hilda Ringleitner.

Für einen Moment entstand eine peinliche Stille in der Runde. Niemand wusste offensichtlich, was er in Gegenwart der Ermittlerin sagen sollte.

Doch weil das Mädchen mit zwei Kannen an den Tisch kam, wurde das Schweigen gebrochen. Die Frau Oberst war ihr offensichtlich nicht bekannt, denn sie stellte eine der Kannen ab, streckte ihr die Hand hin und trompetete fröhlich:

»Schön, dass Sie da sind, ich bin Marion. Ich hoffe, es gefällt Ihnen bei uns und Sie kommen öfter. Wollen Sie Kaffee? Und ich bringe gleich die Mehlspeis zum Aussuchen. Die wird von unseren Damen gespendet und ist ausgezeichnet. Falls Sie irgendwann selber eine machen wollen, sagen Sie es uns. Wir koordinieren das, damit nicht einmal zu viel da ist und einmal zu wenig.«

Luise Pimpernell schaute für den Augenblick etwas verdutzt drein und in Aloisia Murgitschs Äuglein trat ein verschmitztes Glitzern.

»Nein, nein«, kam sie Luise dann zu Hilfe. »Frau Pimpernell ist eine Polizistin, die den Tod von Frau Echs untersucht.« Natürlich brachte sie das in erhöhter Lautstärke vor, sodass an den umliegenden Tischen augenblicklich Stille eintrat.

Die Kleine wurde rot und stotterte: »Ah so, a-aber m-möchten Sie Kaffee?«, und wachelte mit der Kanne in ihrer linken Hand.

Luise nickte huldvoll und das Mädchen beeilte sich, die aufgedeckte Schale vor der Ermittlerin zu füllen.

»Milch und Zucker stehen hier auf dem Tisch«, informierte sie noch hektisch und drehte sich um und floh zu Kathi, die sie mit breitem Grinsen empfing.

»Na ja, Luise, für uns bist noch ein bissl zu jung, aber in den Augen einer Jugendlichen bist halt auch schon reif für den Club.« Aloisia Murgitsch zwinkerte ihr kumpelhaft zu. »Was willst von uns wissen?«

»Eigentlich wollte ich nur hereinschauen, weil ich den Club nicht kannte. Ich finde das eine schöne Idee. Bestimmte Fragen hab ich gerade keine. Die stell ich außerdem sowieso lieber in persönlichen Gesprächen. So öffentlich würden wir doch eher nur tratschen. Und das will ja keine von euch Damen.« Nun zwinkerte Luise mit einem Auge und grinste.

»Jetzt himmelt ihn die Resi wieder so an«, kam es plötzlich aus Frau Radacs Mund und Luise folgte irritiert dem Blick der alten Dame.

Der Pfarrer stand an dem Tisch in der Ecke und gab wahrscheinlich peinliche Reime von sich. Eine der Damen hing mit offenem Mund an seinen Lippen. Als er sich umdrehte und den Raum verließ, wurde ihr Gesicht von unglaublicher Trostlosigkeit erfasst.

Luise wusste, dass Frau Theresia Hubsteiner schon ziemlich dement war. Also was war mit Frau Radacs los?

»Na ja, jetzt wo die Berta tot ist, muss er sich natürlich um Ersatz umschauen«, ließ sich Frau Ripp süffisant vernehmen.

»Was redest du für einen Scheiß«, fuhr Frau Radacs in die Höhe. »Den Pfarrer lassen die Weiber alle kalt. Aber sie hängen sich an seine Soutane wie die Kletten«, wandte sie sich an Luise Pimpernell.

»Den hat noch keine Kittelschürze kalt gelassen«, konterte Frau Ripp. »Aber mit Zwetschkenkuchen allein kannst den nicht einfangen.«

»Aus deinem Maul kommt nur Blödsinn!« Die Stimme von Käthe Radacs überschlug sich beinahe. »Meine Mehlspeis ist halt die beste, sagt er immer. Und die Berta, die hat ja nicht einmal einen Mürbteig zusammengebracht.«

»Das hat die auch nie gebraucht. Die hatte andere Vorzüge, wie du ganz genau weißt«, stichelte Frau Ripp weiter.

Luise Pimpernell verhielt sich mucksmäuschenstill und

lauschte total verblüfft.

»Dieses gottlose Weibsbild! Eine Moral wie ein Nudelsieb, aber in die Kirche rennen und um den Pfarrer herumscharwenzeln. Wenigstens ist der ein Vorbild an Sitte und Anstand. Nicht wie so mancher Ehemann.« Käthe Radacs nickte mit klimpernden Augendeckeln zu den anderen Frauen hin.

»Du musst das wissen. Auch für eine Ehe reicht oft nicht nur ein Zwetschkenkuchen«, konterte Frieda Ripp honigsüß.

Das Gesicht von Frau Radacs wurde von einer zornigen Röte überzogen. »Du bist so gemein!«, schrie sie, zog ihre Handtasche auf die Knie, kramte hektisch darin herum und förderte ein riesiges Stofftaschentuch zu Tage, mit dem sie sich über die Augen wischte. »Bist fast wie die Berta. Nix wie blöde Unterstellungen. Aber unseren Pfarrer, den braucht's ihr nicht besudeln, der ist ein heiliger Mann.«

»Ein heiliger Mann? Sag, spinnst du? Du weißt anscheinend nicht, was ein Heiliger ist?«

»Na, mit Sicherheit besser als du. Dich muss man ja in die Kirche schleppen. Du wirst schon sehen, was dir das einbringen wird.«

»Was soll mir das einbringen?«

»In deinem Alter kannst dich getrost darauf vorbereiten, in Kürze vor deinem Schöpfer zu stehen.«

»Na und? Was glaubst, was der dann sagt? Warum hast du deinem heiligen Pfarrer keine Mehlspeis gebracht und seine Weibergeschichten nicht unter den Tisch gekehrt?«

Das war anscheinend zu viel für Käthe Radacs. Sie schnappte ein paar Mal hörbar nach Luft, plötzlich ergriff sie ihre Handtasche und schlug sie Frau Ripp an den Oberarm.

Eigentlich wollte sie ihr damit auf den Kopf dreschen, doch Frau Ripp duckte sich rechtzeitig seitlich weg.

Luise sprang auf und ergriff den Arm der alten Frau, den die in ihrem Zorn noch einmal erhob.

Frieda Ripp rief: »Sag, jetzt schnappst echt schon über mit deinem Heiligenwahn.« In normaler Lautstärke, doch mit süffisantem Unterton fügte sie noch hinzu: »Hast auf die Berta auch hingehaut, ha?«

Die Damen der Runde und die an den unmittelbaren Nachbartischen saßen wie erstarrt.

Frau Radacs war in sich zusammengesunken und schluchzte. »So gemein … so gemein … wie die Berta. Der Pfarrer … ein Heiliger … und alle hängen's an ihm … Was kann denn er dafür?«

Luise Pimpernell strich über den Arm der alten Frau und sagte ruhig: »Kommen Sie, Frau Radacs, ich bringe Sie nach Hause.«

Sie half der alten Frau beim Aufstehen und stützte sie dabei, als sie langsam unter dem Kopfschütteln der in der Nähe Sitzenden den Raum verließen.

Draußen beutelte die Witwe ihren Arm ab und straffte sich wieder. »Lass nur, es geht schon. Ich will jetzt meine Ruhe haben«, sagte sie mürrisch. Sie griff sich einen der Rollatoren und machte sich auf den Weg nach Hause.

Luise sah ihr nachdenklich nach. Sollte sie die Frau wirklich in Ruhe lassen? Der Anfall von Jähzorn unter persönlichem Stress könnte natürlich auch ein Hinweis sein. Aber die alte Frau in dieser Situation unter Druck zu setzen, widerstrebte ihr zutiefst. Als Motiv schien es ihr nicht ausreichend, wenn sie nicht einen Auslöser für eine mögliche

Eskalation auf dem Friedhof fand. Und davonlaufen würde sie ihr wohl sicher nicht.

18

Luise Pimpernell entschied, das Auto vor dem Haus von Frau Ringleitner stehen zu lassen und zu Fuß heimzugehen. Es waren ja nur ein paar Schritte und sie würde den Wagen erst am Morgen brauchen, um zum Polizeiposten zu fahren. Beim Gehen rief sie Roman Grümpl an und fragte, ob sich etwas Neues ergeben hatte, was von diesem jedoch verneint wurde. Als sie ihm in kurzen Worten von ihrem Besuch im Pensionistinnen-Club erzählte, gab er während ihres Berichts wieder nur Grunzlaute von sich.

»Das mag kein spektakulärer Fall sein, ein überraschungsreicher ist er allemal«, konstatierte er. »Glaubst du, dass die Radacs unsere Täterin sein könnte?«

»Hach, ich weiß nicht. Irgendwie kann ich mir nicht vorstellen, dass sie so raffiniert wäre, um die Geschichte mit dem Klo zu erfinden.«

»Du meinst, dass sie deshalb nicht auf Frau Murgitsch gewartet hatte?«

»Ja, und irgendwie auch, dass sie mir gegenüber bei meinem Besuch bei ihr eigentlich ganz locker war. Ich stelle mir vor, dass eine alte Frau viel aufgeregter wäre, wenn sie gerade jemanden ins Jenseits befördert hätte.«

»Vielleicht hat sie nicht gewusst, dass die Frau Echs tot war, als sie vom Friedhof weggegangen ist. Hat ihr eins über den Kopf gezogen, musste vor lauter Aufregung aufs Klo und hat geschaut, dass sie nach Hause kommt.«

»Dann wäre ihr Verhalten mir gegenüber bei meinem Besuch noch kaltblütiger. Denn da hatte sie ja bereits erfahren, dass die gute Berta das Zeitliche gesegnet hat.«

»Andererseits hört man oft, dass das Kurzzeitgedächtnis bei alten Menschen manchmal auslässt. Vielleicht gerade in solchen für sie brenzligen Situationen. Könnte das nicht sein?«

»Keine Ahnung, ob das so schnell gehen kann. Eigentlich macht mir Frau Radacs nicht so den Eindruck einer beginnenden Demenz. Aber was weiß man. Ich werde sie sicher weiter im Auge behalten. Ob ein Motiv auftaucht. Immerhin ist Herr Radacs ja schon viele Jahre tot. Selbst wenn die Echs über das Verhältnis jetzt zu plaudern begonnen hätte, das wär sowieso unter Berta-Alltag gefallen. Und wie man sieht, auch Frau Ripp stichelt da herum.«

»Und ist tatsächlich von ihr angegriffen worden.«

»Du hast recht. Wobei ich das Gefühl hatte, dass es eher um die Heiligkeit des Pfarrers ging, an der nicht gekratzt werden durfte.«

»Und wenn da wirklich was gelaufen ist zwischen der Echs und dem Pfarrer? Womöglich hat sie das in Harnisch gebracht.«

»Weißt du, Roman, dass es ein Liebesleben unter den alten Leutchen gibt, mag ich wohl glauben, dass der Pfarrer keineswegs ein Heiliger ist, was die Damen angeht, ebenfalls, er ist jedoch noch keine sechzig und die Frau war Mitte achtzig. Dass es da wirklich zu etwas gekommen sein soll, scheint mir eher unwahrscheinlich. Der hat sicher genügend andere Möglichkeiten. Es gibt ja noch genug wesentlich jüngere Witwen hier im Ort.«

»Aber du hast gesagt, dass an seiner Heiligkeit nicht gekratzt werden dürfte. Das könnte die Echs durchaus getan haben, soweit wir von ihrer Wesensart gehört haben.«

Luise seufzte. »Wir werden das so im Augenblick sicher nicht abklären können. Ich geh jetzt nach Hause. Für heut hab ich genug. Ich hab zwar einen anderen Besuchsplan gehabt, aber mir rennt sicher niemand davon bis morgen. Grüß mir die Rosi und habt's einen schönen Abend!«

19

Luise Pimpernell begann den neuen Arbeitstag damit, dass sie pfeifend mit dem üblichen »Dragonerschritt« zügig die Friedhofsgasse hinunter stapfte, an deren Ecke zum Friedhof das Haus von Hilda Ringleitner lag.

Ein angenehmer Abend hatte Luises gestrigen Tag beendet. Erst hatte sie sich zum Rostbraten das eine oder andere Glaserl Welschriesling vergönnt, dann ein Jäckchen für ihre Großnichte Lea gestrickt und sich dabei mit Swing aus den Fünfzigern in Stimmung bringen lassen. Anschließend hatte sie wunderbar geschlafen.

Der Fall war vor ihrem Hoftor geblieben und so war sie nun entspannt, zugleich aber gespannt, was der Tag an neuen Überraschungen für sie bereithalten würde.

Frau Ringleitner öffnete so rasch auf das Klingeln, als wäre sie hinter der Tür gestanden. Das dürfte auch der Fall gewesen sein, denn sie trug einen Janker über der Kittelschürze, hatte das Kopftuch bereits angelegt und die Tasche für ihren Friedhofsbesuch in der linken Hand. Sie stand etwas gebückt, in der Ecke neben der Tür wartete eine Krücke, um die Frau bei ihrem Ausgang zu unterstützen.

Sofort machte sie die Tür weit auf, stellte die Tasche auf den Boden und lotste die Besucherin in die Küche.

Endlich eine Küche, die diese Bezeichnung auch verdient, dachte Luise. Sie ähnelte sogar ein wenig der in ihrem eigenen Haus, mit den Kredenzen und Arbeitstischen, anstatt moderner Kästchenzeilen.

Die Wände zierten Strohgeflechte, vermutlich selbstgemacht, denn Schilfern war in früheren Jahren berühmt gewesen für seine Meisterinnen im Korb- und Strohflechten, die ihre Arbeiten vor den Häusern sitzend anfertigten und dort verkauften. Abwechselnd mit den Bäuerinnen, die ihre Feldprodukte ebenfalls vor ihren Hoftoren anboten, hatte sich der weit über die Grenzen des Dorfes hinaus berühmte »Sesselmarkt« daraus ergeben, der vielen Familien einen wichtigen Zusatzverdienst bescherte.

Der eingeheizte emaillierte Herd verbreitete heimelige Wärme. Auf seiner Platte standen zwei Töpfe. Es roch nach Rindsuppe.

Auf einer niedrigen Bank war ein großer Haufen Kürbisse gestapelt.

Unwillkürlich machte Luise einen Schritt darauf zu.

»Du kannst dir ruhig welche mitnehmen, wenn du willst. Wenn du willst«, sagte Frau Ringleitner sofort. »Ich habe sowieso zu viele. Zu viele.« Die Wiederholung der letzten Satzteile wurde von ihr mit einem heftigen Kopfnicken begleitet, wie um ihnen besonderen Nachdruck zu verleihen.

Luise drehte sich lächelnd um. »Das mache ich wirklich, wenn es Ihnen nichts ausmacht. Irgendwie ging die Kürbiszeit heuer an mir vorbei. Und ich sehe, Sie haben Butternuss, ich liebe die Suppe davon.«

Die alte Frau hinkte zu der Kredenz, holte aus einer Lade ein altes Einkaufsnetz und schlurfte zu der Kiste zurück.

»Nimm nur. Nimm nur. Machst du sie auch mit Rahm? Mit Rahm?«

»Ja freilich. Und ein paar Erdäpfeln passiere ich mit.«

Hilda nickte lächelnd und stopfte ein paar der Suppenkürbisse in die Tasche. »Willst nicht einen Hokkaido auch?«, fragte sie aus der gebückten Haltung hinauf. Und schon hatte sie einen der grellorangen Ballons eingepackt, ohne die Antwort abzuwarten. Mühsam richtete sie sich auf und reichte Luise das prall gefüllte Netz.

»Danke, das ist wirklich sehr lieb von Ihnen. Ich möchte sie aber bitte bezahlen.«

»Spinnst du? Bei mir verfaulen sie irgendwann, denn allein kann ich nicht so viele essen. Ich habe da oben, wo die Bauerngärten waren, noch ein Feld und da wachsen die wie die Wilden. Wie die Wilden.«

Sie deutete mit der Hand einladend auf die Kücheneckbank, zog den Janker aus und nahm das Kopftuch ab. Darunter wurden halblange dünne graue Haare sichtbar, die mit einem Haarreifen streng nach hinten gehalten wurden.

»Magst sonst irgendwas? Einen Kaffee, oder ein Glas Wein?«, fragte sie eifrig. »Einen Topfengugelhupf hab ich auch. Einen Topfengugelhupf.«

»Nein, danke. Ich möchte mit Ihnen über die Frau Echs reden.«

»Ist klar. Ist klar. So was Furchtbares aber auch.«

»Kannten Sie sie gut?«

»Ja freilich. Wir sind zusammen aufgewachsen. Waren miteinander in der Schule und alles. Wir haben uns jeden Tag gesehen.«

»Sie war angeblich nicht sehr beliebt.«

»Nicht? Wer sagt das?« Frau Ringleitner Augen wanderten unruhig durch den Raum, als würde sie schauen, ob hier jemand so etwas zu sagen wagte.

»Mochten Sie sie?«, ging die Ermittlerin gar nicht auf die Frage ein.

»Ja freilich. Wir haben uns von Kind auf gekannt. Und jeden Tag getroffen. Jeden Tag.«

»Wie war sie denn so?«

»Ja, wie denn?«

»War sie lustig? Oder mürrisch? Hilfsbereit oder hat sie Streit gesucht?«

»Nein, nein. Sie war eh freundlich. Eh freundlich.«

»Ich habe gehört, dass sie gerne angedeutet hat, über die Geheimnisse anderer Leute plaudern zu wollen.«

»Ach so? Davon weiß ich nichts.«

»Und Männerbekanntschaften soll sie auch gehabt haben.«

»Den Ringleitner hat sie nicht interessiert, den Ringleitner«, kam es wie aus der Pistole geschossen aus dem Mund der Hausfrau.

»Und den Herrn Moringer?«

Jetzt verschlug es der Frau erst mal die Sprache. »W-wieso? W-was weiß ich? Da musst du die Irma fragen«, stotterte sie dann, sichtlich irritiert.

»Mir ist erzählt worden, dass die Frau Echs bei Ihrem Geburtstag ein paar anzügliche Bemerkungen Ihrem Sohn gegenüber gemacht hat. Wie war denn das?«

Ächzend erhob sich die Frau, schlurfte zur Kredenz hinüber und zeigte Luise nur den Rücken. »So ein Blödsinn! Wer redet denn so was. So was.«

»Gab es denn ein Geheimnis, dass die Frau Echs über Ihren Sohn ausplaudern hätte können?«

»Nein! Natürlich nicht. Aber die Berta hat immer so blöd daher geredet, dass die Leute geglaubt haben, es gäb da was. Willst nicht was trinken? Oder einen Gugelhupf? Einen

Topfengugelhupf.«

»Was hat denn die Berta so dahergeredet damals?«, ließ die Ermittlerin allerdings nicht locker.

»Na nix! Ich sag doch, nix. Wer redet denn so was? So was.« Die bestätigenden Kopfbewegungen der Wiederholungen der Aussagen wurden zwischen Nicken und Kopfschütteln hin und hergerissen.

Frau Ringleitner stand auf, öffnete die Kredenz und nahm den Gugelhupf heraus, schnitt ein Stück davon ab, legte es auf einen Teller mit blauen Blümchen und brachte es zu Luise an den Tisch. »Soll ich dir einen Kaffee dazu machen? Einen Kaffee?«

Die Angesprochene schüttelte den Kopf. Sie sah kurz auf die Mehlspeise, die sehr verlockend aussah, versagte sie sich, zumindest für den Augenblick, und fixierte stattdessen erneut die alte Frau. »Und Ihr Sohn? Was hat der dazu gesagt?«

»Na nix! Der hat ihr gar nicht zugehört. Dem ging sie immer schon auf die Nerven. Wie auch dem Ringleitner. Das hat der Richard von seinem Vater gehabt. Dem Ringleitner.«

»Also hat sie doch etwas gesagt, die Frau Echs, was Ihnen nicht so angenehm gewesen ist?«

»Blöd geredet hat die immer. Hat eh jeder gewusst, was er davon zu halten gehabt hat. Keiner war vor der sicher. Keiner.«

Hilda Ringleitner klopfte mit dem Zeigefinger vor sich auf das Tischtuch und sah ihre Besucherin streng an. »Mein Richard, der hat's zu was gebracht. Das war der Berta ein Dorn im Auge. Den hätt sie nämlich gern für die Inge gehabt. Aber der hat die nicht wollen. Den Ringleitner hat sie nicht gekriegt und den Richard auch nicht.«

Genugtuung spiegelte sich auf den Zügen der alten Frau.

»Und den Herrn Moringer auch nicht?«, warf Luise wie nebenbei ein.

»Genau! An dem hat sie sich auch die Zähne ausgebissen.« Hildas Gesichtsausdruck wechselte kurzfristig zu Triumph, verfiel allerdings plötzlich und machte einer nervösen Unsicherheit Platz.

»Da kannst du die Irma fragen. Die Irma«, versuchte sie sich zu retten. »Wieso willst du das alles wissen?«

»Ich suche nach einem Motiv.«

»Aber doch nicht bei uns!« Frau Ringleitner zeigte der Beamtin einen Vogel. »Wir sind alle miteinander aufgewachsen. Jeder hat die Berta gekannt. Und ihre blöde Rederei. So viele Jahre. Wer soll denn die jetzt umgebracht haben? Umgebracht!«

»Es muss jemand von hier gewesen sein. Warum sollte ein Fremder so zeitig auf den Friedhof gehen, um die Frau Echs niederzuschlagen?«

»Die Leute heutzutage sind schlecht! Da wird bald einer wegen nix und wieder nix umgebracht. Aber unsereins bringt doch keinen auf dem Friedhof um.«

Die Pimpernell musste beinahe schmunzeln über die Logik, mit der die alte Frau argumentierte.

»Als die Loisl angerannt ist, hab ich geglaubt, mich trifft der Schlag.«

Jetzt wurde Luises geistiges Auge ein wenig von dem Bild der rennenden Frau Murgitsch abgelenkt.

»Aber da haben wir noch nicht gewusst, dass es die Berta erwischt hat.«

Ganz leise, wie zu sich selbst fügte Frau Ringleitner

plötzlich noch an: »Sonst wär's vielleicht eh nicht so gerannt. So gerannt.«

Die Ermittlerin wurde sofort hellhörig.

»Wie meinen Sie das?«

»Was denn?«

»Was war denn mit der Frau Murgitsch und der Frau Echs?«

Frau Ringleitner schob ihr Gesicht über den Tisch, näher zu Luise hin und flüsterte vertraulich: »Weißt du das noch nicht? Die Berta war doch Schuld daran, dass die Loisl nie geheiratet hat.«

»Nein, das wusste ich nicht.«

»Die Loisl und der Krauthacker Pepi waren so gut wie verlobt. Irgendwie waren die von klein auf schon immer ein Paar. Dann hat die Berta im Dorfwirtshaus bei den alten Krauthackers zum Kellnerieren angefangen.« Wieder beugte sich die Frau näher und nickte vielsagend. So als müsste Luise wissen, was das bedeutete.

Ah, das war es, was Frau Murgitsch ihr nicht erzählen wollte.

»Der Pepi hat aber nur Augen für die Loisl gehabt. Da hat ihm die Berta eben eine ihrer blöden Geschichten erzählt.« Hilda Ringleitner machte eine kleine Pause, es wirkte, als würde sie in die Vergangenheit blicken. »Wir haben damals jeden Tag zur Zwangsarbeit nach Parndorf gehen müssen. Den Flugplatz nach dem Krieg herrichten für die Russen.«

Luise Pimpernells Gesicht entgleiste ihr offenbar, weil Frau Ringleitner erstaunt fragte: »Das weißt du nicht? Da hinten«, sie deutete beim Fenster hinaus, »ist der Süd-Ost-Wall verlaufen. Der hätte die Russen aufhalten sollen. Da sind jede Menge Gefangene, Polen, Rumänen und was weiß ich, wo die alle her waren, als Zwangsarbeiter hergeschickt worden und die mussten einen Panzergraben schaufeln. Als die Russen gekommen sind, haben die den Süd-Ost-Wall niedergewalzt, so schnell hast gar nicht schauen können. Dann war der Krieg zwar aus, aber die Russen haben verlangt, dass wir den Flugplatz in Parndorf wieder aufbauen. Und da mussten auch wir jungen Mädel hin zum Graben. Zum Graben.« Das untermauernde Kopfnicken der alten Frau hatte bei den letzten Erzählungen stark zugenommen. Ihr Kopf kam aus dem Wackeln gar nicht mehr heraus. »Da hast in der Früh zwei Stunden hingehen müssen, dort hast eine Schaufel in die Hand gedrückt bekommen und damit den ganzen Tag gegraben. Auf d'Nacht hast wieder zwei Stunden heimgehen müssen. Zwei Stunden!«

Luise Pimpernell holte tief Luft. Selbstverständlich hatte sie etwas über die Geschichte ihres Heimatdorfes gelernt, aber das waren eher statistische Angaben gewesen. Jahreszahlen, Infrastruktur, Bautätigkeit im Ort, Einwohnerverschiebungen, wie die Aufgliederungen unter Landwirte und Weinbauern, Ab- und Zuwanderungen, die Geschichte der Pendler oder dergleichen. Die persönlichen Hintergründe verschufen ihr nun einen Geschichtsunterricht der besonderen Art. Nicht einmal ihre Großmutter hatte ihr davon erzählt. Das war allerdings nicht ungewöhnlich. Über den Krieg hatte sie nie gesprochen und am besten hatten sie sich ohne Worte verstanden.

Bevor sie Frau Ringleitner auf den Kern ihres Besuches zurückleiten konnte, kam diese von selbst darauf zurück.

»Und die Murgitsch haben einen Zwangsarbeiter aus

Rumänien auf dem Hof gehabt. Die waren ja in Scheunen und Ställen einquartiert und die Murgitsch haben damals schon einen Hof gehabt. Mit dem ist die Loisl immer in der Früh im Finstern losmarschiert. Da hat die Berta dem Pepi erzählt, dass die Loisl und der was miteinander haben. Und der Pepi? Deppert, wie so Mannsbilder eben sind, besonders, wenn ihnen die Eifersucht das Hirn verpickt, hat der sich von der Berta trösten lassen. Mannsbilder, depperte. Da sind die Fetzen geflogen zwischen den Weibern, damals, das kannst mir glauben. Und auch da hat der Pepi drauf reagiert wie ein Mann, nämlich feig. Er ist auf und davon. Hat den Vater mit dem Dorfwirtshaus allein gelassen. Nach Guid ist er. Hat im Lindenhof gearbeitet. No ja, und dann hat er die Thea geheiratet, die war zwar älter als er und wirklich keine Prinzessin, aber die Chefin. Weil ihr Vater ist aus dem Krieg nicht zurückgekommen und die Mutter war sehr krank. Nach Schilfern zurück ist der Pepi erst, als sein Vater gestorben ist und er das Wirtshaus geerbt hat. Er hat's aber aufgegeben und im Seebad unten neu angefangen. Die Thea hat den Lindenhof weiter geführt. Von dort ist das ganze Geld gekommen. Das ganze Geld.«

»Und die Berta? Wieso ist das nichts geworden mit dem Pepi? Als Wirtin. Wär das nichts gewesen für sie? Und eine gute Partie obendrein, nehme ich an.«

»Na sicher, die hätt den liebend gern genommen. Aber der hat sie nicht heiraten wollen. Der ist draufgekommen, was da gespielt wurde, und er hat die Loisl ja gern gehabt, wollte sie auch zurück. Doch bei der war der Ofen aus. Da hat er sich die Thea geschnappt. Die hat das Geld gehabt. Die Thea. Dann ist der Arnold aus dem Krieg heimgekommen und die

Berta hat den geheiratet. An der Thea hat sie natürlich all die Jahre nicht ein gutes Haar gelassen. Das war ihr immer ein Dorn im Auge, dass der Krauthacker was geworden ist und der Arnold nicht. Aber die Loisl, die hat sich nie davon erholt, das sag ich dir. Bis heute nicht. Bis heute nicht.«

Als Luise unter ihren Fingern den leeren Teller spürte, fiel ihr erst auf, dass sie während des Zuhörens den Topfengugelhupf aufgegessen hatte, ohne auch nur einen Bissen davon zu schmecken.

Frau Ringleitner stand sofort auf, humpelte zur Kredenz und holte das gute Stück noch einmal hervor.

»Nein, bitte nicht! Ich kann nichts mehr essen! Aber gut war er. Sehr gut. Danke!« Luise bereinigte die für sie so peinliche Situation mit einer Notlüge.

Mit enttäuschtem Gesicht kam die alte Frau zum Tisch zurück.

»Und die Frau Krauthacker? Wie hat die auf die Frau Echs reagiert?«, setzte Luise Pimpernell das Gespräch fort.

»Gar nicht. Die hat sie immer wie Luft behandelt.«

»Und der Pepi?«

»Die Loisl ging ihm die erste Zeit sichtbar aus dem Weg, wenn sie wo zusammen getroffen sind. Er hat immer versucht, sehr freundlich mit ihr zu sein. Irgendwann hat sich das eingependelt. Aber Freunde sind sie keine mehr geworden.« Hilda Ringleitner wiegte ihren Kopf mit nachdenklicher Miene hin und her. »Die Berta ... Das war komisch. Da war immer Spannung, wenn die mit dem Pepi wo zusammengetroffen ist. Kennst du das? Man kann nicht sagen, was es ist, aber locker war das nie. Nicht einmal zum Schluss, wo wir schon so alt waren. Die hat den sicher zu jeder Zeit ihres Lebens haben wollen. Zu jeder Zeit.«

»Und? Ist es ihr gelungen?« So leicht ließ sich Luise nicht abwimmeln.

»Ich weiß es nicht. Wir haben oft herumgeraten. Manchmal waren wir überzeugt davon, ja. Und dann wieder, nein. Aber Spannung hat es immer gegeben. Immer. Und wenn die Berta mit ihrer Milchkanne angetanzt ist, haben wir von vorn angefangen.«

»Das mit der Milchkanne, das wussten Sie auch?«, rief Luise Pimpernell erstaunt.

»Freilich. Das haben wir alle gewusst.«

Die Ermittlerin schüttelte den Kopf. Sie dachte daran, dass sie immer gern bei ihren Nachbarinnen stehenblieb, die oft auch heute noch Sessel vor die Häuser trugen und sich dort zu einem Plauscherl trafen. Bisher hatten sie alle irgendwie gleich für sie ausgesehen. Kittelschürze, Kopftuch und Runzelgesicht. Liebe, nette alte Frauerln, die über Enkelkinder, Kochrezepte, Garten- oder Grabpflege redeten. Nie wieder würde sie so naiv mit ihnen plaudern können.

»Und die Söhne?«, fragte Luise plötzlich, einer Eingebung folgend, die sie nicht nachvollziehen konnte.

»Was ist mit den Söhnen?«

»Wie haben die Krauthacker-Söhne reagiert, wenn die Frau Echs dauernd über ihre Mutter hergezogen ist?«

»Vom Leo weiß ich nichts. Aber der Robert, der hat sie einmal zur Rede gestellt deswegen, da war ich dabei. Ich weiß zwar nicht mehr, worum es gegangen ist. Das war bei einer Hochzeit von irgendwem, der mir jetzt gerade nicht einfällt. Vielleicht kommt das noch. Das ist gar nicht so lange her.«

»Kommen wir auf den vorgestrigen Morgen zurück.

Waren Sie, bevor die Frau Murgitsch zu Ihnen gekommen ist, auf dem Friedhof?«

»Nein. Ich bin erst am Nachmittag hinüber. Konnte vorher nicht. Gott sei Dank hab ich so Vierundzwanzigstundenkerzen genommen. Die haben noch gebrannt. Noch gebrannt.«

»Wo waren Sie in der Früh?«

»Na, zu Haus. Zu Haus.«

»Sie sind aber schon einmal weggegangen gewesen. Es hat Sie jemand gesehen.«

»Ich? Nein. Ich kann mich nicht erinnern.« Frau Ringleiter dachte sichtlich angestrengt nach. »Nein. Sicher nicht. Nein.«

»Also haben Sie auf dem Friedhof niemanden gesehen? Auch nicht vom Fenster aus, zum Beispiel?«

»Nein. Ich hab das Wohnzimmer da vorn hinaus. Und da geh ich so gut wie nie hinein. Außer zum Putzen.«

»Den Herrn Meier. Haben Sie den nicht gesehen?«

»Oh ja. Den Franz habe ich gesehen, wie er vom Friedhof weggegangen ist. Aber war das nicht heute?« Auf Frau Ringleitners Gesicht breitete sich großes Grübeln aus. »Ich kann es dir jetzt nicht ganz sicher sagen. Das Problem ist, was vor zig Jahren geschehen ist, daran kannst dich haargenau erinnern, doch was vor einer halben Stunde war, das ist gleich wieder weg.« Nachdenklich starrte sie auf Luises leeren Teller. »Es muss heute gewesen sein. Weil gestern war ich in der Früh nicht auf dem Friedhof. Er war ja gesperrt. Na sowas.«

Sie schüttelte nahezu verwirrt den Kopf.

»Aber frag mich, was vor siebzig Jahren passiert ist, da kann ich mich an jede Minute erinnern.«

»Das geht mir ebenfalls schon oft so«, beruhigte Luise die alte Frau. »Tatsächlich war es sehr wichtig, was Sie mir von damals erzählt haben.«

»Und der Meier-Kramer, der wird die Berta schon nicht umgebracht haben. Auch wenn sie ihm dauernd nachgestiegen ist.«

Demnach war das hier ebenfalls bestens bekannt. Es zeichnete sich nicht nur das Bild der Frau Echs nun genauer für die Ermittlerin, sondern auch das ihres Umfelds.

Die Pimpernell stand auf, blieb allerdings stehen und kniff ein wenig die Augen zusammen. »Eine Frage habe ich noch: Was war das gestern im Club? War das etwas Außergewöhnliches oder gibt es öfter einen heftigen Diskurs zwischen Frau Radacs und Frau Lipp?«

Frau Ringleitner verzog spöttisch die Lippen. »Ach, die zwei alten Kühe. Da geht es immer noch um deren Ehemänner, obwohl der Radacs eh schon jahrzehntelang tot ist. Die Ripp verbreitet, dass er was mit der Berta gehabt hat. Und die Radacs? Natürlich, dass der Ripp Peter an ihr dran war. Sogar bis zum Schluss. Bis zum Schluss.«

Luise schluckte wieder einmal.

»Und dass die Käthe so angeschissen ist wegen dem Pfarrer, das kennen wir. Die ist die ärgste Kerzlschluckerin. Was mich nur gewundert hat: wieso die Frieda sie in deiner Gegenwart so aufgeganselt hat. Das war komisch. Sehr komisch.«

Darüber hatte Luise ebenfalls nachgedacht. Auch ihr war das seltsam vorgekommen. Sie hatte das Gefühl gehabt, dass die Frau das absichtlich angezettelt hatte.

»Und wird die Frau Radacs dann immer handgreiflich?«

»Immer nicht, aber ein Häferl ist die, die Käthe, die rempelt schon gern herum.«

Luise wandte sich zur Tür. »Darf ich kurz in Ihre Tasche hineinschauen, was Sie so alles auf den Friedhof mitnehmen?«, fragte sie.

»Von mir aus. Was man halt so braucht. Wir haben alle eine eigene Tasche dafür, die man nicht immer umräumen muss. Schau nur hinein. Von mir aus.«

»Tragen Sie Halbhandschuhe bei der Grabpflege?«, folgte die bereits zum Standard gewordene Frage der Ermittlerin.

»Später dann. Jetzt nicht. Ist ja so warm gewesen die ganze Zeit. Wie im Frühling. Ich habe noch nicht einmal welche eingepackt.«

Als Luise in die Tasche schaute, fand sie darin allerdings bereits ein Paar in Dunkelgrau, das wie neu aussah. Sie zog es heraus und Frau Ringleitner schaute entgeistert darauf.

»Wann habe ich die denn hineingegeben?«, wunderte sie sich.

Doch Luise konnte ihr diese Frage selbstverständlich nicht beantworten.

20

Luise Pimpernell überlegte, was sie als Nächstes tun sollte. Eigentlich stand nun Frau Krauthacker auf ihrer imaginären Liste. Aber mit der Befragung einer weiteren alten Dame, noch dazu einer, die man schon als gaga bezeichnete, fühlte sie sich für den Augenblick überfordert.

Sie legte das Netz mit den Kürbissen in ihr Auto, das noch vom Vortag vor Frieda Ringleitners Haus stand, holte den Friedhofsplan aus dem Türfach und ging über die Straße, um die Wege zwischen den Gräbern der Angehörigen der einzelnen Personen noch einmal abzugehen.

Als sie zum Tor kam, hörte sie Stimmen und Gekicher. Der Bürgermeister stand bei der Bank neben dem Eingang, auf der es sich Aloisia Murgitsch, und in trauter Zweisamkeit, Frau Radacs und Frau Ripp gemütlich gemacht hatten. Mit irgendetwas schien er die Damen zu amüsieren, denn sie sahen höchst vergnügt drein.

»Ach Luise, gut, dass ich dich seh«, meinte er, als die Pimpernell zu ihnen trat. »Wie weit bist du denn mit deinen Ermittlungen?«

»Geh Rudi, du glaubst doch nicht im Ernst, dass ich dir etwas darüber erzählen werde. So gut könntest du mich schon kennen.«

»Aber die Rebierers verdächtigst du nicht wirklich, oder?«

Luise zuckte nur die Achseln.

»Weshalb schnüffelst du denn dort herum und lasst die armen Leut nicht in Ruhe trauern?« Vorwurfsvoll schüttelte er den Kopf.

»Was ist los?«, gab sie verärgert zurück. »Wieso schnüffle ich herum, wenn ich mir die Wohnung der Toten anschau?«

»Ja, aber die Kästen gehen dich doch nichts an.«

»Auf jeden Fall geht mich der Inhalt der Kästen mehr an, als dich der Grund, weshalb ich dort hineinschauen wollte«, antwortete sie scharf.

Wieso wusste er überhaupt davon? Dann fiel ihr ein, dass Horst Rebierer ein Jagdfreund von ihm war. Die »Stille Post« funktionierte unter den Kumpels anscheinend genauso schnell wie unter den Frauen.

»Du solltest dich mehr auf die Jugendlichen konzentrieren, die bei uns immer im Park vor dem Bahnhof herumhängen«, fand Rudi Weisz sich bemüßigt, ihr einen Ratschlag zu erteilen.

»Das ist jetzt nicht dein Ernst? Was sollen die Halbwüchsigen damit zu tun haben? Wie kommst du dazu, solche Verdächtigungen zu äußern«, fuhr sie ihn an. »Du kennst die Kinder alle von klein auf, also was soll das?«

»Na denen fällt viel Blödsinn ein, das kannst du mir glauben. Allein, welchen Saustall sie dort immer hinterlassen.«

»Das ist für dich ein Indiz, dass sie einer alten Frau mit einem Kramperl auf den Kopf hauen würden? Ohne jedes Motiv? Und dafür extra in der Früh zum Friedhof ziehen. Die haben sicher alle noch tief und fest geschlafen am Feiertag um die Zeit.«

»Tatsache bleibt, dass denen sehr fad im Schädel ist und sie alles Mögliche anstellen, also warum sollten sie nicht vielleicht einmal die alten Leutchen auf dem Friedhof ein bissl erschrecken wollen zu Allerheiligen?«

Jetzt wurde Frau Murgitsch böse und mischte sich ein. »Also weißt, Rudi, du hast wirklich einen Klopfer. Noch nie hat uns einer der jungen Leute in irgendeiner Form belästigt. Wenn du endlich einmal ein bissl Geld in die Hand nehmen würdest für ein Jugendzentrum, dann müssten die dort nicht herumhängen und hätten auch etwas zu tun und nicht so viel Zeit für Blödheiten.«

»Als Belohnung dafür, dass sie alles versauen, soll ich ihnen ein Jugendzentrum finanzieren? Das kann aber nicht Ihr Ernst sein, Frau Murgitsch.«

»Da geht's nicht um Belohnung. Sondern darum, dass man für die Jugend ruhig ein bissl Geld in die Hand nehmen sollte in unserer Gemeinde. Für uns, die Alten, hast keins und für die Jungen auch nicht. Nur für deine Kumpane. Da könnt's auf einmal komische Häuser oder Lokalitäten aufstellen. Aber dass du unser Häusl hier auf dem Friedhof aufsperrst und es halt hin und wieder putzen lässt, da bist du zu sierig dafür.«

»Womit wieder einmal ich an allem Schuld bin«, konstatierte der Bürgermeister verdrießlich. »Wahrscheinlich auch daran, dass die Berta Echs hier ... hier ... öh-m ... gestorben ist.«

»Wenn du mit so einem Blödsinn daher kommst, brauchst dich nicht zu wundern«, kanzelte ihn die alte Frau trocken ab.

Nun war es an Luise zu grinsen und zu zwinkern.

»Da fällt mir noch dazu ein, was willst du denn mit dem Grundstück von dem jungen Rebierer machen, dass du so scharf darauf bist?«, schoss sie dann einen Bauchpfeil ins Blaue.

»Ich?« Das Gesicht des Bürgermeisters bekam einen wachsamen Ausdruck. »Was meinst du?«

»Er selbst sagte, dass du auf das Grundstück spitzt, das seine Großmutter ihm vermachen wollte.«

»A-aber, ich … ich … was soll ich denn mit einer Parzelle in der Kirchackergasse anfangen?«

»Das weiß ich nicht. Nachdem du allerdings so genau weißt, um welches Grundstück es geht, dürfte dich tatsächlich etwas daran interessieren.«

»Ach, habt's mich doch gern«, schimpfte der Ortsvorsteher. »Euch fällt tatsächlich immer was ein, womit ihr auf mich losgehen könnt's, wenn ihr mich seht's.«

»Ja, Rudi, du hast recht. Du gibst immer was her«, stimmte ihm Frau Murgitsch grinsend zu und der Bürgermeister verließ schnaubend den Friedhof.

21

Nun ging es bald auf Mittag zu und Luise Pimpernell fuhr zum Polizeiposten.

Dort empfing sie Postenkommandant Luisinger mit den Worten: »Wie geht's dir? Man hört und sieht nix von deinen Ermittlungen. Meine Männer brauchst auch nicht. Die sind schon ganz traurig.«

»Geh bitte, wenn ich die zu den alten Damen mitnehmen würde, da würden sie schnell ein fades Aug bekommen.« Luise zog mit dem Zeigefinger das Unterlid ihres rechten Auges ein wenig hinunter.

»Hast eine Spur? Oder eine Idee?«

»Nein, im Augenblick bin ich dabei, mir ein Bild zu machen. Und du kannst mir glauben, das sieht ganz anders aus, als ich es über die Jahre vermutet hätte. Ich leb ja dort, aber was ich da zu hören krieg ... Allerdings muss ich gestehen, es ist höchst spannend. Geschichtsunterricht von der persönlichen Seite sozusagen.«

»Na, du weißt ja, wenn du was brauchst, sagst es einfach.« Der Chef der Dienststelle verschwand in seinem Büro und Luise begab sich in ihr improvisiertes. Grümpl war ausgeflogen, sie zog sich ihren Laptop heran und ergänzte ihr Gedächtnisprotokoll.

Dann fuhr sie nach Schilfern, taute eine Portion Szegedinergulasch auf und ließ es sich gut schmecken.

22

Nach dem Mittagessen machte sich Luise Pimpernell frisch gestärkt auf den Weg zu Frau Krauthacker.

Das Haus des Altbürgermeisters lag nur ein paar Schritte vom Kirchenplatz in der Hauptstraße. Es handelte sich um keinen der üblichen Höfe, sondern um das ehemalige Dorfgasthaus. Beim Umbau zum einstöckigen Wohnhaus war der mittige Eingang bestehen geblieben. Die kleinen Originalfenster waren vor langer Zeit gegen große Einscheibenfenster ausgetauscht worden. Zwei Gaupen auf dem hohen Dach wiesen auf einen Ausbau des obersten Geschoßes hin.

Auf Luise Pimpernells Läuten geschah erst einmal nichts. Sie dachte bereits, dass Frau Krauthacker nicht zu Hause war, versuchte es aber noch einmal.

Auf einmal öffnete sich die Tür einen Spaltbreit. Eine vorgelegte Kette wurde sichtbar, über der ein Streifen eines kleinen faltigen Gesichts schwebte.

»Ich kaufe nichts«, ließ die Frau mit hoher, dünner Stimme hören.

»Grüß Gott, Frau Krauthacker, ich bin's doch, die Luise!«

»Ah ja, die Luise. Aber ich kauf nix.«

»Ich möchte mit Ihnen reden. Darf ich reinkommen? Ich habe ein paar Fragen.«

»Ah, Luise«, wiederholte die Witwe und die Pimpernell hatte das Gefühl, dass die Frau sie erst jetzt erkannte.

Das Tor schloss sich, offensichtlich um die Kette zu entfernen, denn es wurde gleich wieder geöffnet und diesmal so weit, dass die Ermittlerin eintreten konnte.

Dorothea Krauthacker war eine kleine, sehr zierliche Frau, die etwas Verschrumpeltes an sich hatte, was Luise ganz ohne Abwertung als Beschreibung so ansah.

Strahlendweiße Haare standen in einer kurzen wilden Krause um ihren Kopf. Die Vermutung drängte sich auf, dass sie anlässlich des Begräbnisses eine zu starke Dauerwelle verpasst bekommen hatte und ihrer Lockenpracht nun selber nicht Herr wurde. Sie trug die obligate Kittelschürze und an ihren Füßen entdeckte Luise übergroße Filzpatschen, in denen sie sich durch den Flur bewegte, indem sie jeden Fuß vor den anderen schob, ohne einen zu heben.

Auf der linken Seite sah Luise durch eine offenstehende Tür in eine große, wieder einmal perfekt zusammengeräumte Küche, doch sie wurde in eine Bauernstube auf der anderen Seite geführt.

Schöne alte Möbel aus Zirbenholz kontrastierten mit dem großen Panoramafenster, auch wenn davor in geringen Abständen mehrere grün-weiß-karierte Vorhangteile hingen, die mit einem Band gebauscht wurden.

Es war offensichtlich, dass Herr Krauthacker diese Bauernstube in erster Linie dafür eingerichtet hatte, um seine Jagdtrophäen zu präsentieren. Die Wände waren voll damit.

Seine Witwe schlurfte zu dem großen Ecktisch und setzte sich auf einen der Sessel mit geschnitzten Herzen in den Rückenlehnen und Sitzpolstern aus Vorhangstoff. Ihre Füße stellte sie ordentlich nebeneinander und vermittelte den Eindruck, dass sie auf etwas wartete.

Luise legte ihren Poncho auf der Eckbank ab und zog sich einen Stuhl zurecht, sodass sie die Frau gut ansehen konnte, die sie ihrerseits nicht weiter beachtete.

»Ich möchte mit Ihnen über Frau Echs reden«, begann sie.

»Kenn ich nicht«, kam es wie aus der Pistole geschossen aus dem Mund der alten Frau.

Luises Kopf ruckte unwillkürlich. »Sie kennen Berta Echs nicht?«, fragte sie verwundert.

»Ah, die Berta. Was ist mit der?«

»Waren Sie gestern auf dem Friedhof?« Luise wollte noch nicht näher darauf eingehen und antwortete deshalb lieber mit einer Gegenfrage.

»Ich gehe jeden Tag auf den Friedhof. Der Bürgermeister ist gestorben. Natürlich gehe ich zu seinem Grab.«

Luise schluckte. »Der Bürgermeister?«, fragte sie vorsichtig.

»Ja, mein Mann, der Bürgermeister. Kennen Sie ihn nicht? Sind Sie nicht zum Beileid wünschen gekommen?«

Ui, ui, ui, dachte Luise.

Vielleicht sollte sie doch lieber mit Robert sprechen, dem Sohn. Von der Frau würde sie wahrscheinlich nichts Brauchbares zu hören kriegen.

»Haben Sie die Frau Echs, äh, die Berta gestern gesehen?«, fragte sie dennoch erst einmal weiter.

»Was ist mit der?«

»Sie hatte einen Unfall.« Luise dachte, vielleicht würde das Frau Krauthacker ein wenig auf die Sprünge helfen, falls sie gesehen hatte, wie die Tote im Brunnen hing.

»Ist sie hin?«, zeigte diese tatsächlich plötzlich so etwas wie Interesse.

Luise nickte.

»Gut.« Die Antwort kam trocken und danach blieb die

Frau wieder stumm.

»Mochten Sie die Berta nicht?«

»Nein. Die war ein Luder.«

»Wieso?«

»So halt.«

»Haben Sie sie gestern auf dem Friedhof gesehen?«

»Nein. Die schau ich nicht an. Mit der hab ich nichts zu reden, mit der Kanaille.« Durch Frau Krauthacker ging ein kleiner Ruck. »Wie geht es deiner Mutter, Luise?«, fragte sie höflich.

»Danke der Nachfrage, aber die ist schon ein paar Jahre auf dem Friedhof.«

»Die hab ich auch nicht gesehen«, bestätigte die kleine Frau nickend. »Schade, die war immer nett. Grüß sie von mir. Vielleicht kann sie ja einmal zum Grab des Bürgermeisters kommen.«

»Leben Sie allein hier?«, fragte Luise irritiert.

»Ja, seit der Bürgermeister tot ist.«

Die Ermittlerin wollte gerade aufstehen und sich verabschieden, ein weiteres Gespräch schien ihr absolut unsinnig, da kam plötzlich so etwas wie Leben in die Augen der alten Frau.

»Die Berta. Das hat sie davon. Hat sich an alle Männer herangemacht und über jeden Lügen erzählt. Sogar über den Bürgermeister.« Sie nickte heftig. »Aber jetzt ist Ruhe. Jetzt kann sie nichts mehr herumerzählen. Jetzt ist sie tot. Dabei war sie viel jünger als ich. Ich werde es auch nicht mehr lang machen, Luise. Ohne den Bürgermeister.« Die Stimme der alten Frau wurde weinerlich. »Ich mag auch nicht mehr. Die Kinder kümmern sich nicht um mich. Dabei bin ich sehr krank, musst du wissen. Aber der Doktor kommt nicht. Schön, dass du dich um mich kümmerst. Kommst du am Abend wieder? Ich hätte gern ein Schnitzel mit Reis.« Sie neigte sich zu Luise und ihr Gesicht bekam einen verschwörerischen Ausdruck. »Musst es dem Doktor ja nicht sagen«, flüsterte sie. »Der sagt immer, das darf ich nicht essen. Aber sie bringen mir sowieso nichts. Kommt ja keiner.«

Genauso abrupt wie Frau Krauthacker mit ihrer Rede begonnen hatte, brach sie nun wieder ab. Ihre Augen verloren das Glitzern und sie saß wie zuvor aufrecht da und schien auf etwas zu warten.

Luise überlegte, ob sie die Frau wirklich allein zurücklassen konnte. Sie würde unbedingt als Nächstes mit Robert sprechen. Nicht nur wegen ihres Falles, sondern auch wegen Frau Krauthacker. Sie kannte Robert von Kind auf, war mit ihm in die Volksschule gegangen. Sie konnte sich absolut nicht vorstellen, dass er und sein Bruder sich nicht um die Mutter kümmerten. Doch wieso lebte sie hier in ihrem Geisteszustand allein in dem großen Haus?

Als sie in den Vorraum zurückgingen, sperrte jemand die Eingangstür auf. Eine Frau in mittleren Jahren kam herein und erschrak sichtlich.

Sie stürzte auf Frau Krauthacker zu und rief: »Sie nicht aufmachen sollen, hat Sohn gesagt.« Dann wandte sie sich an Luise. »Wer Sie sind? Was Sie machen hier?«

Luise kramte aus ihrer Tasche ihren Ausweis hervor.

»Ich Sdenka, Hilfe von Frau Burgermasta. Was Sie wollen?«

»Gehen Sie mit Frau Krauthacker in der Früh auf den Friedhof?«

Die Betreuerin nickte. »Ich machen alles. Geben Essen, geben Pulver. Gehen spazieren. Auch Friedhof.«

»Ich brauche niemanden!« Dorothea Krauthackers bisher dünne quengelige Stimme unterbrach plötzlich ganz schön laut die Konversation.

»Ist gut. Ist gut.« Die Pflegerin nahm die alte Frau beim Oberarm und wollte mit ihr in die Küche gehen.

»Nur einen Moment, bitte. Waren Sie gestern in der Früh mit Frau Krauthacker auf dem Friedhof?«

»Nicht können. Friedhof Polizei. Erst Nachmittag wir da.«

»Wissen Sie, ob Frau Krauthacker vorher allein dort war?«

»Ich nicht wissen. Ich kommen und gehen Friedhof. Da Polizei.«

»Sie ist tot«, eröffnete die alte Frau ihrer Heimhilfe unvermittelt. »Das hat sie jetzt davon.«

Sdenka nickte nur und schob die Witwe nun doch in die Küche.

Als Luise die Eingangstür öffnete, hörte sie noch, wie Frau Krauthacker stolz berichtete: »Das war die Luise, aber ich habe nichts gekauft!«

23

Mit ihren typischen, weit ausholenden Schritten marschierte Luise Pimpernell die See-Allee entlang. Kerzengerade führte diese von der Hauptstraße an den neuen Gassen vorbei und anschließend direkt durch den Schilfgürtel zum See.

Die Allee war eigentlich keine. Nur an einer Seite waren Birken gepflanzt. Auf der anderen Seite säumten Weidensträucher die Schilffelder, die Schilfern einst ihren Namen gegeben hatten. Neben dem Fußgängerstreifen unter den Birken gab es nur einen ganz schmalen, eher schütteren Schilfbereich. Dahinter war vor vielen Jahren eine Pfahlbautensiedlung angelegt worden. Die kleinen Holzhäuser auf Stelzen fügten sich heute harmonisch in das Bild, hatten seinerzeit allerdings zu großem Protest unter den Einwohnern geführt. Musste dafür doch eine Schilfrodung vorgenommen werden, was sogar international unliebsames Aufsehen erregte.

Dessen ungeachtet gehörte die Siedlung in der Zwischenzeit zu den Besonderheiten von Schilfern und Luise genoss es immer wieder bei ihren Spaziergängen, hier dem Spiel des Wassers zwischen den Schilfrohren und Pfahlstäben zuzusehen. Enten tummelten sich hier gerne und sie bedauerte, kein Brot eingesteckt zu haben, um sie ein wenig zu füttern. Obwohl die Enten hier keineswegs an Hunger litten, doch war es ein Ritual aus Kindertagen.

Auf der gegenüberliegenden Seite wurde das Schilf undurchdringlich und die Sicht auf das Wasser zusätzlich durch Weidensträucher verborgen. Daraus ergaben sich geschützte Brutstätten für die einzigartigen Vögel dieser Region und Rastplätze für die vielen Zugvögel, die sich im Sommer hier tummelten. Die Rufe, die auch in diesem Abschnitt des Jahres noch aus dem Schilf drangen, waren wie Musik in Luises Ohren, der sie verzückt lauschte.

An sich war die Allee ein wunderschönes Stück Schilfern. Schon von einiger Entfernung konnte man an ihrem Ende auf die Weite des Sees hinausblicken, was zu jeder Jahreszeit ganz besondere Reize bot.

Jetzt im strahlenden Herbstsonnenschein leuchteten die noch ziemlich stark belaubten Birken in satten Goldtönen. Die Blätter der Weiden flammten in dunklem Orange und die Schilfflächen trugen ihr ockerfarbenes Novemberkleid. Der See am Horizont lag in leichtem Dunst unter dem leuchtend blauen Himmel.

Wie so oft spürte Luise, wie ihr das Herz aufging vor lauter Demut, dass sie einen derart wunderschönen Flecken Erde Heimat nennen durfte und diese sie umarmte, wann immer sie sich dessen bewusst wurde.

Am Ende der Allee lag das Schilferner Seebad.

Davor gab es auf der linken Seite einen großen Parkplatz, der von einer schmalen Zufahrtsstraße, die am Badebereich entlanglief, abgeschlossen wurde. Hinter der Kassa mit dem Drehkreuz machte sich eine weitläufige Rasenfläche breit. Immer wieder erstaunte es Luise, wie saftig das Gras am Ufer des Sees blieb, trotz der argen Strapazen durch die vielen Gäste. Auch heute schimmerte es in samtig weichem Grün. Uralte Weiden boten hier im Sommer Schatteninseln. Ein Spielplatz mit Sandkiste, Schaukeln und Rutschen bildete den Anziehungspunkt für viele Kleinkinder. Das Trampolin, die

Pingpong-Tische und der Volleyballplatz boten Zerstreuung für Jugendliche und Junggebliebene.

Doch jetzt lag das Areal verlassen da und vermittelte einerseits einen Anblick, der in seiner Stille und Einsamkeit etwas wie leise Wehmut ausstrahlte. Die andererseits dadurch abgemildert wurde, weil sie die nahende Zeit signalisierte, wo die Natur wieder zu sich selbst zurückkehren durfte. Der See und seine Ufer sich regenerierten, um dem Ansturm der Gäste im nächsten Jahr neuerlich das ganz besondere Flair der Naturparkregion bieten zu können.

Die Straße wurde an der Seite zum Bad von den bunten Gebäuden mit den Garderobe-Kästchen gesäumt. Die darüber aufragenden Baumkronen im Herbstlaub malten zusätzlichen Charme in das Bild.

Im direkten Verlauf öffnete sich die Straße erneut auf einen Parkplatz. Er gehörte zum Seehotel und dem unmittelbar daran anschließenden Yachthafen.

Das Seehotel war ein langgestrecktes zweigeschossiges Gebäude. Eine halbrunde Glaskonstruktion bildete den Eingangsbereich.

Unmittelbar daneben erstreckte sich auf den Parkplatz hinaus eine Baustellenabgrenzung erheblichen Ausmaßes. Die daran angebrachte Informationstafel und der dahinter bereits erkennbare Teil des Anbaues ließen Luises Blut ins Stocken geraten.

Beim Heurigen ihres Bruders Albert war bereits häufig über den Ausbau des Seehotels diskutiert worden. Es war für sie nicht von besonderem Interesse gewesen und deshalb hatte sie nicht so genau zugehört. Es wurde immer vom Turm gesprochen. Da ein solcher für die Gegend vollkommen unvorstellbar schien, hatte sie angenommen, dass dies nur eine langläufige Bezeichnung für einen etwas höheren Anbau wäre und sich darüber hinaus keinerlei Gedanken gemacht.

Doch das Nichtvorstellbare wurde hier zur Realität, das abgebildete Gebäude war eindeutig ein Turm. Und zwar ein ganz schauriger, ein mehrstöckiger schmaler Finger, der rundherum verglast war. Panoramazimmer wurden darin angekündigt und auf dem Dach ein Terrassenrestaurant mit Blick über den See und die Weiten des Nationalparks.

Selbstverständlich war diese Ausgeburt ein Entwurf von Architekt Ramerstein, der Schilfern seit einigen Jahren seinen unsensiblen Stempel aufdrückte und mit diversen Bauwerken schon öfter für Schnappatmung bei Luise gesorgt hatte. Auch jetzt holte sie erst ein paarmal tief Luft, bevor sie das Hotel betrat. Sie hoffte, dass dieser Schockanblick ihre Objektivität, und noch wichtiger, ihre Intuition nicht vernebeln würde.

Im Foyer links befand sich die Rezeption, auf der rechten Seite führten Treppe und Lift zu den Zimmern und ins Restaurant. Die Terrasse davor war selbstverständlich dem See zugewandt und bot einen fantastischen Ausblick. Die von der Weite des Wasserspiegels beeinflussten Stimmungen und Lichtspiegelungen, das Spiel der Wellen, aber auch die Segelboote und Surfer vermittelten oft maritimes Feeling.

Auf der rechten Seite des Ganges, der zum SPA führte, wie eine golden glänzende Hinweistafel informierte, lag die Lounge.

Die großen Fenstertüren, die bei entsprechendem Wetter geöffnet wurden, gaben nicht nur den Blick auf die Boote im Hintergrund frei, sondern auch auf eine runde schilfgedeckte Strandbar, die in einem großzügig gestalteten Garten an einer extra angelegten kleinen Lagune lag. Zwischen ebenfalls künstlich angeordneten Schilfbeeten standen im Sommer hypermoderne Sitzgarnituren und sollten zeitgeistigen Luxus verbreiten.

An dieser Seite wurde nun im rechten Winkel zum Parkplatz der Turm angebaut.

Luise Pimpernell schlug auf die Klingel auf der Theke des Empfangs und beinahe unmittelbar kam ihr ehemaliger Schulkollege aus dem dahinterliegenden Büro.

Robert Krauthacker war eine imposante Erscheinung. Groß und von kräftiger Statur, mit vollem eisgrauen, gut geschnittenem Haar und regelmäßig gebräunter Haut in einem allerdings etwas aufgeschwemmten Gesicht. Er trug Jeans und ein Marken-Shirt und wirkte damit äußerst gediegen.

»Ah Luise! Du bist aber flott zu Fuß.« Sie hatte sich beim Weggehen telefonisch angekündigt.

Er schüttelte ihr die Hand, nahm sie am Oberarm und führte sie den Gang entlang. »Komm, wir gehen in die Lounge. Dort haben wir noch einen Minimalbetrieb und an einem solch herrlichen Tag zeigt sie sich gerne von einer besonders schönen Seite.«

Und er hatte recht.

Der Tag war sonnig und klar, doch galt dies nicht für den See. Über dem Wasserspiegel schwebte milchiger Dunst, was einen endlosen Horizont illusionierte, weil das andere Ufer nicht erkennbar war.

Die Gartenmöbel waren bereits im Winterquartier. Die Sonne verhalf dem Beige der im leichten Wind wogenden Schilfinseln auf der samtigen Wiesenmatte zu ungemeiner

Leuchtkraft.

Plötzlich flogen ein paar Krähen ein, stolzierten auf dem Rasen auf und ab und lösten in Luise unwillkürlich eine Erinnerung an die alten Damen aus. Sie ruckelte leicht mit dem Kopf, wie um diesen Gedanken abzuschütteln, musste aber dennoch in sich hineingrinsen.

»Was darf ich dir anbieten?«, fragte Robert Krauthacker. »Kaffee? Ein Glas Wein oder Frizzante?«

Luise riss sich von dem Anblick los und entledigte sich ihres Umhangs. Der forsche Marsch hatte ihr warm gemacht, sie spürte einen leisen Schweißanflug. »Danke. Eine Melange wär nicht schlecht. Die nehm ich gerne. Und ein Glas Wasser bitte.«

Der Hausherr orderte ihren Wunsch mit einem Nicken bei dem inzwischen herbeigeeilten Kellner.

»Du kannst dir denken, warum ich hier bin?«, fragte Luise.

»Ich muss gestehen, nicht wirklich. Gehe aber davon aus, du wirst Gründe haben, wenn du mit mir sprechen willst.«

Es klang ein wenig herablassend, auch wenn er sie dabei nahezu neckisch angrinste.

»Es geht um den Tod von Frau Echs.«

Ratlosigkeit huschte über seine Züge. »Aha. Da kann ich dir nur sagen, ich kannte die Frau nicht sehr gut.«

»Du weißt aber schon, dass sie gestern auf dem Friedhof ermordet wurde?«

»Nein!« Der Hotelier riss die Augen auf und sah sie entgeistert an. »Auf unserem Friedhof? Eine alte Frau? Wie gibt es denn so etwas? Ich hab gestern einen Termin in Ungarn gehabt und bin erst spät heimgekommen. Heute musste ich bereits sehr zeitig hier sein. Hab nicht einmal zu

Hause gefrühstückt. Der Bau soll bis zum Saisonbeginn zumindest äußerlich abgeschlossen sein. Du kannst dir vorstellen, dass wir da nicht viel Zeit oder Kopf für irgendetwas anderes haben. Ich habe noch mit niemandem gesprochen, außer mit dem Personal.«

Luise vermutete, dass nicht viele Österreicher darunter waren. Wahrscheinlich wusste deshalb keiner von ihnen etwas davon.

Der Kellner brachte den Kaffee und das Wasser. Seinem Chef stellte er ein leicht beschlagenes Glas Weißwein hin.

Wieder holte Luise tief Luft. Sie konnte es sich jedoch nicht verkneifen. »Was ist das für ein Monstrum, das ihr hier aufstellt?«, fragte sie mit missbilligendem Stirnrunzeln.

»Was heißt Monstrum? Es ist Zeit für ein bisschen Moderne in unserem verschlafenen Winkel.« Der Hotelier lächelte amüsiert. »Wirst sehen, das wird noch einmal das Wahrzeichen von Schilfern.«

Entsetzen spiegelte sich in Luises Zügen.

»Ach komm. Sei nicht so verzopft. Das wird eine tolle Angelegenheit. Und einzigartig für unsere Region.«

»Und dafür gibt es Genehmigungen?« Die Miene der Pimpernell wechselte zu Ungläubigkeit.

Aus Robert Krauthackers Gesicht wich die Verbindlichkeit. »Natürlich gibt es sämtliche Genehmigungen. Dies ist seit Jahrzehnten ein Eigengrund, ein Baugrund, also wo soll das Problem sein?«

»Was sagt die Naturschutzbehörde der Europäischen Union dazu? So ein Bau wirkt sich doch auf das ökologische Gleichgewicht des Umfelds aus.«

»Was ist? Haben sie dich zum Umweltschutz versetzt? Ich

dachte, du seist im Landeskriminalamt.«

Er sah auf die Uhr. Ob er damit Stress signalisieren wollte, oder nur das teure Stück in den Blickpunkt zu rücken versuchte, war nicht erkennbar. Auf jeden Fall war ihm sichtbar die Lust darauf vergangen, mit jemandem über sein wegweisendes Projekt zu diskutieren, der die Genialität desselben nicht anerkannte.

»Was willst du von mir wissen? Wie gesagt, ich kannte die Frau nicht wirklich. Meine Mutter hielt nicht viel von ihr, das haben wir schon als Kinder mitbekommen.«

»Von deiner Mutter komme ich gerade.« Luise presste die Lippen aufeinander und wippte betreten mit dem Kopf.

»Wie war sie beisammen?«, fragte der Mann und ruckte ein wenig in die Höhe.

»Was meinst du?«

»Sie leidet an Demenz. Aber ihre Bewusstseinszustände schwanken enorm. Manchmal ist sie absolut klar, manchmal nicht von dieser Welt.«

»Heute war sie nicht ganz da, würde ich sagen.«

»Ah! War sie allein?«

»Nein, eine Heimhilfe kam dazu.«

»Weißt du, das Verhängnis ist, dass sie niemanden im Haus haben will. Wir hätten ihr selbstverständlich längst eine Rund-um-die-Uhr-Pflege organisiert. Wir kämpfen bereits einige Zeit mit ihr. Vater war die letzten Wochen im Spital und da gab es bereits enorme Probleme. Du kannst dir nicht vorstellen, welche Sträuße wir schon ausgefochten haben. Sie regt sich furchtbar auf, wenn wir das Thema anschneiden. Ein paar Mal hat sogar der Doktor kommen müssen, weil es aussah als hätte sie Herzinfarkte.«

»Sie sagte, sie sei sehr krank.«

»Sie ist der gesündeste Mensch, den ich kenne. Überhaupt in diesem Alter. Sie war heuer neunzig. Aber es wird alles nichts nützen. Sie braucht einfach eine Vierundzwanzigstunden-Betreuung. Man kann sie nicht mehr allein lassen. Zeitweise ist sie zwar noch gut beisammen, aber dann wieder geht gar nichts. Das ist gefährlich.«

»Und ein gutes Pflegeheim?«

»Das ist jetzt nicht dein Ernst? Sie zieht ja nicht einmal zu uns. Leo und ich, wir hätten uns das eingerichtet, auch wenn es natürlich nicht leicht für unsere Familien wäre. Sie will aus dem Haus nicht raus.«

»Entschuldige bitte, ich wollte mich da nicht einmischen. Es war eine unwillkürliche Reaktion.«

»Ist schon gut. Es ist nicht einfach, damit umzugehen. Ich denke manchmal, für die Betroffenen selber ist es wahrscheinlich nicht so schlimm. Aber als Angehöriger oder Außenstehender steht man fassungslos davor. Es passiert uns nach wie vor, dass wir manchmal einige Zeit brauchen, bis wir draufkommen, dass sie Unsinn erzählt. Wir lassen uns da immer wieder täuschen. Weil das seit Jahren ihre Maschen sind, dieses Weinerliche, Hilflose, in Unwesentliches abschweifende. Da ist es oft schwer zu unterscheiden, was ist echt und was nicht.«

Robert Krauthacker wirkte total überzeugend bei dem, was er sagte, und doch blieb auf Luises Zunge ein leiser unangenehmer Geschmack. Es schien alles so vorbereitet, was er erzählte. Ganz so, als würde er es jeden Tag mehrmals wiederholen. Aber vielleicht ja auch nur vor sich selbst.

»Kommen wir zum gestrigen Tag. Du warst mit deiner

Mutter in der Früh auf dem Friedhof?«

»Ich? Nein, wie kommst du darauf?«

»Du wurdest an der Ecke mit ihr gesehen.«

»Ach so. Ich habe sie dort getroffen. Ich bin nach Ungarn gefahren und seh sie auf einmal im Halbdunkeln herumwackeln. Natürlich bin ich stehengeblieben und hab gefragt, warum sie nicht auf Sdenka gewartet hat. Ich wollte sie nach Hause bringen. Aber sie ging nicht.«

»Und dann hast du sie dort allein gelassen?« Die Ermittlerin runzelte die Stirn.

»Ja. Sie machte einen vollkommen klaren Eindruck. Kanzelte mich ab wie einen kleinen Buben. Und ich hatte es enorm eilig. Trotzdem - wenn sie nicht so gut drauf gewesen wäre, hätte ich mich schon durchgesetzt. Das kannst du mir glauben«, beteuerte er und nahm einen bestätigenden Schluck aus seinem Weinglas.

»Sie geht übrigens öfter allein auf den Friedhof. Sind ja nur ein paar Schritte und eigentlich ist es das Einzige, das sie außer Haus noch ohne Begleitung macht. Abgesehen davon, geht sie noch nicht lange so häufig. Es ist erst ein paar Tage her, dass wir Vater begraben haben.«

»Ich weiß. Mein Beileid!«

»Danke. Er war zuletzt sehr krank. Es war eine Erlösung.«

»Hast du die Frau Echs gestern gesehen?«

»Nein.«

»Und sonst? Hast du sonst jemanden gesehen?«

»Nein. Ich habe aber auch gar nicht darauf geachtet. War mit der Mutter beschäftigt und mit den Gedanken bei meinem Termin.«

»Weißt du irgendetwas über die Fehde zwischen den

Frauen? Als ich deiner Mutter von Berta Echs Tod berichtete, sagte sie: gut! Und dann noch: Jetzt kann sie wenigstens nichts mehr erzählen.«

»Keine Ahnung. Aber das brauchst du absolut nicht ernst zu nehmen. Sie sagt dauernd die eigenartigsten Sachen. Und wenn es etwas gab, dann war es sicher irgendetwas in der Jugend. Sie hatten seit Jahrzehnten keinen Kontakt miteinander. Ist wohl auch egal. Was sollte das mit deinem Fall zu tun haben?«

»Ich weiß nicht, mir bleibt jedoch derzeit als einzige Möglichkeit lediglich, so viele Details wie möglich aus dem Leben von Frau Echs zu sammeln. Sehr beliebt war sie tatsächlich bei fast niemandem.«

»Aber dass man deshalb eine alte Frau umbringt. Wie denn überhaupt?«

»Sie wurde mit einem Gartenwerkzeug auf den Kopf geschlagen und ertrank daraufhin im Brunnen.«

»Nein!«, rief Robert Krauthacker. »Das ist ja wie aus einer Filmgroteske.« Seine Augen verengten sich zu Schlitzen. »Seltsam, irgendwie riecht das nach einer alten Frau als Täterin, gell? Findest du nicht?«

»Nein, so kann man das nicht sagen. Im Affekt kann das wahrscheinlich jedem einfallen. Es sieht so aus, als hätte jemand geglaubt, dass die Frau drauf und dran war, etwas ausplaudern zu wollen, das dem- oder derjenigen absolut nicht passte. Und das kann sehr wohl aus der fernen Vergangenheit sein. Aber natürlich auch Aktuelles.«

»Wie gesagt, meine Eltern pflegten seit Jahren keinerlei Kontakt mit ihr. Wir werden es wahrscheinlich nie erfahren, wenn zwischen ihnen etwas vorgefallen ist. Denn von meiner

Mutter wirst du keine stichhaltigen Auskünfte erhalten können. Tja, und Vater ...«

»Vielleicht gab es einen Vorfall in der Zeit, wo dein Vater Bürgermeister war«, sinnierte Luise.

Robert Krauthacker zog die Stirn unwillig in Falten, grinste jedoch danach ein wenig schief. »Nun ja, ich kann wohl schlecht behaupten, dass es da nichts gegeben haben könnte. Dennoch kann ich dir nach wie vor nicht mehr sagen als: Ich weiß es nicht. Sie waren sich jedenfalls nicht grün.«

Wie so oft, konnte Luise nicht sagen, was es war, aber irgendetwas meldete sich in ihrem Bauch an diesem Ort und bei diesem Gespräch. Nachdenklich sah sie den Krähen auf dem Rasen zu und versuchte, dem Gefühl Raum zu geben, um ihm folgen zu können. Allein, es kam nichts.

»Luise?«, holte ihr Gegenüber sie aus ihren Grübeleien. »Was denkst du? Du glaubst doch hoffentlich nicht, dass wir irgendetwas mit der Sache zu tun haben?«

»Wie kommst du darauf?«, fragte sie und sah Robert dabei scharf an.

»Ich weiß nicht. Du hast so ausgesehen. Aber wahrscheinlich gehört das zu deinem Beruf.«

Er lachte, in Luises Ohren klang es allerdings nicht ganz echt. Sie antwortete nicht, beobachtete stattdessen wieder mit nachdenklicher Miene die herumstolzierenden Vögel.

Robert Krauthacker stand auf und sah erneut demonstrativ auf seine Rolex. Er nahm Luises Umhang und wartete höflich, wenn auch auffordernd, bis sie sich von dem Anblick losgerissen hatte und sich ebenfalls erhob, damit er ihn ihr umlegen konnte.

»Tut mir leid, ich kann dir nicht weiterhelfen. Wie gesagt,

mit uns hat das alles sicher nichts zu tun. Selbstverständlich kannst du mich gerne anrufen, wenn du noch etwas brauchst. Aber ich wüsste nicht, was das sein könnte.«

Er lächelte mit sichtbar künstlichem Charme, nahm sie auch diesmal beim Oberarm und begleitete sie bis zum Ausgang.

Der Anblick der Bautafel verschaffte Luise erneut ein Grummeln in den Eingeweiden. Sie schüttelte sich und rannte beinahe über den Parkplatz, um Entfernung zwischen sich und das im Bau befindliche Ungetüm zu legen.

Auf dem Weg zurück in den Ort gelang es ihr glücklicherweise dennoch, das Gehörte in probater Manier einfach in sich absinken zu lassen. Sie genoss den Anblick der herbstlichen Allee, die von der untergehenden Sonne in ihrem Rücken in eine rötliche Sinfonie verwandelt wurde. Immer wieder blieb sie stehen und sah zurück, um den Sonnenuntergang über dem See mit tiefen Atemzügen zu inhalieren.

24

Das Polizeipostenkommando war nahezu verwaist. Wieder einmal hatte sich auf der A4 ein Unfall ereignet. Außer einem Journaldienst und Inspektor Grümpl war niemand anwesend.

Der Inspektor schaute seiner Vorgesetzten überrascht entgegen. »Du warst sogar heut unterwegs? Was gibt es Neues im Geschichtsunterricht?«

Luise ließ sich seufzend in ihren Bürosessel fallen. »An sich wirklich äußerst interessant, was ich alles zu hören kriege. Leider hilft es mir für den Fall halt bisher so gar nicht weiter. Wie es ausschaut, hat jeder in Schilfern ein Motiv gehabt. Weil hinten nichts ist, wie es vorne scheint. Und Berta Echs über alles Bescheid wusste.«

»Also kein Eifersuchtsdrama?« Grümpl wackelte mit den Augenbrauen.

»Ich kann's nicht sagen. Alles ist möglich, wie es so schön heißt.«

»Die Spusi hat den Bericht geschickt. Hilfreiches ist da nicht drinnen. Genau wie wir befürchtet haben. Der Handschuh ist im Labor, um Abgleichungen zu machen, braucht es jedoch die Untersuchung der Rechtsmedizin. Die Auswertung der Fingerabdrücke an den Harken hat uns allerdings einige Kunden aufgezeigt. Auch in Schilfern gibt es polizeibekannte Personen.«

Grümpl grinste. »Ich nehme an, wir werden nicht alle unmittelbar verfolgen, oder?«

»Nein, wie du sagst. Da warten wir, bis Verdachtsmomente auftauchen, um sie zu vergleichen. Raub war es offensichtlich keiner, aber es ist wichtig, die Dinger sichergestellt und ausgewertet zu haben.«

»Einer allerdings ist vielleicht interessant. Richard Ringleitner wurde bereits zweimal wegen übler Raufhändel verurteilt.«

»Und der hatte so ein Harkerl in der Hand?« Luise fuhr elektrisiert in die Höhe.

»Ja. Es könnte allerdings länger her gewesen sein, der Abdruck war mit einigem Schmutz überlagert.«

Luise wackelte ein wenig mit dem Kopf hin und her. »Dass der die Harke wieder dort hinwerfen würde, ist auch eher unlogisch. Dennoch finde ich es nicht uninteressant. Immerhin hat er solche Geräte manchmal in der Hand. Und die Raufereien zeugen von einiger Unbeherrschtheit. Hat Biggie noch irgendetwas herausgefunden?«

»Nein. Sie hat dem Staatsanwalt die Genehmigung zur Überprüfung von Tochter und Enkel abgeluchst, aber für Recherchen ist es schon zu spät gewesen. Das muss sie auf Montag verschieben.«

»So wie es aussieht, werden wir alles auf Montag verschieben. Ich werde noch meine Gedankenprotokolle tippen und mich dann ebenfalls nach Hause begeben. Am Montag fahre ich in die Rechtsmedizin und danach mache ich die nächsten Besuche. Frau Moringer fehlt noch und mit dem Ripp will ich sprechen. Und natürlich jetzt auch mit dem Richard Ringleitner. Aber pressieren tut es mir nicht damit. Davonrennen tut mir da keiner.«

»Hast du überhaupt keinen Verdacht? Dein Bauch? Sagt der noch gar nichts?«, fragte der Kollege, wohlwissend, dass die Intuition seiner Vorgesetzten das wesentlichste Instrument bei ihren Ermittlungen war.

»Nein. Als ich mit Robert Krauthacker gesprochen habe, hat mich irgendetwas kurz verunsichert. Aber das kann auch einfach mit seiner Mutter im Zusammenhang gewesen sein. Die hat mich ein bissl auf dem falschen Fuß erwischt mit ihrer Demenz und dem Alleinleben da in dem großen Haus. Außerdem«, sie unterbrach sich sichtlich schockiert, »du kannst dir nicht vorstellen, was der dort an das Seeufer baut. Einen rundum verglasten Turm. An diesem Platz sieht das aus wie ein verspiegelter Wolkenkratzer, auch wenn es *nur* sechs Stockwerke sind. Also, wenn da alles mit rechten Dingen zugegangen ist, fress ich einen Besen.«

»Kann da ein Motiv drinnen versteckt liegen? Wo die Frau Echs doch so eine Gernausplauderin war. Hätte sie da was darüber wissen können?«

»Keine Ahnung. Woher sollte sie etwas wissen? Auch wenn sie angeblich mit dem Vater vom Bürgermeister ebenfalls ein Verhältnis hatte. Und das ist gar nicht so lange her.«

Grümpls Augen weiteten sich wieder einmal ungläubig und auch der Schluckauf kehrte zurück. »Also, ganz komm ich da noch immer nicht zurande damit«, wisperte er vor sich hin.

»Du musst dich von den Bildern lösen. Nur die Fakten hernehmen. Sonst wird das nichts«, verriet ihm die Pimpernell ihr Konzept. »Es ist so, dass jeder, mit dem ich bisher gesprochen habe, ein Motiv hätte. Andererseits würde ich bisher niemandem die Tat ernsthaft zutrauen. Die alten Frauen? Der Meier? Oder wirklich Robert? Der ist ein schicker, gediegener Geschäftsmann. Dass der auf dem

Friedhof einer alten Frau mit einem Gartenharkerl auf den Kopf klopft, wirkt beinahe grotesk. Und doch war es genau das, worauf er mich selber aufmerksam gemacht hat.«

Sie zog die Schultern hoch.

»Die Frauen wiederum sind alle so locker, wirken nahezu erleichtert. Auf jeden Fall nicht überrascht. Wenn ich mir überlege, dass ich eine alte Frau bin, jeden Tag mehrfach auf den Friedhof gehe und dann wird dort eine ebenso alte Frau umgebracht, würde ich denn da nicht ängstlich sein?«

»Könnte es sein, dass sich mehrere zusammengetan haben?«

»Hm. Das wären die Murgitsch und die Radacs. Sonst war angeblich niemand auf dem Friedhof. Denn selbst wenn die zwei ihre Komplizin verschweigen würden, Herr Meier würde es nicht. Allerdings scheint mir der kein sehr verlässlicher Zeuge. Der hat eher von den Frauen weggeschaut.« Nachdenklich fixierte sie einen Punkt an der Wand. »Vielleicht war es doch ein ganz anderer. Vielleicht hat sie von jemand ganz anderem etwas gewusst«, sinnierte sie.

»Die Familie hast du vergessen«, warf Grümpl ein.

»Nein, natürlich nicht vergessen. Die Inge verhält sich zwar seltsam, bisher hat sie aber noch am wenigsten ein Motiv. Der Enkel gäbe natürlich schon was her, da er offensichtlich Geld braucht und er von der Großmutter ein Erbe zu erwarten hatte. Alibi hat er auch keins. Mal sehen, was bei der wirtschaftlichen Überprüfung herauskommt. Dann werde ich ihn vorladen und noch einmal Tacheles mit ihm reden. Biggie soll am Montag recherchieren, ob ein Testament besteht.«

»Das hat sie natürlich längst getan. Kennst du deine Superassistentin nicht? Im Testamentsregister ist nichts verzeichnet. Es müsste also ein privates oder handschriftliches sein, wenn es eines gibt.«

Die Frau Oberst zog ihren Laptop heran und öffnete den Ordner für die Gedankenprotokolle.

Grümpl blickte dezent auf die Uhr. »Brauchst du mich noch?«, fragte er, als Luise nicht darauf reagierte, nach kurzem Zögern direkt.

»Nein. Ich schreib das jetzt. Du kannst es irgendwann lesen. Das dauert zu lang, um darauf zu warten. Wie schaut's aus? Kommt ihr morgen zu Nepomuk in den Keller? Meine Freundin Magda stellt bei ihm ihre Bilder aus bei *Keller und Kunst*. Sebastian hilft seinem Vater. Da kommt sicher auch Laura mit Lea kurz vorbei. Die ist schon sehr gewachsen. Und so süß!« Luises Gesicht verklärte sich.

»Gut, dass du mich erinnerst. Gesprochen haben wir davon, die Rosi und ich. Aber jetzt hätte ich es beinahe verschwitzt. Ja, da schauen wir vorbei. Gern.«

»Na, dann bis morgen!«

25

Der Weinbaubetrieb von Nepomuk Pimpernell befand sich an höchst prominenter Stelle in der Hauptstraße, an der Ecke zum Hauptplatz, nicht weit von Aloisia Murgitschs Haus entfernt. Denn auch die Pimpernells gehörten zu den ältesten Familien Schilferns.

Das Anwesen bestand aus zwei Streckgebäuden an einem Mittelhof. Ursprünglich war der Hof keine Halbwirtschaft gewesen, doch Luises Eltern hatten das Nachbargrundstück dazugekauft, nachdem der Betrieb stetig expandieren konnte.

Auf der linken Seite waren die Wohnräume aufgereiht, auf der rechten die betrieblichen. An der Rückseite gab es eine Ausfahrt in der Verlängerung des Betriebs, der Rest wurde als Garten genützt.

Eine doppelflügelige Kellertür befand sich in der Hausmauer der Einfahrt. Heute waren beide Flügel weit geöffnet, um den Gästen von *Keller und Kunst* den direkten Weg zu beidem zu weisen.

Der Keller diente nur mehr als Lager für die abgefüllten Flaschen und Präsentationsräumlichkeit, die Pressarbeiten wurden längst in anderen Betriebsbereichen durchgeführt.

Nach dem Stiegenabgang öffnete sich auf der linken Seite eine langgezogene Kellerröhre. Das ursprüngliche halbrunde Ziegelgewölbe war sorgfältig erhalten und saniert worden.

An den Seitenwänden reihten sich mannshohe, nach vorne offene Ablagekojen aneinander, die ebenfalls aus rohen Ziegeln gemauert waren. Die darin gelagerten Weine wurden durch eine rückseitig installierte Beleuchtung zum Funkeln gebracht, was eine einzigartige Stimmung in dem langgestreckten Raum schuf.

Das Ende des Kellerganges bildete eine Glaswand. Dahinter konnte man große Stahltanks in kahlen weiß getünchten Räumen erkennen, die heute matt erleuchtet wurden. Der Gegensatz zwischen dem historischen Gemäuer und der futuristisch anmutenden Betriebsanlage, die Reflexe der indirekten Beleuchtung und vielen Kerzen, die zum heutigen Anlass brannten, schufen beim Betreten des Kellers einen sofortigen Aha-Effekt.

Einen zweiten boten die großflächigen abstrakten Akte von Magda Mikolacs, der besten Freundin von Luise Pimpernell, bereits von Kindertagen an. Die Farbenpracht und der vitale Ausdruck ihrer Werke, die von einer in der Mitte laufenden Stromschiene aus punktuell zur Geltung gebracht wurden, bildeten zu den Ziegelmauern zusätzlich einen faszinierenden Kontrast.

Unter dem Stiegenabgang und auf die rechte Seite weiterführend war in dem Gewölbe ein Raum für Verkostungen untergebracht worden. Den Blickfang bildete die aus der Hälfte eines alten Eichenfasses gebaute Theke. Ebenfalls aus dunklem Eichenholz glänzte das dahinter an der Wand befestigte hohe Gläserregal. Weinklimaschrank und Gläserspüler wurden raffiniert hinter einem Paravent versteckt, vor dem Schilfgarben aufgestellt waren.

An einem Seitentisch hatte Helga Pimpernell ihre Schmankerln angerichtet: Grammelpogatscherl, Schinkenkrapferl, Käsestangerl und verschiedene kleine Aufstrichbrote.

Im ganzen Keller waren hohe Stehtische aufgestellt, an

denen sich bereits einige Menschen dem Genuss hingaben, als Luise am späten Nachmittag eintraf.

Zur Feier des Tages hatte sie ihren alten Jägerhut gegen einen Turban in Regenbogenfarben ausgetauscht. Das gute Stück war aus Wollresten gehäkelt, die von der Arbeit an dem langen Schal übrig geblieben waren, der von ihrem Hals bis zum knöcheltiefen Saum ihres braun-orange-karierten Rockes baumelte. Dazu trug sie eine weit über die Hüften fallende, ärmellose Weste in strahlendem Lila über einer ihrer geliebten rosa Rüschenblusen.

Bevor Luise noch ihre Familie begrüßen konnte, segelte Magda auf sie zu und jeder erkannte sofort die Schwester im Geiste. In Alter und Statur ähnlich, trug sie ein langes, lose fallendes Gewand, das aussah, als hätte sie sich einfach in Tücher gehüllt. Ihre künstlerische Tätigkeit erstreckte sich auch auf das Batiken farbenfroher Stoffe, aus denen sie für sich gerne solch höchst unkonventionelle Kleidungsstücke anfertigte. Es hatte keine Absprache zwischen den Freundinnen stattgefunden, dennoch thronte auf dem Kopf der Künstlerin als sichtbares Zeichen besonderer geistiger Übereinstimmung ebenfalls ein Turban.

»Hast du dich verschlafen?«, neckte Magda die Freundin.

»Beinahe. Es war zu gemütlich in meinem Fauteuil. Ich hab den nicht gern verlassen, das kannst du mir glauben. Nur dir zuliebe.«

»Und weil du den jungen Wein kosten willst, gib's zu.«

»Durchschaut! Also halt mich nicht auf. Ich muss schauen, dass ich meinem Herrn Bruder ein Glas abschmeichle. Sonst kann ich mir deine Nackerten nicht zu Gemüte führen.«

»Kriegst ein trockenes Munderl bei den netten Herren, die

ich diesmal dazu aufgehängt hab, gell?«

»Was sagt denn der György dazu, wenn du da so mit den Zumpferln experimentierst?«, fragte Luise nach einem ersten Blick auf die Wände, während sie sich auf den Weg zur Theke machte.

»Abstrakt. Höchst abstrakt, man könnt auch sagen realitätsfern, sagt er immer.« Die Malerin zwinkerte anzüglich.

»Oh, die Tante Strickluisl. Hast dich heute aber wieder fesch gemacht.« Ein Küsschen ihres Neffen Sebastian streifte Luises Wange, was sie sofort selig grinsen ließ.

»Wie ich dich kenne, suchst du was zum Trinken«, stellte er mit einem Blick auf ihre leeren Hände fest.

Er begab sich hinter die Theke, nahm ein Glas aus dem Regal und griff nach einer Flasche. »Bouvier. Ganz frisch fürs Tantchen.« Sein Blick ging zu Magda weiter. »Du auch?«, fragte er und schwang mit der Flasche in ihre Richtung. Sie hielt ihm sofort ihr leeres Glas hin.

»Kann doch die Luise nicht allein trinken lassen. Und den habe ich noch gar nicht gekostet.«

Er schenkte sich ein Fingerbreit Wein in sein Glas, schlenkerte ein wenig damit herum und prostete den Damen zu.

»Dann wollen wir einmal schauen, was dein Vater da so zusammengepanscht hat heuer«, sagte Luise und drehte das Stielglas am Fuß ein paar Mal im Kreis, bevor sie einen tiefen Schluck nahm und ihn auf der Zunge hin und her rollte. »Ein richtiger Bouvier. Frühreifes Bürschchen, doch angenehm süffig, kann man gar nicht matschkern«, konstatierte sie anschließend.

»Da bin ich aber froh, wenn meine gestrenge Frau

Schwester zufrieden ist«, erklang eine tiefe Stimme hinter ihr und die Hand ihres Bruders tätschelte begrüßend ihre Schulter.

»Ich muss das Gschlader ja das ganze Jahr trinken, also bin ich schon sehr froh, wenn es genießbar ist.«

Die Eltern hatten ihr Erbe vorsorglich aufgeteilt. Den bestens eingeführten und über die Grenzen des Burgenlandes hinaus bekannten Weinbau- und -handelsbetrieb *Nepomuk Pimpernell* hatte der älteste Sohn noch zu ihren Lebzeiten übernommen. Selbstverständlich war er umsichtiger Weise auf den dazugehörigen Namen getauft worden. Wie sein erster Sohn, der diesen Namen bereits in der x-ten Generation ebenfalls trug. Der Heurigenbetrieb mit den dafür benötigten Weingärten war das Erbe des jüngeren Bruders Albert gewesen. Doch auch Luise hatte von ihren Eltern ein paar Rieden vererbt bekommen, die sie ihrem Bruder Nepomuk zur Verfügung stellte, von dem sie sich lediglich Weine für ihren persönlichen Bedarf holte.

»Aber jetzt bin ich ja nicht mehr abhängig von dir. Mit einem Keller voller Emser-Wein muss ich nicht mehr gute Miene zum sauren Spiel machen.« Sprach's, trank ihr Glas leer und schnalzte anschließend genüsslich mit dem Gaumen, bevor sie es dem Neffen erneut hinhielt.

Sie ließ sich noch vom älteren Neffen küssen, begrüßte ihre Schwägerin und machte anschließend mit der Freundin die Runde, um deren Bilder zu begutachten und ihren Senf dazu abzugeben. Sie war allerdings eine große Bewunderin von Magdas Malerei. Der Senf war demnach nicht scharf, sondern höchstens ein bisschen liebevoll spöttelnd gewürzt.

An einem der Tische entdeckte Luise Alois Riemberger

und einige der Männer, die sie immer im Emser-Keller traf. Erst als sie schon ziemlich nahe war und auch die anderen sie bereits gesehen hatten, bemerkte sie, dass von gegenüber der Bürgermeister, mit dem Pfarrer im Schlepptau, an den Tisch trat.

»Ah, Luise!«, rief Rudi Weisz, und obwohl er genau wusste, dass man sie privat besser nicht auf ihre Fälle ansprach und zu erwarten war, dass sie ihn deshalb einigermaßen abkanzeln würde, konnte er es sich nicht verkneifen, anzuhängen: »Was ist? Hast die Meuchelgespenster auf dem Friedhof schon eingefangen?«

Als er daraufhin ein sehr weinseliges lautes Lachen losließ, sah sogar der Pfarrer etwas pikiert aus seinem Habitus.

»Wo warst du eigentlich an dem Tag in der Früh zwischen sieben und acht Uhr?«, fragte Luise den Ortsvorsteher.

Dem quollen beinahe die Augen aus dem Kopf. »Was soll das denn? Du verdächtigst doch nicht etwa mich?«

»Ich verdächtige niemanden, ich ermittle. Und wenn du glaubst, dass ich sogar hier ermitteln sollte, dann muss ich dir diese Frage stellen. Immerhin warst du überraschend schnell vor Ort.«

»Spinnst du? Da waren schon zig alte Weiber vor dem Friedhof, als ich ankam.«

»Na und? Was beweist das? Sicher nicht, dass du nicht vorher bereits dort warst. Und immerhin hättest du ein Motiv.«

»Iiich?«

»Ich will hier nicht viel darüber sagen, aber denke nur an deinen Vater. Und von deinen Geschäften wird die Berta sicher auch einiges gewusst haben.«

»Meinen Geschäften«, pfauchte er. »Was soll das schon wieder heißen! Über meine Amtsgeschäfte kann jeder Bescheid wissen.«

»Über die daneben auch? Zum Beispiel, den wunderbaren Seeturm betreffend. Oder warum du die Bäume auf dem Friedhof um teures Geld von deinem Kumpel umsägen lässt und ein Klo dort baust, dass dann zugesperrt ist?«

»Aber ... aber ... «, stotterte Rudi Weisz. »So ein Blödsinn. Du pflanzst mich ja nur ...« Er lachte wieder laut und sah dabei unsicher in die Runde.

Die alten Herren grinsten spöttisch und Magda zwickte Luise in den Hintern, wie sie seit Schultagen ihre Zustimmung einander gegenüber ausdrückten, wo sie oft nebeneinander standen und gerade nichts sagen konnten.

»Mord auf dem Friedhof in der Früh, verlangt ein gutes Alibi.« Der Pfarrer rettete seinen Freund mit einem seiner jede Situation bereinigenden Reime, weil es danach regelmäßig allen Anwesenden die Sprache verschlug.

»Schau mal«, Magdas schmerzvoller Blick in Anbetracht des Geäußerten wechselte zu einem Augenblinzeln, das durch ihre Kurzsichtigkeit hervorgerufen wurde. »Ich glaube, das ist dein kleiner Inspektor, der da gerade die Stiege herunterkommt.«

Tatsächlich trafen Roman Grümpl und seine Frau Rosi ein und Luise verließ aufatmend die Runde um den Bürgermeister.

»Wenn den Pfarrer einmal einer umbringt, brauche ich jedenfalls nicht nach einem Motiv suchen«, stöhnte sie dabei.

Wie versprochen, kam später noch ihre Großnichte Lea am Arm ihrer Mutter zu einem Kurzbesuch und wurde an die sofort zerfließende Großtante weitergereicht. Auch das kleine Mädchen begann augenblicklich beim Anblick der bunten Pracht und dem vertrauten Kräuterduft ihrer Anbeterin über das ganze Gesicht zu grinsen. Luise hatte die Knirpsin ein paar Tage nicht gesehen, aber sie war schon wieder gewachsen, wie die verliebte Tante jedem in ihrer Umgebung mitteilte, ob er es hören wollte oder nicht. Die Brabbellaute, die Lea von sich gab, übersetzte sie simultan, weil sie selbstverständlich die Einzige war, die jedes Wort verstand.

Etwas später, als der Starbesuch sich bereits wieder auf dem Heimweg befand, hatte sich um Magda und Luise an einem der Stehtische eine lustige Runde aus Familie, Malerfreunden und Weingenießern gebildet.

Als Luise sich von ihren Freunden löste, schenkte dem unmittelbar niemand Beachtung, doch als sie zurückkehrte, brachte sie Kurt Lederer mit, den sie beim Herabkommen der Stiege entdeckt und abgeholt hatte.

»Schau einmal, Magda, wen ich dir da bringe«, überrumpelte sie nun die Freundin.

Diese blieb einen Augenblick sprachlos, kniff die Augen zusammen und erst nach Sekunden glitt Erkennen über ihre Züge. »Kurt?«, rief sie und fiel dem Mann lachend einfach um den Hals. »Wenn das keine Überraschung ist! Wie lange haben wir uns nicht gesehen? Dreißig Jahre, oder? Ich freue mich scheckig!«

Auch die Familie Pimpernell begrüßte den Ankömmling wie einen verlorenen Sohn.

Luise stand grinsend wie ein frisch lackiertes Hutschpferd daneben und Roman Grümpl wechselte einen Blick mit seiner Frau. Er kannte den Bio-Weinbauer von den Ermittlungen im

Emser-Fall. Dass derartige private Beziehungen bestanden, hatte er nicht gewusst. Die Verblüffung war jedoch aus einem anderen Grunde so groß, denn dermaßen strahlend hatte er seine Chefin eigentlich nur vorher gesehen, als Lea hier war.

26

Als Roman Grümpl und Luise Pimpernell am Montagmorgen auf dem Dienstposten eintrafen, zeigten sie sich von ihrem doch ziemlich feuchtfröhlichen Treiben am Samstagabend ausreichend erholt.

Luise erledigte einige Telefonate und machte sich anschließend auf den Weg nach Wien in die Rechtsmedizin.

»Die äußere Beschau der Toten hat außer den Verletzungen am Kopf keine Besonderheiten ergeben. Unter den Fingernägeln gab es ein wenig Erdreich, aber das scheint logisch, wenn die Frau auf dem Grab gearbeitet hat«, informierte Dr. Mussil die Frau Oberst im Beisein des laut Vorschrift nötigen zweiten Sachverständigen und eines Polizeifotografen.

Als der Pathologe zum Schnitt für die Öffnung des Brustkorbes ansetzte, zog sich die Pimpernell in sein Büro hinter der großen Glasscheibe zurück. Ihre Anwesenheit genügte auch auf diese Weise.

Sie hatte die Genehmigung des Doktors, sich von seinem Computer aus in den Akt einzuloggen und so stimmte sie sich auf die neue Arbeitswoche durch Lesen der Gedankenprotokolle ihrer bisherigen Besuche ein. Immer wieder schüttelte sie den Kopf. Es gab keine wirklichen Anhaltspunkte. Für den Augenblick schien ihr unklar, woher sie welche erhalten könnte. Es blieb ihr nichts anderes übrig, als weiterzumachen wie immer und zu hoffen, dass sie den entscheidenden Hinweis erst bekommen würde. Bisher war er offensichtlich noch nicht gegeben worden.

Dr. Mussil kam in sein Büro, ließ sich auf einen Sessel fallen und zündete sich eine Zigarette an, obwohl selbstverständlich ein großes Rauchverbot-Schild an der Tür prangte. »Wie angedeutet, ertrunken ist die Frau nicht. Sie ist am plötzlichen Herztod gestorben.«

Luise fuhr in die Höhe. »Heißt das, sie ist gar nicht ermordet worden?«

»Ermordet im juristischen Sinn nicht. Jedoch ist ihr Tod mit Sicherheit aufgrund der vorhergegangenen Tat eingetreten, demnach handelt es sich um einen Anschlag mit Todesfolge. Der Hieb auf den Kopf war nämlich stark genug, dass sie vielleicht kurz benebelt war. Sie hat nur minimal Wasser in der Lunge, dürfte also dadurch in das Becken gekippt sein und danach hat sie der Herzschlag getroffen.«

Aha, das waren Spitzfindigkeiten, mit denen sich der Staatsanwalt, beziehungsweise das Gericht, auseinandersetzen würde müssen. Für Luise Pimpernell änderte der Tathergang an sich nichts.

»Haben Sie eine Tatwaffe für den Schlag gefunden?«, fragte Dr. Mussil.

»Nein. Aber es ist offensichtlich, dass es sich dabei um eine kleine Gartenharke handeln dürfte. Oder sehen Sie das anders?«

»Nein, nein. Ich sehe es genauso. Ich fragte nur, ob wir das Werkzeug überprüfen könnten.«

»Was wir allerdings möglicherweise haben, ist ein Handschuh mit dem Blut der Toten. Diese Bestimmung erwarten wir also dringend, bitte.«

»Das geht in Ordnung. Sie sind mir so entgegen gekommen. Jetzt geht es schnell. Und es ist ja sonst nicht viel zu tun für uns in diesem Fall.«

»Können Sie die Leiche für das Begräbnis bereits freigeben?«

»An sich schon. Ich wüsste nicht, woher neue brauchbare Erkenntnisse an der Leiche auftreten sollten. Die Frau war altersadäquat gesund, es gibt keinen Hinweis auf zusätzliche Verletzungen. Von meiner Seite kein Einwand, wenn Sie nicht noch zuwarten wollen wegen der Tatwaffe.«

Luise nickte. Ein oder zwei Tage würde sie das sicher tun. »Wenn ich bis Mittwoch nicht auf einen grünen Zweig komme, werde ich vom Staatsanwalt die Zustimmung zum Begräbnis einholen. Das dauert dann eh noch ein paar Tage, bis es stattfindet.«

Die Ermittlerin verabschiedete sich herzlich von dem Rechtsmediziner, mit dem sie seit vielen Jahren auf höchst angenehme Weise zusammenarbeitete. Die Obduktion war relativ schnell erledigt gewesen. Deshalb entschloss sie sich, bevor sie wieder zurückfuhr, einen Abstecher zu Lena Rotwald zu machen, die in der Nähe ihr kleines Papiergeschäft betrieb.

Sie hatte die Freundin seit dem Sommer nicht mehr gesehen und die Gelegenheit für einen kurzen Zwischenbesuch war immer günstig, wenn Luise in der Rechtsmedizin zu tun hatte. Und sie besaß doch neue Fotos von Lea, die sie ihr nur zu gerne zeigen wollte.

27

Wieder in Neusiedl angekommen, gönnte Luise sich einen Imbiss bei Riki in dem winzigen Bistro auf dem Hauptplatz. Für schnelle Mahlzeiten war dies ihr Lieblingslokal. Es gab nicht viele Gerichte, aber immer alles frisch und nach Rezepten aus der Region, sowie köstliche Mehlspeisen zum wirklich erstklassigen Kaffee. Darüber hinaus plauderte sie gern mit der jungen Frau, von der sie manchmal das Eine oder Andere erfahren konnte.

An der Theke lehnten die üblichen Achterltrinker. Luise war selbst einem guten Glas Wein nie abgeneigt, aber diese Untertagsdauertrinker, die waren ihr suspekt. Es war keineswegs so, dass dies vielleicht nur Arbeitslose oder Pensionisten waren. Nein. Genauso schauten die Geschäftsleute der Umgebung öfter mal zwischendurch vorbei und gossen sich ihre so niedlich klingenden *Achterln* hinter die Binde.

Luise Pimpernell ließ sich von den Anwesenden die Laune nicht verderben, zwängte sich an ihnen vorbei in den angrenzenden Nichtraucherraum und freute sich auf das Tagesangebot: Kürbiscremesuppe mit Schwarzbrotcroutons. Sie wurde nicht enttäuscht. Die Suppe war vorzüglich und reichte als Mahlzeit vollkommen aus.

Da nicht anzunehmen war, dass Riki etwas über die alten Damen in Schilfern wissen würde, konnte sich Luise genüsslich dem Essen zuwenden. Gedanken an ihren Fall verschob sie auf danach, wie sie diese Trennung eben gerne vornahm.

Anschließend entschied sie sich, als Erstes bei Peter Ripp vorbeizuschauen. Sie erwartete, dass sie für die Unterredung mit ihm nicht sehr viel Zeit benötigen würde. In Folge plante sie den Besuch bei Irma Moringer. Das könnte wieder ein längeres Gespräch werden.

Sie hatte allerdings nicht mit den Gewohnheiten älterer Herrschaften gerechnet. Als Frau Ripp die Tür öffnete und Luise sie nach ihrem Mann fragte, musste sie erfahren, dass dieser ein Mittagsschläfchen hielt. Ein Aufwecken des alten Herrn schien ihr nicht angebracht und so fuhr sie zum Haus der Moringers und hoffte, das Ehepaar nicht ebenfalls bei einer Siesta zu stören.

Auch die Moringers wohnten in keinem umgebauten Hof, sondern in einem großen Haus, das sich auf einem Grundstück befand, welches an seiner Südseite mit dem Schilfsaum des Sees abschloss. Noble Liegenschaften waren dies hier. Aber Hans Moringer gehörte ja einstmals zu den Bonzen des Ortes.

In der Zeit, als sich Schilfern vom Bauerndorf zum Arbeiterdorf wandelte und die große Landflucht begann, oder zumindest viele Bewohner nach Wien auspendelten, hatte der junge Mann die Idee, sich dem Bootsbau zuzuwenden. Vorher lediglich Gelegenheits-Hilfsarbeiter und Nebenerwerbs-Weinbauer, jedoch begeisterter Segler, wenn auch damals selbstverständlich noch auf einfachstem Gerät, absolvierte er, bereits als Erwachsener, eine Lehre. Anschließend verkaufte er sein bescheidenes Erbe von Weingärten und eröffnete auf einem billigen Grundstück, damals an einem vom Dorfkern noch ziemlich entfernten Rande des Ortes, eine kleine Werkstatt.

Es folgten Jahre, in denen der Wohlstand rasch wuchs. Die Bewohner der nahen Bundeshauptstadt entdeckten den Neusiedlersee als das Meer der Wiener und bescherten dem Seewinkel eine tolle Aufwertung als touristische Destination. Hans Moringer konnte an diesem Kuchen wunderbar mitnaschen. Sein Bootsbaubetrieb florierte, denn das Segeln wurde zum elitären Freizeitvergnügen und er erweiterte die Dienstleistungen auf die Betreuung der Boote der Saisongäste. Nach kurzer Zeit benötigte er einen Platz, um Winterquartiere für die Yachten seiner Kunden schaffen zu können. Es war ein logischer Schritt gewesen, dass sein Freund Krauthacker für einen entsprechenden Standort neben seinem anwachsenden Hotel sorgte.

Segelschule, Yachthafen und später Yachtclub erweiterten an dieser Stelle das perfekte Angebot für die Sommergäste.

Der wirtschaftliche Aufstieg der beiden Freunde gehörte zu den größten Erfolgsgeschichten in der Region und sie genossen weit über Schilfern hinaus hohes Ansehen.

Das Haus der Moringers strahlte eine Gediegenheit aus, die ein wenig protzig wirkte. An der Frontseite hielten zwei runde Säulen einen Balkon im ersten Stock. Breite Stufen zur Eingangstür hinauf erweckten den Eindruck eines herrschaftlichen Gebäudes.

Die Frau, die auf das Klingeln an der dunkelgrün lackierten Doppeltür mit den kleinen Glasfenstern erschien, passte nicht recht zu dem imposanten Gebäude. Sie war groß und knochig, hatte einen grauen Dutt im Nacken und trug über einer grauen Weste die obligate Kittelschürze. Ihre hageren Gesichtszüge trugen einen Ausdruck von Schmerz, aber auch etwas wie Abwesenheit.

Sie blinzelte und sagte dann förmlich: »Sie sind die Pimpernell-Tochter, die Polizistin, oder?«

Luise nickte überrascht. Es kam nicht oft vor, dass jemand von den alten Leuten im Ort sie siezte. Wenn sie mit Frau Moringer auch keine engeren Kontakte verbanden, so kannte die Frau sie doch ebenfalls von Kind auf.

»Darf ich Ihnen ein paar Fragen stellen, bitte«, bat sie höflich. »Es geht um den Tod der Frau Echs.«

Irma Moringer zauderte ein wenig, bevor sie seufzend nickte und Luise in einen großen Vorraum eintreten ließ, von dem einige Türen abgingen.

Die breitgezogene Diele war spärlich möbliert. Außer einer Kleiderablage aus massivem Messing befanden sich nur zwei pompöse Lehnsessel in den der Eingangstür gegenüberliegenden Ecken. An den Wänden hingen Lithographien von alten Schiffen. Beherrscht wurde der Raum jedoch von einem riesigen, wunderschönen Teppich auf dem glänzenden, hellgefliesten Boden. Luise verstand nichts davon, aber sie vermutete, dass es sich um einen Perser handelte, auf jeden Fall war es ein Orientteppich von unglaublicher Farbintensität.

Die Hausfrau steuerte auf eine offene Tür zu, die in einen kleinen Raum führte, der ein persönliches Wohnzimmer von Frau Moringer zu sein schien und absolut nicht zu dem pompösen Entree passte.

Das Zimmerchen wirkte vollgestopft, wenn auch mit zugegebenermaßen einigen sehr schönen Antiquitäten. An den Wänden befanden sich Ölbilder mit schwülstigen Landschaften. Über eine Sitzgarnitur waren Decken zur Schonung gebreitet.

Die alte Dame hatte anscheinend an einem kleinen quadratischen Tisch gesessen, in dessen Mitte ein silbernes Kruzifix stand. Ein aufgeschlagenes Büchlein lag davor, daneben brannte eine Grabkerze und noch einmal daneben stand ein Bild, das in Sepiatönen ein junges Mädchen in einem weißen Kleid zeigte, das plumpe hohe Schuhe und dunkle Kniestrümpfe trug. In der Hand hielt es eine Kommunionskerze.

Auf einem kleinen Kästchen nahe am Fenster waren einige weitere alte Fotografien aufgereiht. Die Ermittlerin blieb kurz stehen und betrachtete die Aufnahmen. Das Hochzeitsfoto zeigte einen strahlenden Bräutigam und eine sehr hübsche Braut, die allerdings bereits damals diesen leicht abwesenden Zug im Gesicht hatte. Und wie Frau Ripp gesagt hatte, der Bräutigam erinnerte ungemein an Richard Ringleitner. Etwas weiter hinten stand noch ein Bild, das dem auf dem Tisch sehr ähnelte, außer, dass das Mädchen weiße Halbschuhe trug. Daneben war offensichtlich die Lücke, wo das Gegenstück gestanden hatte.

Als Luise sich an den Tisch setzte, erkannte sie, dass es sich um ein Gebetbuch handelte, das dort geöffnet lag. Sie betrachtete das alte Foto mit zusammengezogenen Augen. War das Frau Moringer? Als sie zu ihr hochsah, um eventuelle Ähnlichkeit zu erkennen, entdeckte sie in deren Zügen einen Ausdruck von solchem Schmerz, dass sie erschrocken die Augen niederschlug. Sie fühlte sich wie eine Voyeurin, die in viel zu Intimes tauchte.

Sie suchte nach Worten. Die alte Frau saß ihr mit im Schoß gefalteten Händen stumm gegenüber und blickte sie unverwandt an.

»Wie gesagt, es ... äh ... geht um den Tod von Frau Echs. Sie haben sicher davon erfahren, dass sie auf dem Friedhof überfallen wurde?«, begann Luise zögernd das Gespräch.

»Ich bete für sie.« Die Antwort kam leise und mit vollkommen ausdrucksloser Stimme.

»Ach, ist das Frau Echs auf dem Foto?«, rief Luise und griff danach.

Ein Ruck ging durch Frau Moringer, für einen Moment sah es aus, als wollte sie ihrer Besucherin auf die Finger schlagen. »Ja, das ist die Berta. Bei der Kommunion. Meine Eltern haben von uns Bilder machen lassen damals.«

»Sie waren sehr gut mit ihr befreundet, habe ich gehört.«

»Haben Sie gehört.« Irma Moringer nickte beinahe unmerklich.

Luise wartete, doch die Frau sprach nicht weiter.

»Äh ... Ja, Sie sollen als Mädchen unzertrennlich gewesen sein.«

»Wir hatten keinen Kontakt mehr«, informierte die Frau lakonisch.

»Ist etwas zwischen Ihnen passiert?« Luise hatte sich lange nicht mehr bei einer Befragung derart unwohl gefühlt. Dagegen war sogar das Gespräch mit Frau Krauthacker geschmeidige Konversation gewesen.

Der Blick von Frau Moringer senkte sich auf das Gebetbuch. »Sie hat nicht mehr mit mir geredet«, flüsterte sie. »Hat mich einfach allein gelassen. Ich bete für sie.«

»Aber Sie haben einander doch in den letzten Jahren öfter mal wo getroffen. Mit den anderen Damen zusammen. Oder bei sonstigen Anlässen.«

»Sie hat mich nicht gesehen. Auch wenn ich neben ihr

gestanden bin.«

»Wissen Sie, warum das so war?«

Frau Irma blickte starr auf das Foto, die Frage ließ sie unbeantwortet im Raum stehen.

»Äh ... Wann haben Sie Frau Echs denn zum letzten Mal gesehen?«

»Beim Begräbnis vom Pepi. Sie hat mich nicht gesehen.«

»Waren Sie zu Allerheiligen auf dem Friedhof?«

»Natürlich. Am Nachmittag. Vormittag durfte man nicht.«

»In der Früh waren Sie nicht?«

»Nein. Ich gehe nie in der Früh.«

»Haben Sie eine eigene Tasche für den Friedhof?«

»Ja.«

»Darf ich die bitte sehen?«

Frau Moringer stand wortlos auf und ging zu einem wunderschönen Schrank mit geschliffenen Glasscheiben im Aufsatz, der Luises Aufmerksamkeit bereits beim Betreten des Zimmerchens gefesselt hatte. Aus dem Unterbau holte sie eine schmale, abgewetzte Strohtasche und stellte sie davor auf den Boden.

Luise hob sie auf und trug sie zu dem Sessel, auf dem sie gesessen hatte.

Die Durchsicht ergab das Übliche. Ein paar Grablichter, Streichhölzer und die nötigen Kleinwerkzeuge.

»Tragen Sie Handschuhe bei der Grabpflege?«, folgte die nächste Routinefrage.

»Nein. Brauch ich nicht.«

»Frau Moringer, wann kann ich denn Ihren Mann erreichen?«

»Der ist drüben in seinem Zimmer«, war die doch etwas

verblüffende Antwort.

»Kann ich ihn sprechen oder schläft er?«

»Nein, der schläft nicht.«

»Ja, dann bitte.«

Die Hausfrau ging vor der Besucherin auf die andere Seite des Vorraums und öffnete wortlos eine Tür.

»Auf Wiedersehen«, sagte sie noch, drehte sich um und ließ die Beamtin einfach da stehen.

Luise sah ihr perplex nach, dann klopfte sie laut an die offene Tür und trat ein paar Schritte in den Raum.

Ein mittelgroßer Mann mit schütterem weißen Haar kam ihr bereits entgegen. Er hatte eine leicht gebückte Haltung und erweckte dadurch den Eindruck, dass er kleiner war als seine Frau.

»Ah Luise!«, sagte er und die war froh, dass er nicht ebenso förmlich mit ihr umging wie seine Gattin.

Der Raum war mindestens doppelt so groß als das Zimmer von Frau Moringer, auch hier gab es einzelne antike Möbelstücke und einen Teppich wie aus tausendundeiner Nacht. Doch den absoluten Blickpunkt bildete ein Prachtstück von einem Schreibtisch in der Mitte. An den Wänden gab es unzählige Fotos von Booten und Schiffen. In einem Bücherschrank entdeckte Luise neben den erwarteten Werken über Nautik jede Menge Bildbände und Fachliteratur für den Bereich Antiquitäten. Auch Bücher über Teppiche fanden sich hier, was sie in der Zwischenzeit nicht mehr überraschte.

Der kleine alte Mann mit dem schleppenden Schritt wies Luise zu einem Kanapee, das auf einer Seite des Schreibtisches stand. »Magst was trinken?« Er deutete auf einen Servierwagen, auf dem etliche Flaschen mit erstklassigen Spirituosen standen.

»Nein danke! Ich bin im Dienst.«

»Ach ja. Eh klar.« Er zwinkerte.

Luise war der Umgang mit alten Herren aus dem Emser-Keller vertraut. Auch hier trat sofort der von dort wohlbekannte spürbare Anflug von Schäkerei auf.

»Ich sag dir's gleich: Ich hab die Berta nicht wollen. Sie hat mir mein Leben versaut«, wurde Herr Moringer jedoch plötzlich ernst.

Luise spitzte die Lippen. Und die Ohren.

»Sie hat meiner Irma das Herz gebrochen. Das habe ich ihr nie verziehen.«

»Aber wieso? So viel ich weiß, gab es ein schlimmes Erlebnis in der Jugend Ihrer Frau. Was konnte Albertine Echs dafür?«

Herrn Moringers Augen verengten sich zu Schlitzen, der Blick, der darin aufblitzte, war höchst konzentriert.

»Wieso weißt du das?«

»Ich bin Kriminalbeamtin. Es ist mein Beruf, solche Sachen in Erfahrung zu bringen.«

»Hat sie es doch noch wahrgemacht und geplaudert«, zischte der Mann und biss sich auf die Lippen. Er ballte die Hände zu Fäusten und starrte vor sich auf den Fußboden. Dann holte er tief Luft. »Ich war in der Zeit vor Kriegsende und auch noch danach beim Arbeitsdienst in Oberösterreich. Hab die Irma selten gesehen. Als ich zurückkam, war sie ein in sich gekehrtes stilles Mädchen. Sie war fesch, hat mir gut gefallen, dann bin ich nach Kärnten in die Lehre zum Bootsbauer. Nur hin und wieder nach Hause gekommen. Sie war halt sehr ruhig, doch ich war so voller Pläne und mir hat gefallen, dass sie so gut zugehört hat. Sie fand das alles nicht blöd, was ich vorhatte und hat sogar selber die eine oder andere Idee eingebracht. Ich war der glücklichste Mann, als wir heirateten. Dann ...« Er unterbrach sich und sein Gesicht bekam einen bitteren Zug. »Dann ... musste sie es mir erzählen.«

Er stand auf, ging zu dem Barwagen und schenkte sich ein Glas Kognak ein. »Willst nicht doch einen Schluck?«, wandte er sich mit der Flasche in der Hand an Luise.

Als sie den Kopf schüttelte, setzte er sich und schwenkte sein Glas in beiden Handflächen vor sich hin und her. »Das Erlebnis an sich hat sie selbstverständlich schwer gezeichnet. Aber das Schlimmste für sie blieb immer, dass sich die Berta von ihr abgewandt hatte. Sie war für meine Frau wie eine Schwester gewesen. Die Berta war ja aus einem ganz armen Haus. Bei der Irma war es immerhin ein bissl besser. Ihre Eltern haben die Berta oft mitversorgt. Die Mädel waren gleich alt, gleich groß, sahen einander sogar ähnlich, beide blond, mit großen Augen. Die Berta trug auch immer Kleider von der Irmi. Sie waren ein Herz und eine Seele.« Hans Moringer machte eine kurze gedankenvolle Pause. »Als die Irma damals nach Hause gekommen ist, war das natürlich für alle ein Riesenschock. Sie wurde zwar versorgt, nur gesprochen wurde nie mehr darüber. Die Irma hätte aber dringend jemanden gebraucht, mit dem sie reden hätte können. Doch die Berta hat sie beschimpft, als sie zu ihr gekommen ist. Weil sie sich so gehen ließ, wie sie sagte. Hat sie rausgeschmissen. Die Irma ist bis heute nicht darüber hinweggekommen.«

Der alte Herr nahm einen großen Schluck aus seinem Kognakschwenker.

»Die erste Zeit unserer Ehe ging alles noch einigermaßen gut. Die Irma hatte Freude am Aufbau unseres Geschäftes und wünschte sich ein Kind. Aber wir bekamen keins. Das war der nächste Knackpunkt. Sie wurde fortwährend krank und ihre Stille wandelte sich zur ständigen Schwermütigkeit. Sie lief dauernd in die Kirche und auch zu Hause begann das große Beten. Und die Berta übersah sie überall geflissentlich, stichelte jedoch dauernd in Irmas Gegenwart. Über ihre Kinderlosigkeit, über unseren wirtschaftlichen Aufschwung, dass da sicher nicht alles mit rechten Dingen zuginge und so. Der war der Berta nämlich überdies ein Dorn im Auge. Und natürlich, dass wir mit den Krauthackers so gut befreundet waren. Denn den Pepi, den hätt sie halt so gern eingezogen. Aber der hat ihr was gepfiffen. Es war sehr schwer für mich mit anzusehen, wie das Leben meiner Frau sich nur um das drehte, was die Berta zuließ.« Er kniff den Mund zusammen und zuckte mit den Achseln. »Ich hab mich halt in die Arbeit gestürzt. Denn glaub mir, manchmal hab ich's zu Hause einfach nicht ausgehalten. Für das war's gut. Aber sonst ... Ein seltsames Leben haben wir gehabt.«

»Ich habe auch gehört, dass sich die Frau Echs in der letzten Zeit vermehrt über Ihre Ähnlichkeit mit Richard Ringleitner ausgelassen hat«, ließ Luise einen weiteren Ballon steigen.

»Hast du gehört. So, so.« Herrn Moringers Blick bekam etwas Lauerndes, das von dem einen zum anderen Augenblick in totale Kälte abglitt. »Die alte Hexe«, zischte er. »Statt vor ihrer eigenen Tür zu kehren, hat sie die Nase immer in Sachen gesteckt, die sie absolut nichts angingen. Und wieder hat sie nur die Irma treffen wollen. Aber wenigstens damit ist es ihr nicht gelungen.« Herr Moringer begann plötzlich spöttisch zu grinsen. »Die Großmutter mütterlicherseits von der Hilda war eine geborene Moringer. Und wenn du dir den Onkel vom Richard anschaust, so schaut er dem noch mehr ähnlich als mir.«

Luise musste ebenfalls schmunzeln. Selbst wenn damit absolut nicht abgeklärt war, ob nun eine direkte Familienbande zwischen Richard und Herrn Moringer bestand. Dies war allerdings für ihren Fall nicht mehr relevant, weil dadurch ein mögliches Motiv weitgehend entschärft wurde.

»Wie gesagt, die Sticheleien haben immer der Irma gegolten. Kaum ist sie wo aufgetaucht, hat die Alte sofort von Kindern und Enkeln geredet, oder dass der Richard spezielle Gene haben muss, dass er das Geschäft so gut weiterführen kann, oder lauter so einen Schas. Manchmal hab ich sie wo abgepasst und ihr ein bissl meine Meinung gegeigt. Das hat einige Zeit gehalten. Aber die Intervalle wurden immer kürzer, je älter die Fuchtel geworden ist.«

»Wann haben Sie sie zuletzt zurechtgestutzt?« Das interessierte Luise Pimpernell natürlich sehr.

Herr Moringer sah geflissentlich auf den in seiner Hand schwingenden Kognak. »Das war ... vorigen Montag«, antwortete er zögernd, als müsste er erst darüber nachdenken.

»Worum ging es diesmal?«

»Na, um immer das Gleiche. Um den Richard«, rief der Mann so schnell, dass Luises Bauch das nicht so einfach hinnehmen konnte.

»Nicht vielleicht darum, dass Frau Echs das gemeinsame Erlebnis mit Ihrer Frau ausplaudern wollte?«

Er fuhr in die Höhe. »Nein! Wie kommst du darauf?« Böse sah er zu Luise Pimpernell.

Diese sah ihn gelassen und konzentriert an. »Sie sagten am Anfang unseres Gespräches – ah, hat sie also doch noch geplaudert.«

Herr Moringer schüttelte den Kopf und ließ sich in seinen Sitz zurückfallen. »Das schwebte immer über der Irma. Ich hab so oft zu ihr gesagt, was ist denn dabei, wenn die Leute das jetzt noch erfahren. Es ist so lange vorbei und heute stehen die Leute ganz anders dazu. Aber da hat nichts genützt. Es war ein Makel, so unglaublich das klingt, und die Irma hat das aus sich nicht herausgebracht. Sie hatte panische Angst davor. Manchmal fühlte sie sich von den Blicken anderer verfolgt und glaubte, dass es eh schon alle wüssten. Dann bekam sie einen richtigen Schub und konnte nicht aus dem Haus gehen. Nur in die Kirche. Aber wenn sie dort die Berta traf, war natürlich alles erst recht wieder in der Höhe.«

Hans Moringer schloss die Augen, seufzte tief und leerte sein Glas.

»Wann haben Sie die Frau Echs zum letzten Mal gesehen?«, fragte die Pimpernell weiter.

»Eh damals. Seither nimmer. Gott sei Dank. Ich war schon angefressen, wenn ich sie nur von Weitem erblickt habe.«

»Und wo waren Sie am Donnerstag in der Früh zwischen sieben und halb neun?«

»Na zu Hause natürlich. Beim Frühstück. Wo sonst?«

»Ich weiß es nicht, ich frage ja deshalb. Haben Sie manchmal auf dem Friedhof etwas gearbeitet oder hat dort alles Ihre Frau gemacht?«

»Ah, darauf willst du hinaus. Ist die Berta zu der Zeit erschlagen worden? Also, ich kann dir sagen: ich war's nicht. Auch wenn es mich manchmal ordentlich gejuckt hat in den Händen, ihr den Hals umzudrehen.«

»Haben Sie auf den Gräbern manchmal was gemacht?«, wiederholte Luise ihre Frage.

»Ja, wenn die Irma grad nicht raus können hat. Weißt eh, das lasst den Weibern keine Ruhe, wenn auf dem Friedhof nicht alles picobello ist. Aber im Augenblick war es nicht so arg. Da ist sie selber hingegangen.«

»Wann waren Sie zum letzten Mal dort?«

Der Mann runzelte genervt die Stirn. »Ist länger her. Vorige Woche war's nicht. Wie gesagt, im Moment ging es ihr besser. Weil ich ja mit der Berta geredet gehabt hab und die grad Ruhe gab. Jetzt natürlich hat's ihr wieder die Sicherungen rausgehaut.«

»Wissen Sie, wann Ihre Frau am Donnerstag hingegangen ist?«

»Also die Irma, die kannst vergessen. Die hätte der Berta niemals etwas getan.« Herrn Moringers Stimme wurde lauter. »Das ist hoffentlich nicht dein Ernst.«

»Ich habe nur gefragt, ob Sie wissen, wann Ihre Frau am Donnerstag zum Friedhof gegangen ist.«

»Nach dem Frühstück«, beschied Herr Moringer kurz angebunden.

»Und wann frühstücken Sie?«

»Um sieben.«

»Aha, Ihre Frau sagte, sie geht nie in der Früh auf den Friedhof.«

»Die meint sicher, nicht vor dem Frühstück.«

Luise machte sich eine Notiz, was dem alten Herrn gleich wieder die Zornesröte ins Gesicht schießen ließ.

»Jetzt mach aber einen Punkt. So ein Blödsinn. Die Irma hat doch die Berta nicht umgebracht«, wetterte er.

»Nein, wahrscheinlich nicht, allerdings haben Sie dadurch auch kein Alibi«, antwortete Luise trocken und stand auf.

Der Unterkiefer des Mannes klappte nach unten. Er sagte jedoch kein Wort mehr, sondern sah die Besucherin nur kopfschüttelnd an.

Beim Hinausgehen nahm er Luise Pimpernell beim Arm und sagte mit leiser Stimme: »Kommt das alles an die Öffentlichkeit, jetzt? Das ... was ich dir erzählt hab ... Du weißt schon ... Ich weiß nicht, wie die Irma das verkraften würde.«

»Nein, Herr Moringer. Wenn es für den Fall nicht tatsächlich relevant ist, sicher nicht. Einstweilen bleibt es sowieso bei mir. Ich bin nur dabei, mir ein Bild von der Frau Echs zu machen und Fäden zusammenzuspinnen. Wenn sich allerdings das Motiv darauf aufbaut, kann ich es natürlich nicht versprechen.«

Das schien den alten Mann nicht zu beruhigen. »Aber wenn du es eh schon gewusst hast ... dann hätt's mir ja nichts genützt, wenn ich nichts erzählt hätte.« Es hörte sich an, als würde er sich vor sich selbst entschuldigen.

28

Herr Ripp würde jetzt zwar schon erwacht sein, dachte Luise, doch summten ihr die Ohren von dem Gehörten und deshalb entschloss sie sich, lieber auf das Postenkommando zu fahren, ihr Protokoll zu schreiben und erst auf dem Nachhauseweg den nächsten alten Herrn zu befragen.

Roman Grümpl sah ihr erwartungsvoll entgegen. »Ich wollte dich gerade anrufen. Biggie hat ganz Interessantes zutage gefördert. Lukas Rebierer hat einen Kredit von fünfzigtausend Euro laufen. Und seine Großmutter hatte für ihn gebürgt.«

»Wie kann eine so alte Frau denn für einen Kredit bürgen? Sie hatte doch nur eine kleine Pension.«

»Sie besaß Grundstücke.«

»Genau. Das hab ich ja dort bereits belauscht.« Luise spitzte die Lippen und klapperte mit den Augendeckeln. »Die sind auch für die Enkel gedacht. Also hat er sein Erbe schon vorweg quasi angezapft. Oder zumindest zu nutzen versucht. Noch dazu, wo der junge Mann an einem Grund in Schilfern nicht interessiert ist. Der will in der Stadt bleiben.«

»Das Wesentliche ist, dass er derzeit in finanziellen Troubles steckt und seinen Raten nicht pünktlich nachkommen kann.« Der Inspektor zog die Augenbrauen in die Höhe.

»Ja, das ist höchst interessant, kommt freilich für mich aufgrund des Mitgehörten nicht ganz unerwartet.«

»Also rückt die Familie wieder etwas mehr in den Fokus.«

Luise nickte nachdenklich. »Ein Motiv ergäbe das

natürlich. Da ist allerdings noch der Handschuh. Der passt wieder absolut nicht. Gibt es schon Ergebnisse?«

»Die sind da. Die Blutspritzer stammen von Albertine Echs.«

»Siehst du, und das passt nicht dazu.«

»Wenn ich mich recht erinnere, stellte Lötmeier die Hypothese in den Raum, dass vielleicht jemand den Handschuh absichtlich benutzt und verloren hat«, erinnerte Roman Grümpl.

Erneut folgte ein grüblerisches Kopfnicken der Pimpernell. Sie ließ das Bild des jungen Mannes vor ihrem geistigen Auge auferstehen. »Doch dass Lukas seiner Großmutter in der Früh auf den Friedhof folgt?«, informierte sie den Kollegen über ihren Gedankengang. »Das erscheint mir weder für Absicht noch für Affekt wahrscheinlich. Abgesehen davon, dass er dafür extra so zeitig nach Schilfern kommen hätte müssen. Und sich vorher noch topgestylt hat. Der Junge ist ein Geck. Raffiniert sieht der nicht aus, eher ein bisschen schlicht im Geist. Natürlich kann das täuschen. Aber irgendwie passt mir der nicht dazu.«

»Du sagtest, dass du der Tochter ambivalent gegenüber stehst, es gab allerdings kein Motiv. Jetzt gibt es eines.«

Das Nicken der Pimpernell wurde schneller. »Der würde ich das eher zutrauen. Sogar dass sie so raffiniert vorgehen würde. Die ist sowas von knochentrocken. Und wenn es um Kinder geht ...«

»Würdest du mich fragen, so ist das bisher die heißeste Spur. Außer du hast heute noch irgendetwas Besonderes erfahren«, tat Grümpl seine Meinung kund.

»Auch damit hast du recht. Und dennoch ...«

Sie presste die Lippen aufeinander und seufzte.

»Ich werde auf jeden Fall noch einmal mit Inge reden. Das ist klar. Das mache ich aber erst morgen. Und da hätte ich dich diesmal gerne dabei. Ist ja schließlich deine Lieblingsidee. Also wenn da was ist, sollst du den Verdienst mit einstreifen.« Sie grinste ihn an. Dann wurde sie rasch ernst und erzählte in kurzen Worten, was sie bei den Moringers erfahren hatte.

»Unfassbar, was da alles hochkommt. Und ich merke, deine Lieblingsthese ist immer noch, dass etwas aus der Vergangenheit herüberspielt«, kommentierte der Inspektor den Bericht.

Erneut verzog Luise den Mund, diesmal um damit Skepsis auszudrücken. »Irgendwie komme ich nicht los davon. Aber vielleicht beeindruckt mich das Gehörte einfach nur so«, grübelte sie laut.

»Das ist auch beeindruckend«, tröstete der Kollege. »Und es ist ja nicht so, dass du deshalb andere Spuren außer Acht lässt. Treffen wir uns morgen hier, bevor wir zu Inge Rebierer fahren, oder gleich in Schilfern?«

»Da reden wir noch. Ich möchte kurz vor der Mittagspause zu ihr fahren, wenn sich der Verdacht gegen sie nicht erhärtet. Den Geschäftsbetrieb zu stören, finde ich nicht unbedingt nötig. Sie ist ja nicht akut verdächtig.«

Der Inspektor nickte, dann widmeten sich beide ihrer Schreibtischarbeit.

29

Frau Ripp verzog verdrossen das Gesicht, als sie erkannte, dass schon wieder Luise vor der Tür stand.

»Kann ich Ihren Mann jetzt sprechen, bitte«, forderte die Besucherin freundlich.

»Komm mit! Wir gehen außen herum. Er ist in der Werkstatt. Wenn ich mir auch nicht vorstellen kann, was der dir über die Berta erzählen sollte.«

Peter Ripp war ein rundlicher Herr, dem sein weißes, immer noch dichtes Haar in allen Richtungen vom Kopf abstand. Sein Gesicht war von kräftiger Farbe, es zeugte entweder von Bluthochdruck oder von zu viel Weingenuss. Wahrscheinlich traf beides zu. Für den übermäßigen Alkoholgenuss sprachen zusätzlich noch eine rotgesprenkelte Nase und schwimmende blaue Äuglein, die aufblitzten, als er Luise Pimpernell ansah.

»Komm, wir gehen ins Wohnzimmer«, sagte er und watschelte vor den Frauen den Weg zurück.

»Bring der Luise was zum Essen«, beschied er seiner Gattin. »Hast eh einen frischen Kümmelbraten gemacht.«

»Nein, nein!«, rief die Ermittlerin rasch. »Ich hab nur ein paar kurze Fragen und bin gleich wieder weg.«

»Setz dich«, antwortete der Hausherr und holte aus dem Wandverbau zwei hohe Stielgläser.

»Und den Sauvignon blanc bring auch mit«, sagte er zu seiner Frau und wedelte ihr mit der Hand zu, dass sie endlich gehen sollte.

»Oder willst lieber einen Roten?«, wandte er sich an

seinen Gast. »Den hab ich da.« Er öffnete einen anderen Teil des Schrankes und zeigte ein dort eingebautes Weinregal.

»Nein, nein, für mich höchstens ein Glas Wasser, bitte«, rief Luise erneut, doch der Mann zupfte an ihrem Umhang. »Gib das Ding her und setz dich nieder«, befahl er beinahe und drängte die Pimpernell zu der Sitzbank, in die er sie schier hineindrückte.

Herr Ripp ließ sich neben sie fallen, tätschelte ihr die Hand und strahlte sie an. »Das nenn ich mir einmal einen angenehmen Besuch«, zwitscherte er augenzwinkernd und begann nun sogar, ihre Hand zu streicheln.

»Ich komme nicht zu Besuch, sondern weil ich Ihnen ein paar Fragen über Albertine Echs stellen muss«, versuchte Luise Pimpernell den Verehrer einzubremsen.

Dies gelang ihr jedoch nicht wirklich.

»Egal. Hauptsache, du bist da.«

Luise zog schnell ihre Hand weg, weil sie erneut Gefahr lief, von Herrn Ripp mit Beschlag belegt zu werden.

»Wo bleibt denn die Alte mit dem Wein«, räsonierte er dann los.

»Ich trinke nichts, Herr Ripp. Ich bin im Dienst.« Die Stimme der Beamtin wurde scharf.

Frau Ripp, die gerade bei der Tür hereinkam, grinste ihren Göttergatten schadenfroh an. Sie stellte vor Luise einen Krug mit Wasser und ein Glas hin. Die Weißweinflasche, die sie unter dem Arm getragen hatte, stellte sie mitten auf den Tisch und knallte einen Korkenzieher daneben, den sie aus der Tasche ihrer Kittelschürze holte. Sie machte Anstalten, sich in den Fauteuil zu setzen, was Luise gar nicht entgegenkam.

Doch Herr Ripp wedelte wieder mit der Hand, es sah aus,

als wollte er sie verscheuchen. »Mit mir will die Luise sprechen, nicht mit dir«, bellte er.

Wie der Mann mit seiner Frau umging, gefiel Luise allerdings nun auch nicht.

»Ich brauche nicht lang, aber es wäre mir wirklich lieber, mit ihrem Mann allein zu sprechen«, erklärte sie höflich und lächelte der alten Frau herzlich zu.

Die machte eine abwertende Handbewegung in Richtung ihres Gatten und verdrehte zu Luise hin die Augen. »Vergiss den alten Deppen«, sagte sie. »Was soll dir der schon Brauchbares erzählen können.«

Dann drehte sie sich um und verließ mit ihren kurzen Wuselschritten das Wohnzimmer.

Sofort nutzte Herr Ripp, dass Luise abgelenkt war und grapschte neuerlich nach ihrer Hand.

Sie zog sie mit einem Ruck weg und sah ihn stirnrunzelnd an. »Herr Ripp! Was soll denn das?«, fragte sie streng.

»Ich mach doch gar nichts«, raunzte der alte Mann und grinste neckisch.

»Ich habe gehört, Sie haben ein Verhältnis mit der Albertine Echs gehabt.« Die Pimpernell dachte, sie könnte den Alten am besten zur Räson bringen, wenn sie nicht lange um den Brei redete.

Aber weit gefehlt.

»Ja, die Berta. Die hat halt gewusst, was gut ist. Und gut tut.«

Reflexartig verschränkte Luise die Hände vor dem Bauch. Allerdings nützte ihr das nur wenig. Herr Ripp streichelte ihr selig grinsend über den Oberarm.

Es wurde ihr zu blöd. Sie stand auf und setzte sich ihm

gegenüber in einen der Fauteuils, was er mit beleidigtem Gesichtsausdruck quittierte.

»Ich tu doch nichts, Luiserl«, quengelte er. »Du bist halt so eine fesche Katz, da kann sich ein alter Mann wohl ein bissl drüber freuen, oder? Bin ja nur mehr von alten Weibern umgeben.«

Die Pimpernell konnte sich gerade nicht vorstellen, dass die hantige Frau Echs so einen weinnasentriefenden Schürzenjäger ertragen hätte. Aber sie musste in diesem Fall schon einiges erfahren, das sich bisher ihrer Vorstellungskraft enthoben hatte.

Der Herr des Hauses stand auf, holte eine Flasche Rotwein und goss sich sein Glas damit ziemlich voll. »Wenn du wirklich nichts trinkst, ich mag lieber einen Roten«, erklärte er und zwinkerte Luise abermals vertraulich zu.

»Wie lange ging Ihre Beziehung?«, fragte sie kühl.

»Beziehung! Wir haben halt hin und wieder gepempert. Weils ihr halt so gut gefallen hat. Und mit meiner Alten sowieso nichts mehr los ist. Die Berta hat schon gewusst, was sie an mir hat. In ihrem Alter hat sie nicht mehr jeden Tag einen gefunden, der so gut beisammen ist wie ich.«

Luise schluckte. Der Mann schaffte es irgendwie, sie von einem Gruseln in das nächste zu stürzen. »Wann haben Sie Frau Echs das letzte Mal gesehen?«, fragte sie und bemühte sich um einen sachlichen Ton. »Gesehen«, betonte sie, damit sie sich nicht noch einmal eine Intimfloskel einhandelte.

Sein Grinsen war schmierig. »Vorige Woche.« Er leckte sich über die Lippen. »Sie wird mir fehlen!«, sagte er. »Die war eine wilde Henn, das kann ich dir sagen.« Jetzt schnalzte er auch noch mit der Zunge.

»Wann haben Sie am Donnerstag gefrühstückt?«

»Warum?«

»Bitte, Herr Ripp, beantworten Sie einfach meine Fragen.«

»Um sechs. Wir frühstücken immer um sechs. Meine Alte kann nicht schlafen, die steht um fünf auf und wartet sehnsüchtig auf mich.«

»Und Sie waren trotzdem vor dem Frühstück in der Werkstatt?«

»Nein. Wieso?«

»Ihre Frau hat gesagt, dass Sie aus der Werkstatt zum Frühstück kamen.«

»So ein Blödsinn. Da würde die einen Zirkus machen, das kannst mir glauben, wenn sie eh so wartet und ich geh noch in die Werkstatt.«

»Wie lange frühstücken Sie?«

»Na, wie lange. Bis man halt ein Häferl Kaffee und ein Butterbrot unten hat. Länger als notwendig bleib ich dort nicht sitzen.«

»Was haben Sie danach gemacht?«

»Dann bin ich in die Werkstatt.«

»Haben Sie oder hat Sie jemand gesehen?«

»In der Werkstatt? Wer soll mich da sehen?«

»Ich frag ja.«

»Nein, sicher nicht. Warum fragst denn das alles?«

»Routine, reine Routine. Wann haben Sie Ihre Frau wieder getroffen?«

»Was weiß ich. Auf einmal ist sie angerannt und hat mir erzählt, dass mit der Berta was passiert ist auf dem Friedhof. Wie spät es da war, kann ich dir leider nicht sagen.«

»Sind Sie mit ihr zum Friedhof gegangen?«

»Nein. Was hätt ich dort machen sollen?«

»Hat Sie das gar nicht interessiert? Ich meine, wenn die Frau Echs doch Ihre Freundin war.«

»Pempern hätt ich sie alser Toter nicht mehr können, also hat's nicht pressiert.« Abermals grinste der Mann sein schmutziges Lächeln und Luise spürte leise Übelkeit in sich aufsteigen.

Sie stand abrupt auf. »Sie haben ein Motiv und Sie haben kein Alibi«, sagte sie scharf, wobei sie genau wusste, dass sie das nur sagte, weil sie sich so über den Mann ärgerte.

Wenn er auch kein Alibi hatte, Motiv hatte er noch weniger eines, wie es schien.

Herrn Ripp konnte sie damit allerdings sowieso nicht beeindrucken.

Er war ebenfalls aufgestanden, streichelte neuerlich ihren Oberarm und schmachtete anzüglich zu ihr hinauf. »Wennst einmal einen guten Hahn suchst ...«

Da ergriff Luise die Flucht.

30

Am nächsten Morgen, als Luise auf dem Weg zur Dienststelle war, traten gerade Aloisia Murgitsch und Käthe Radacs aus dem Friedhofstor.

Luise stieg aufs Bremspedal, um den Frauen durch die Scheibe zuzuwinken, doch plötzlich machte Aloisia der Beamtin heftige Zeichen. Es sah aus, als ob sie mit ihr reden wollte. Sie klopfte Frau Radacs auf die Schulter und kam allein an den Straßenrand.

»Frau Murgitsch, guten Morgen! Was ist denn los? Ist etwas passiert?«

»Passiert, nein. Oder doch. Was weiß ich. Ich denke nur, es wird dich sicher interessieren.« Frau Murgitsch zappelte auf dem Gehsteig von einem Fuß auf den anderen, bis Luise um ihren Mercedes herumgekommen war.

»Gestern war Testamentseröffnung vom Krauthacker. Und stell dir vor, die Inge hat ein Doppelgrundstück auf dem Seegrund geerbt!«

»Die Inge? Und wieso wissen Sie das?«

Frau Murgitsch sah einigermaßen betreten aus.

»Ich ...«, stotterte sie. »Ich ... habe auch etwas geerbt«, stieß sie heraus. »Nur ein Kuvert«, fügte sie rasch hinzu.

»Und Sie werden mir nicht sagen, was da drinnen war«, äußerte die Besucherin schmunzelnd ihre Vermutung.

»Ah, irgendwer hat geplaudert. Das hat ja kommen müssen.« Das Gesicht der alten Frau rötete sich und sie sah verschämt zu Boden. »Du hast recht. Ich werde es dir nicht sagen«, flüsterte sie. »Aber eh klar, dass irgendeine ihren

Schlapfen nicht halten hat können«, machte sie anschließend sofort ihrem Ärger Luft.

»Sie war nicht dort, die Inge. Hat den Doktor Lipschits geschickt. Das kann man scheinbar. Trotzdem war das natürlich eine Sensation. Die Alte haben sie nicht mitgehabt, doch die beiden Buben haben sehr belämmert dreingeschaut. Das kannst mir glauben. Es gab allerdings keinerlei Erklärungen dazu. Es wäre einfach ein Legat, sagte der Küblicher.« Sie grinste. »Einfach!«

»Was denken Sie darüber?«, fragte Luise gespannt auf die Meinung der von Frau Echs um ihr Lebensglück Gebrachten.

»Na was? Was kann man sich dabei denken? Dass die Berta irgendwas von den Krauthackers wusste und dem Pepi das Messer angesetzt hat. Die Thea war nicht dabei. Die wär wahrscheinlich ausgezuckt. Wenn sie es noch mitgekriegt hätte. Denn die ist ja schon ein bissl ...« Frau Murgitsch tippte mit einer Hand an ihre Stirn.

Luise nickte nachdenklich. Es wäre wohl an ihr, herauszufinden, was das gewesen sein könnte. Denn wenn die Söhne nicht wussten, dass die Frau erben würde – beziehungsweise ihre Familie – Frau Echs jedoch Andeutungen gemacht hatte, so könnte dies ein starkes Motiv sein. Die Seegrundstücke stellten immerhin einen hohen Wert dar. Da ging es nicht um einen Klacks oder ein bissl Rederei von alten Liebschaften. Die hätten dem Krauthacker nach seinem Tod sicher egal sein können.

»Ich habe niemandem etwas gesagt. Hab mir nur sofort gedacht, dir muss ich das erzählen.«

»Liebe Frau Murgitsch, das war absolut richtig. Und wichtig! Und ja, bitte, erzählen Sie einstweilen niemandem davon. Kann ich mich darauf verlassen?«

Aloisia nickte mit zusammengepressten Lippen. Luise konnte sich vorstellen, dass der Frau das nicht leichtfallen würde, diese Neuigkeit nicht an das Friedhofscorps weiterzugeben.

»Bitte! Es ist wichtig!«, unterstrich sie deshalb noch einmal ihr Anliegen.

»Ich hab's mir gedacht. Ich hab auch der Käthe nichts erzählt heute in der Früh. Wir tratschen ja immer ein bissl, bevor die anderen kommen.«

»Ach, Frau Murgitsch! Wären nur alle wie Sie«, seufzte Luise und erneut stieg Röte im Gesicht der alten Frau auf. Diesmal jedoch vor Freude.

»Weil man alt wird, muss man nicht zwangsweise deppert werden. Oder? Auch wenn das die meisten Leute glauben. Aber gespannt bin ich jetzt schon, was da noch herauskommt. Die hat ihm sicher das Messer angesetzt, dem Pepi. Das hat zu ihr gepasst, sag ich dir. Und das muss ja was sein, was heut noch Auswirkungen für die Buben hätte.« Frau Murgitsch nickte vor sich hin. »Oder auf das Hotel«, erweiterte sie ihre Vermutungen.

31

Roman Grümpl rief sofort den Notar Küblicher an. Er war über sechs Ecken mit ihm verwandt und deshalb klappte es sogar per Telefonauskunft und sie brauchten keinen speziellen Termin.

Er konnte allerdings nicht viel berichten. Das Legat wurde vor siebzehn Jahren eingerichtet und war bisher unverändert so geblieben. Der Wert war erheblich, jedoch auf das Gesamtvermögen des Verblichenen umgelegt, nur ein Bruchteil.

»Denn zum Gesamtvermögen müssen auch die Überschreibungen in den letzten Jahren gerechnet werden«, erklärte der Notar.

»Gab es weitere Legate?«

»Nur den Umschlag für Frau Murgitsch. Der lag ebenfalls bereits seit Jahrzehnten in unserer Kanzlei.«

»Und du hast keine Ahnung, was sich darin befand?«, setzte Grümpl nach.

Sein Cousin zögerte hörbar. »Nein. Dem Angreifen nach könnten es Briefe oder Fotos gewesen sein.«

»Warum zögerst du?«

»Weil ich dir diese Auskunft eigentlich nicht geben dürfte. Krauthacker ist ja nicht das Opfer.«

»Ist schon gut. Wir sind dir auch sehr dankbar. Wenn es relevant werden sollte, reichen wir einen Bescheid der Staatsanwaltschaft nach. Das weißt du doch.«

»Ja. Und es ist eh keine wesentliche Information«, gab sich der Notar sofort wieder entspannt.

»Haben die Erben Einspruch angemeldet?«, fragte der

Inspektor.

»Für den Augenblick nicht. Aber das besagt nichts. Die Vollstreckung des Testaments wurde noch ausgesetzt. Ich denke, sie werden als erstes Rechtsauskünfte einholen oder mit der Vermächtnisnehmerin Kontakt aufnehmen. Frau Rebierer war nicht persönlich anwesend.«

Grümpl bedankte sich und beendete das Gespräch mit ein paar familiären Floskeln.

Luise Pimpernell, die mitgehört hatte, stand schon an der Tür, als er endlich auflegte.

»Mit der Vermächtnisnehmerin werden wir ebenfalls ein Gespräch führen. Und zwar sofort, nicht erst zu Mittag.«

Als die Ermittler in das Geschäft traten, war nur Marlies anwesend, die einer älteren Kundin die Haare auf kleine Lockenwickler drehte.

Mit großen Augen sah sie auf das ungleiche Paar und griff zum Telefonhörer, um ihre Mutter vom Eintreffen der beiden, in ihren Augen höchst seltsamen, Gestalten zu berichten.

Im Anschluss daran winkte sie ihnen zu, ihr durch eine Tür im Hintergrund des Salons zu folgen, durch welche sie in den Vorraum des anschließenden Hauses gelangten.

Dort erwartete sie bereits Inge Rebierer und führte sie ins Wohnzimmer.

Luise musste in sich hineingrinsen, als sie wahrnahm, dass sich neben ihr Roman Grümpl beim Anblick der beiden Gemälde über der Anrichte genauso verkrampfte, wie sie bei ihrem ersten Besuch.

Dann konzentrierte sie sich voll auf das kommende Gespräch. Sie sah, dass Inge auf dem Tisch einige Papiere ausgebreitet hatte und es juckte sie, sofort darauf zuzugehen und nachzuschauen, worum es sich handelte.

Doch die Friseurin schnitt ihr den Weg ab und lotste sie zur Sitzgarnitur. »Ist die Leiche meiner Mutter freigegeben?«, fragte sie kühl.

»Das werden wir im Laufe des heutigen Tages entscheiden.« Die Antwort der Ermittlerin fiel auch nicht herzlicher aus. »Aber deshalb sind wir nicht hier.«

Wachsamkeit legte sich über Inge Rebierers Züge. »Weshalb sonst?«

»Es geht um dein Erbe. Nicht um das nach deiner Mutter, sondern um das nach Josef Krauthacker.«

Inge schloss die Augen, kniff die Lippen zusammen und nickte vor sich hin. »Die Murgitsch«, flüsterte sie, wie zu sich selbst. Dann seufzte sie tief auf und hob die Schultern. »Ich wusste nichts von dem Erbe«, begann sie. »Hätte ich das geahnt, hätte ich es dir gleich erzählt«, wandte sie sich an Luise. »Ich dachte, mit ihrem Tod wäre es erledigt und es müsste niemand etwas davon erfahren. Und auch jetzt noch bin ich nicht sicher, ob ich es wirklich erzählen soll.«

Sie machte eine Pause und die Pimpernell deutete ihrem Inspektor mit den Augen zuzuwarten, ob sie von allein weitersprach.

»Ich glaube halt, dass die Krauthackers keine Ruhe geben werden. Nicht einmal, wenn ich das Erbe nicht annehme. Robert und Leo vermuten sicher, dass meine Mutter etwas besitzt, mit dem ich sie später gleichfalls unter Druck setzen könnte und würden mir die Hölle heiß machen.« Frau Rebierer blickte zu Boden und knetete an ihren Fingern herum.

»Und ist das so?«, fragte Grümpl nun doch.

»Ja und nein. Wie man es nimmt. Ich glaube, der bessere Weg wird sein, es ihnen zu sagen und es gemeinsam einfach ruhen zu lassen. Dann muss außerhalb niemand etwas davon erfahren.«

Jetzt wurde es aber spannend, fand Luise und hätte Inge am liebsten geschüttelt, als diese erneut eine Pause einlegte.

»Ich bin Josef Krauthackers Tochter«, sagte sie irgendwann leise und man sah deutlich, dass die bisher so Coole mit den Tränen kämpfte. Luise erinnerte sich daran, wie liebevoll die Frau von ihrem Vater gesprochen hatte und wie wenig sie mit ihrer Mutter zurande kam. Und nun das.

»Ich habe es nicht gewusst«, sprach sie weiter. »Meine Mutter hat es mir erst erzählt, als Krauthacker gestorben ist.«

Die Pimpernell runzelte die Stirn. Hatte Küblicher nicht gesagt, dass das Legat siebzehn Jahre alt war? Was war damals passiert? Und wieso hatte Frau Echs bis zum Tod des Altbürgermeisters gewartet, ihre Tochter aufzuklären, wenn sie es augenscheinlich damals bereits gewusst hatte? Oder hatte sie es immer gewusst und nur den Mann erst damals damit konfrontiert?

»Wann, sagtest du, ist dein Vater gestorben?«, fragte sie Inge jetzt. »War das nicht vor siebzehn Jahren?«

Die Frau sah Luise aufmerksam an und nickte langsam. »Wieso fragst du?«

»Weil das Legat damals eingerichtet wurde.«

»Du kombinierst richtig. Damals hat Krauthacker das letzte Mal für den Bürgermeister kandidiert. Und meine Mutter hat ihn damit unter Druck gesetzt, eine Schenkungsurkunde für die Grundstücke zu meinen Gunsten auszufertigen.«

»Heißt das, er wusste vorher auch nichts davon?«

»Anscheinend nicht.«

»Aber er war doch mehrere Perioden Bürgermeister. Wieso hat sie das erst beim letzten Mal gemacht?«

»Sie hat damit gewartet, bis mein Vater gestorben war. Wenigstens das rechne ich ihr hoch an. Damals wusste sie allerdings noch nicht, was sie aus seinem Erbe herausholen können würde. Deshalb wohl die Grundstücke.«

»Ist er denn sicher dein Vater oder bestand nur die Möglichkeit?«

»Es ist sicher.«

»Als du auf die Welt kamst, wäre für eine tatsächliche Bestimmung noch ein Vaterschaftstest nötig gewesen. Dann hätte er es ebenfalls gewusst. Gibt es denn einen derartigen Beleg? Nur damit würde die Schenkung Sinn machen. Denn dass die Krauthackers eine solche anfechten würden, musste ihr klar sein.«

»Sie verlangte es schriftlich.«

»Was? Die Schenkung?«

»Mit der Bestätigung, dass er mein Vater ist. Unter dieser Bedingung hat sie ihm zugesagt, dass alles im Kleinen abgewickelt und von ihrer Seite nichts an die Öffentlichkeit gelangen würde.«

»Du hast die Bestätigung?«

Inge Rebierer nickte, stand auf und ging zum Tisch hinüber. Sie holte ein paar handbeschriebene Blätter und reichte sie der Beamtin.

»Ich verstehe trotzdem nicht. Selbst wenn deine Mutter sicher war, wie konnte sie dem Krauthacker das ohne Test beweisen? So wie es aussieht, gab es mehrere Möglichkeiten im Leben deiner Mutter. Ganz abgesehen von deinem Vater, mit dem sie zum Zeitpunkt deiner Geburt verheiratet war. Natürlich hätte für einen Skandal damals allein ihre Aussage gereicht. Aber um ein Gerücht abzuwenden, dafür wäre das ein zu hoher Preis. Vor allem, diese Bestätigung kann äußerst weitreichende Folgen haben. Die hat ein Geschäftsmann wie er mit Bestimmtheit nicht ausgestellt, wenn es keinen Beweis gab.«

»Es gibt einen«, eröffnete Inge den anwesenden Ermittlern. »Ich habe auf dem Unterbauch ein riesiges kleeblattförmiges Muttermal. Das habe ich von ihm. Und meine Kinder haben es auch.«

Luise seufzte und warf Grümpl einen beinahe hilfesuchenden Blick zu. Was bedeutete das nun für ihren Fall? Sie wackelte mit dem Kopf, als könnte sie damit etwas ab- oder hineinschütteln. Sie fühlte sich elektrisiert, da war eine wichtige Information drinnen, doch welche? Das bisher Gehörte lieferte keine Auflösung, aber mit Sicherheit einen entscheidenden Hinweis. Wieso konnte sie ihn nicht erkennen? Sie hätte sich jetzt gerne mit dem Inspektor darüber ausgetauscht. Er zuckte jedoch ebenfalls fast unmerklich mit den Achseln.

»Du sagtest, du wusstest bis zum Tod Krauthackers nichts von seiner Vaterschaft und bis gestern nichts von deinem Erbe«, fasste sie zusammen. »Und mir hast du nichts erzählt, weil du glaubtest, du könntest es einfach verheimlichen. Sehe ich das richtig?«

»Ja. Wäre das mit dem Erbe nicht gekommen, hätte ich nichts unternommen.«

»Aber Sie haben doch die Schenkungsurkunde!«, warf

Grümpl ein.

»Ja und? Ich wollte damit nicht an die Öffentlichkeit gehen. Auch nicht zu den Krauthackers. Ich wollte nichts mit ihnen zu tun haben. Da hätte ich hingehen sollen und mit denen um Besitz feilschen?«

Luise spitzte die Lippen. Sie kannte einige Leute, die wegen viel weniger viel mehr auf sich genommen hätten.

»Außerdem, was glauben Sie, was da los gewesen wäre? Mein Vater endlos in aller Munde. Das wäre über sämtliche Instanzen gegangen, unsicher, wie das alles war, mit einer handschriftlichen Schenkungserklärung.«

»Es war nicht unsicherer als jetzt«, mischte sich die Pimpernell wieder ein. »Wenn du den Krauthacker-Brüdern deine Dokumente gezeigt hättest, wären sie mit Handkuss darauf eingestiegen. Die steigen bestens damit aus, wenn du wirklich ihre Halbschwester bist.«

Inge runzelte die Stirn. »Was meinst du?«

»Wenn du Krauthackers Tochter bist, dann steht dir ein Pflichtteil zu. Und der macht mit Sicherheit um einiges mehr aus als das, was du auf diese Weise bekommst. Wahrscheinlich hat sich der Alte deshalb darauf eingelassen und das Legat eingerichtet. Weil er hoffte, dass damit wirklich alles unter den Tisch gekehrt werden könnte. Deine Mutter, die in so vielen Bereichen sehr raffiniert war, hat das offensichtlich nicht gewusst. Denn was ich bisher von ihr gehört habe, hätte sie das voll ausgeschöpft. Dafür hätte es keine Schenkungsurkunde gebraucht.«

Inge senkte den Kopf, ihr Oberkörper schwankte vor und zurück. »Du hast recht. Das hat sie sicher nicht gewusst. Sie wollte, dass wir jetzt, wo er gestorben ist, zu seiner Witwe gehen, ihr die Dokumente präsentieren und verlangen, dass die Schenkung veranlasst wird.«

»Sie wollte zu seiner Witwe gehen?«, rief Luise. »Die ist doch nicht mehr zurechnungsfähig. Wenn, dann hättet ihr zu den Söhnen gehen müssen.«

»Sie wollte, dass wir zur Thea gehen. Und weil ich nicht wollte, sagte sie, dass sie eben allein gehen würde.«

Luise nickte vor sich hin. Die gute Frau Echs wollte ihrer Widersacherin noch in letzter Sekunde eins auswischen. Warum sie so lange gewartet hatte und nicht schon damit zu ihr ging, als Krauthacker nicht mehr kandidierte? Wahrscheinlich weil sie so schlecht über das Erbrecht informiert war und dachte, Herr Krauthacker hätte dann keinen Grund mehr, Inge die Grundstücke zu vermachen.

»Und? War sie noch dort? Weißt du das?«

»Nein. Zumindest nicht mit den Papieren. Denn die lagen hier bei mir in der Lade.«

»Und da hatte sie keinen Zugang?«

Inge Rebierer sah Luise irritiert an.

»Zugang schon. Aber sie hat doch nicht in meinen Sachen herumgestierlt. Nein, das hat sie nie gemacht. Außerdem hätte ich das gemerkt.«

Man sah ihr allerdings an, dass die Besucherin sie offenbar verunsichert hatte.

»Wir haben so gestritten. Tagelang …«, jammerte die Frau los. Plötzlich schüttelte sie ein Schluchzen. »Und dann war sie tot«, weinte sie. »Wir sind im Unfrieden auseinander gegangen«, fügte sie selbstanklagend hinzu.

Im Bauch von Luise Pimpernell braute sich etwas zusammen.

Sie warf Grümpl einen Blick zu und sah dann scharf auf Inge Rebierer. »Wo warst du am Donnerstag in der Früh zwischen sieben und halb neun?«, fragte sie sachlich.

Man sah, wie sich die Frage langsam in das Gehirn der Frau vorschob. Ungläubig riss sie die Augen auf, sprang vom Sitz hoch und schrie: »Was glaubst du denn? Dass ich meine Mutter umgebracht habe, oder was?«

»Ich bin nicht wegen meines Glaubens hier, sondern um zu ermitteln«, wies Luise sie zurecht. »Und ich möchte wissen, wo du am Donnerstag in der Früh warst und wer das eventuell bestätigen kann.«

»Raus!«, schrie die Frau hysterisch. »Raus!«

»Gut, wenn dir das lieber ist, lasse ich dich vorladen«, ließ sich die Pimpernell davon nicht beeindrucken. Solche Anfälle kannte sie zur Genüge.

Inge Rebierer sank auf ihren Sessel zurück. »Ich war hier. Wir sind alle spät aufgestanden und derweil die anderen im Bad waren, hab ich das Frühstück gemacht. Als der Bürgermeister gekommen ist, haben wir den Tisch nicht einmal noch abgeräumt gehabt.«

»Und du hast deine Mutter nicht gesehen, als sie auf den Friedhof ging?«

»Sag ich doch. Wir haben noch geschlafen. Und sie ging immer hinten raus.« Wieder schluchzte die Frau auf. »Könnt ihr mich in Ruhe lassen, bitte« heulte sie. »Ich hab euch jetzt alles gesagt.«

»Eine Frage noch. Hast du manchmal auf den Gräbern der Familie was gemacht?«

»Nein. Das hat alles die Mam gemacht. Wir sind nur hingegangen.«

»Wir geben den Leichnam deiner Mutter heute noch frei. Macht der Burengel die Bestattung?«, fragte Luise abschließend.

Die Tochter von Frau Echs nickte nur. Sie sah sehr erschöpft aus, ganz im Gegensatz zu allen Befragungen, die Luise mit ihr hinter sich gebracht hatte.

32

»Die hat mit Abstand das stärkste Motiv und ihr Alibi ist schwach. Oder sehe ich das falsch?«, fragte Grümpl, als die Beamten ins Auto stiegen.

»Ja, schon. Und doch.« Nachdenklich trommelte die Pimpernell auf das Lenkrad. »Mich verfolgt die ganze Zeit irgendetwas. Es hängt mit den Krauthackers zusammen. Mein Bauchgrummeln beim Gespräch mit Robert. Mit dem muss ich nun sowieso noch einmal sprechen, vielleicht kommt da was zurück davon.«

»Der andere Sohn? Hast du mit dem geredet?«

»Nein! Der ist bisher nirgends aufgetaucht. Robert und die Witwe wurden beim Friedhof gesehen. Deshalb befragte ich nur sie. Aktuell sieht das allerdings anders aus.«

»Herr Meier hat sie, wenn ich mich recht erinnere, beim Weggehen gesehen. Sie müssen also nach ihm zum Friedhof gegangen sein. Frau Radacs war da bereits weg. Und die Murgitsch?«

»Das Murgitsch-Grab ist auf der anderen Seite und ganz hinten. Wenn die da umgegrabelt hat, muss sie die Krauthacker nicht gesehen haben. Die ist ja nicht sehr groß.«

»Aber der Robert«, warf der Inspektor ein.

»Ha, ich brauche dringend einen Spaziergang. Ich bringe dich zurück und renn dann den Kalvarienberg hinauf und hinunter«, antwortete Luise verdrießlich. »Diese Denkerei macht mich ganz irr. Auf jeden Fall klingelt es bei mir. In dieser Konstellation liegt etwas drinnen. Das spüre ich ganz deutlich.«

»Ist aber auch starker Tobak. Selbst wenn das Trostpflaster nicht zu knapp ist. Ich stelle mir das nicht lustig vor, plötzlich damit konfrontiert zu werden.«

»Und vor allem, Inge ist sehr an ihrem Vater gehangen. Dem stand sie wesentlich näher als ihrer Mutter.«

»Sag, wenn Frau Rebierer nun gar nicht die Tochter von Herrn Echs war, wirkt sich das nicht auf ihr Erbe aus, das sie nach ihrem vermeintlichen Vater bekommen hat?«

»Bitte frag mich doch nicht so etwas. Das musst du deinen Cousin fragen. Aber ich glaube nicht, weil die Ehefrau sowieso die erste Erbin ist und dann halt an ihre Tochter weitervererben kann. Nein! Lass mich damit in Ruhe. Wo ich eh grad ein verpicktes Hirn hab«, rief Luise gereizt.

»Ich dachte nur gerade an den Enkel und seine Schulden. Allerdings läuft das sowieso alles über die Großmutter.«

Luise hörte ihm gar nicht mehr zu. Sie startete das Auto und fuhr um die Ecke. Als sie beim Friedhof vorbeifuhr, sah sie gerade Thea Krauthacker und Sdenka hineingehen. Sie bremste so rasch ab, dass Grümpl ein empörtes Grunzen von sich gab.

»Komm mit«, forderte sie ihn auf. »Schauen wir mal, wie die gute Frau Krauthacker heute ihre Sinne beisammen hat.«

Und sie schien sie gut beisammen zu haben.

»Schau, da ist die Luise«, erklärte sie ihrer Heimhilfe, als die Pimpernell durch die Gräberzeile im Beinahe-Laufschritt herangeweht kam. »Die ist bei der Polizei.«

»Und das ist mein Kollege, Inspektor Grümpl«, stellte die Beamtin ihren Begleiter vor.

»Kommst endlich einmal zum Grab des Bürgermeisters«, bemerkte die Frau und nickte zustimmend.

»Eigentlich komme ich zu Ihnen. Ich möchte gern ein paar Worte mit Ihnen darüber reden, wie das war, als Ihnen die Frau Echs von der Tochter Ihres Mannes erzählt hat.«

Die kleine alte Dame lächelte verschlagen. »Lügen, nichts als Lügen hat die Kanaille verbreitet. Immer schon. Der Bürgermeister hat nur Söhne! Meine Söhne!«, trumpfte sie auf.

»Doch erzählt hat sie Ihnen davon?«

»Sie hat geglaubt, Sie kann was abstauben für ihren Bankert.«

»Hat sie es Ihnen hier auf dem Friedhof erzählt?«

»Nein, sie ist zu mir gekommen. Nach Hause! So eine Frechheit! Aber so war die.«

»Herr Robert sagen, Sie nicht aufmachen sollen!«, mischte sich Sdenka da ein und machte eine Geste der Hilflosigkeit zu den Beamten hin.

»Ich hab eh nicht aufgemacht. Durch den Türschlitz hat sie es mir hineindrücken wollen. Sie hat gesagt, sie kommt wieder. Mit Papieren. Die alte Hexe. Ich hab ihr die Tür vor der Nase zugehaut.« Die alte Frau strahlte nur so vor lauter Genugtuung.

»Und wie war das dann hier auf dem Friedhof?«, fragte Luise und lächelte Frau Krauthacker aufmunternd an.

»Ich hab auf sie gewartet. Es war keiner da. Da hab ich auf sie gewartet.«

»Um Gottes willen!«, rief die Slowakin und schlug sich entsetzt mit der Hand auf den Mund. »Nix weiterreden! Nix weiterreden! Ich rufen an Herrn Robert.«

»Den rufe schon ich an«, sagte Luise Pimpernell streng und Grümpl hielt den Arm der Frau fest, als sie das Handy hervorzog.

Doch Frau Krauthacker war sowieso in ihrem Element und ließ sich nicht so leicht stoppen. »Der hab ich's gegeben. Zuerst hat sie blöd gelacht, als sie mich gesehen hat. Damit war es bald vorbei. Dann hab ich gelacht.« Und auch jetzt ließ die Frau ein gackerndes Lachen hören. Gruselig klang es über den Friedhof.

Abrupt verstummte sie. »Und dann war sie hin«, flüsterte sie mit leuchtenden Augen.

»Darf ich bitte die Tasche haben«, verlangte Luise und Grümpl nahm sie Sdenka aus der Hand.

Wie erwartet, befand sich darin die kleine Gartenharke. Sie war geputzt, aber nicht besonders gut, wenn man genau schaute, könnten einige Spuren von Blut herrühren. Wie auch immer, im Labor würde man noch etwas feststellen können, selbst wenn das Werkzeug gewaschen worden war.

»Und was haben wir denn da?«, frohlockte die Ermittlerin und zog mit zwei Fingern das Pendent zu dem gefundenen Halbhandschuh heraus. »Liebe Frau Krauthacker, Sie müssen leider mit uns kommen«, sagte sie freundlich zu der alten Frau.

Die reichte Luise gnädig die Hand und sagte: »Krieg ich ein Schnitzel? Mit Reis hab ich's gern. Aber von meinen Kindern krieg ich keins.«

Luise nickte nur, dann zog sie ihr Smartphone heraus und rief Robert an.

Epilog

»Niemand kann ein Martini-Gansl braten wie du. So saftig! So resch!« Kurt Lederer küsste verzückt seine Fingerspitzen.

»Ach, der Trick ist so simpel. Nur nie zu groß die Gans und niemals über-, sondern nur untergießen. Außerdem genügt ein Apfel als Fülle. Semmelfülle entzieht dem Gansl eher Flüssigkeit und kann es trockener machen.«

Der schwärmende Gast hob sein Glas mit dem Blaufränkischen, schwang es ein wenig im Kerzenlicht und ließ es dann an Luises klingen. »Ich danke dir herzlichst für die Einladung. Du machst mich so glücklich, wie ich schon sehr lange nicht mehr war.«

Sie lächelte ihn herzlich an. »Mir geht es ähnlich. Es tut sehr gut, diese Lücke in meinem Leben endlich schließen zu können.«

Sie tranken. Beide rollten den Wein genießerisch im Mund herum, bevor sie ihn hinunterschluckten. Beide schnalzten mit der Zunge auf dem Gaumen. Beide lachten danach in fröhlichem Einklang.

»Das lassen wir alles einfach so hier stehen«, entschied Luise Pimpernell, »und wechseln ins Wohnzimmer. Da gönnen wir uns ein nettes Kognakerl zur Verdauung. Danach werden wir sehen, was wir mit dem angebrochenen Abend noch anstellen. Was hältst du davon?«

»Da halte ich natürlich viel davon. Auch wenn es so gemütlich in deiner Küche ist.«

»Ja, aber ich mag jetzt hier nichts wegräumen und meiner

Perle habe ich heute frei gegeben. Und so ganz ungemütlich ist es drinnen ebenfalls nicht.« Sie zwinkerte und selbstverständlich beeilte er sich, ihr sofort zuzustimmen.

Sie nahmen die Gläser und die Rotweinflasche mit und trugen sie zu dem kleinen Beistelltischchen vor den beiden Lehnstühlen am Fenster. Luise hatte das Licht im Hof brennen und deshalb schickte der Veitschi auf der gegenüberliegenden Wand selbst am Abend sein dunkelrotes Glühen zu ihnen herüber.

»Was willst du hören?«, fragte sie und ging zu ihrem Musikschrank.

»Was du gerne hörst«, antwortete er und ein übermütiges Glitzern stieg in ihre Augen.

»Typisch Lederer«, spöttelte sie. »Nur keine Entscheidung treffen.« Dann wurde sie ernst. »Entschuldige bitte, so war es nicht gemeint.«

»Ich weiß, ich weiß. Und du hast ja recht. Aber in diesem Fall verstehst du sowieso mehr davon als ich und mir gefällt sicher, was du aussuchst.«

Sie wählte Tommy Dorsey und Biscuit, ihren Lieblingskognak.

Sie wärmten die großen Schwenker in den Höhlen ihrer Hände und schwiegen.

Das liebte Luise besonders. Wenn sie mit jemandem gut schweigen konnte. Die meisten Menschen fühlten sich unwohl, wenn nicht gesprochen wurde, dachten, sie müssten den Clown machen oder so. Doch Luise lernte in den Stunden mit ihrer Großmutter in genau denselben Stühlen, dass die größte Nähe im Schweigen entstand. Wenn man es sich erlaubt, seinen Gefühlen Raum zu geben.

Der Zeitpunkt, als der Kognak genug angewärmt war, wurde von beiden gleichzeitig wahrgenommen. Auch jetzt blieben sie stumm, hoben einander lediglich mit wissend lächelndem Blick in die Augen des anderen die Gläser zu.

Nach einiger Zeit unterbrach Kurt die Stille durch ein kleines Räuspern. »Darf ich dich etwas fragen?« Seine Stimme klang belegt.

Luise sah ihn aufmerksam an und nickte ganz langsam.

»Warum trägst du immer eine Kopfbedeckung? Du hattest immer so schönes Haar. Dein dicker hüftlanger Zopf. Was ist damit passiert? Du bist doch nicht krank?« Seine Stimme war ganz leise, ja flehend, geworden.

Sie lächelte ihm beruhigend zu. »Nein, um Gottes willen, ich bin nicht krank!«, antwortete sie rasch, da seine Angst spürbar im Raum lag. Seine Frau war Anfang des Jahres am Krebs verstorben.

»Und mit meinem Haar ist nichts passiert. Außer dass es natürlich grau geworden ist.« Sie sah auf das Glas in ihrer Hand und schwenkte es in winzigen Kreisen. Es sah beinahe wie ein Zittern aus, fand sie. »Anton«, sagte sie und hörte selbst, wie rau ihre Stimme klang. »Anton hat mein Haar so geliebt.«

Kurt nickte. Das wusste er noch sehr gut. Der Bruder hatte immer davon geschwärmt.

»Ich habe das bisher nur Magda und Lena erzählt, nicht einmal meiner Familie. Doch du wirst mich verstehen«, sprach Luise leise weiter.

»Als er starb, war mein Haar eine unglaublich intime und die einzige angreifbare Verbindung zu ihm. Das klingt vielleicht blöd. Aber genau so war es. Deshalb habe ich den

Entschluss gefasst, es ihm allein zu widmen. Und genauso habe ich es die fünfunddreißig Jahre gehalten. Ich schneide es selber immer auf die Länge, wie es damals war. Und ich stopfe den Zopf unter eine Kopfbedeckung, wenn ich unter Leute gehe, weil es seine ganz persönliche Art war, ihn an seiner Spitze zu küssen, wenn er neben mir saß oder stand. Bis heute ist diese Verbindung nicht abgerissen. Ich kann ihn auf meinem Haar noch spüren.«

Die Augen, mit denen Kurt Luise ansah, waren dunkle tiefe Seen. Er nickte mit gedankenvollem Lächeln und sagte: »Ich danke dir. Für dein Vertrauen und für dieses wunderbare Andenken, das du Anton widmest.«

Dann nahm er ihre Hand und hauchte einen Kuss auf ihre Fingerspitzen, wie es *seiner* persönlichen Art entsprach.

Tod eines Surfers

ISBN 978-3-95475-150-1
E-Book 978-3-95475-163-1

Verlag Pro**libris**

Luise Pimpernell ermittelt am Neusiedlersee
Fall 1

Ein junger Surfer wird in der gemieteten Ferienwohnung im Hof eines Weinbauern, tot aufgefunden. Es sieht wie ein Unfall aus, doch Oberst Dr. Luise Pimpernell hat eine ihrer berüchtigten Intuitionen, die sie den Fall genauer überprüfen lässt.

Der attraktive junge Mann war allerdings kein angenehmer Zeitgenosse. Weibergeschichten, Übergriffe unter Alkoholeinfluss und sogar Erpressungsversuche waren Bestandteil seines Lebens.

Die kauzige Ermittlerin schlüpft durch die Risse der vordergründig so glatten Oberfläche ihres beschaulichen Heimatortes Schilfern am See, um den „Tod eines Surfers" aufzuklären.

Tod eines Weinbauern

ISBN 978-3-95475-150-1
E-Book 978-3-95475-163-1

Verlag Pro**libris**

Luise Pimpernell ermittelt am Neusiedlersee
Fall 2

Jahrhundertwinter in Schilfern am See.
Als der große Schnee abtaut, wird ein alter Weinbauer in seinem bereits verpachteten Weinberg tot aufgefunden. Weder von seinen zwei Söhnen, noch von seiner Tochter wurde der Witwer vermisst.

In seinem Tresor findet sich eine außer-gewöhnlich hohe Summe Bargeld. Sein Hof und auch sein Weinberg stellen ebenso erhebliche Werte dar und nahezu jeder im Umfeld des Bauern hatte andere Pläne mit dessen Besitz.

Viele Motive, einige emotionale Verwicklungen, wie auch der unterschiedliche Umgang mit dem Traditionellen, machen den Fall für Luise Pimpernell nicht nur zu einer beruflichen, sondern auch zu einer persönlichen Herausforderung.

... UND LENA LIEBT

ISBN 978-3-95019-610-8
hs-Literaturverlag

Lena Rotwald will lieben. Und sie will Wahrheit, weil sie auf der Suche nach der wahren Liebe ist. Ihre wichtigsten Gesprächspartner auf diesem Weg sind das innere Kind, das sie als ihr Selbstwertgefühl erkannt hat und Jesus, den die absolut nicht amtskirchen-religiöse Lena als Menschwerdung des Phänomens Liebe ansieht.
Die attraktive, rundliche Fünfzigerin lebt ein angenehmes, in gute Freundschaften eingebettetes Leben. Und sie lässt schon gerne mal die männlichen Puppen tanzen. Sie hat die Kondition, um nächtelang zu feiern und den Charme, die Menschen für sich einzunehmen. Doch für Männer wird sie rasch zum Kumpel oder Mutter-Ersatz.
Als Lena den zehn Jahre jüngeren und sehr virilen Max trifft, scheint sich das Blatt endlich zu wenden. Doch Max hat Leichen im Keller, die er vor Lena geheim halten will. Das Verhängnis seines Lebens liegt jedoch in dem Geheimnis, das er gar nicht kennt und das Lena durch ihr Verhalten unaufhaltsam in die Nähe des Tageslichtes bringt.
Um ihre Liebe zu retten, und Max in dieser Liebe unterzubringen, wählt Lena den Weg des Herrn.

DAS MUTTERWEIB

ISBN 978-3-95019-613-9
hs-Literaturverlag

Emmy ist eine der Frauen, die mit ihrem Leben rundherum zufrieden sind: ein freundlicher Ehemann, eine wohlgeratene Tochter, keine finanziellen Probleme, alle sind gesund.
Als sie von ihrer Silberhochzeitsreise zurückkehrt, bekommt Emmys heile Welt Sprünge durch Panikattacken und schizophrene Begegnungen. Ihre Tage bekommen einzig Qualität durch die Zuneigung eines jungen Mannes, der ihr Sohn sein könnte. Doch das Aufleben erotischer Ansoprüche, von denen sie glaubte, diese bereits hinter sich gelassen zu haben, stürzt sie zusätzlich in Konfusion.
Als sie Lena Rotwald trifft, begleitet diese sie auf dem Weg aus dem Chaos.

Ungelöste Mutterbindungen sind der rote Faden, der sich durch diesen Roman zieht. Emmy begreift, dass die längst gelöste Bindung zu ihrer Mutter noch immer besteht, ihr Sexualleben beeinflusst und ihr Dasein bestimmt. Und sie muss lernen, mit der Rolle der Ersatzmutter im Leben des Mannes, den sie liebt, umzugehen.

Winterblüten

ISBN 978-3-95028-834-6
hs-Literaturverlag

Franziska Beier zieht mit siebenundsiebzig in ein Seniorenwohnhaus, um ein eventuelles Pflegeaufkommen zu sichern und sich noch rechtzeitig um ihr soziales Umfeld bemühen zu können.
In der Gemeinschaft von Gleichaltrigen gerät sie ein wenig aus dem Gleichgewicht. Plötzlich fühlt sie sich alt, als sie meint, sich in einem vorgehaltenen Spiegel zu erkennen. Die Avancen der Männer schockieren sie - seit mehr als fünfundzwanzig Jahren hat sie sich ihnen entzogen und nun, als sie sich vom Alter beschützt glaubt, treten noch einmal sexuelle Anforderungen in ihr Leben.
Die Vergangenheit krümmt ihre Finger nach ihr.
Die Entscheidung zur Liebe und Erotik fällt Franziska schwer und ihre Umwelt zeigt wenig Verständnis dafür.
Doch einmal eingeschlagen, geht sie ihren Weg bis zur bitteren Neige und erfährt auf diese Weise, wie die Liebe über den Tod hinaus wächst

Weitere Veröffentlichungen:

Printed by Amazon Italia Logistica S.r.l.
Torrazza Piemonte (TO), Italy

37574161R00144